恍然而立

Coming of Age

澎湃镜相 编著

中国工人出版社

图书在版编目（CIP）数据

恍然而立 / 澎湃 · 镜相编著. —北京：中国工人出版社，2020.6
ISBN 978-7-5008-7413-3

Ⅰ. ①恍… Ⅱ. ①澎… Ⅲ. ①新闻报道—作品集—中国 —当代
Ⅳ. ①I253

中国版本图书馆CIP数据核字（2020）第083297号

恍然而立

出 版 人 王娇萍
责任编辑 董 虹 董佳琳
责任印制 黄 丽
出版发行 中国工人出版社
地　　址 北京市东城区鼓楼外大街45号 邮编：100120
网　　址 http://www.wp-china.com
电　　话 （010）62005043（总编室）
（010）62005039（印制管理中心）
（010）62004005（万川文化项目组）
发行热线 （010）62005996 82029051
经　　销 各地书店
印　　刷 北京盛通印刷股份有限公司
开　　本 880毫米×1230毫米 1/32
印　　张 10.875
字　　数 200千字
版　　次 2020年7月第1版 2022年4月第3次印刷
定　　价 58.00元

目　录

似乎无足轻重

三次艺考，我仍然拥有自己的金蔷薇。有些事情，只要你不选择抛弃它，它也就不会抛弃你。

游荡者

漂泊和未知是常态，但我喜欢这种不断追寻意义、自己确立路径的方式。

悬浮青年

就是要把日子过得慢一点，最终过成什么样，我已经不去在乎也不去规划了。从出生到现在，我们跑得太急了。

人生必答题

正是生产和养育后代让我们这种平凡、平庸的人从生之虚妄中解脱出来，找到了信仰。

似乎无足轻重

三次艺考，我仍然拥有自己的金蔷薇。有些事情，只要你不选择抛弃它，它也就不会抛弃你。

{饭圈} ∩ {女数学家} =平行宇宙另一个我

路　明

理学院是一栋建于 20 世纪 50 年代的苏式建筑，李殊的办公室在三楼。窗台上摆着几盆多肉和一些不知名的花草，窗外有一棵水杉。下午三点钟，阳光斜射进来，树影花影摇曳。桌上除了显示器、打印机、散乱放置的论文、一本《广义相对论中的偏微分方程》，还摆了一张少女偶像的照片。书橱里站着 Q 版的黏土玩偶，是同事送她的礼物。李殊向我展示了最新的珍藏——一盒《文豪野犬》的限量版徽章。在这部日本动画中，世界文豪均以美少年的形象出现。太宰治有一张忧郁精致的脸，会使一招“人间失格”；夏目漱石能变成一只猫；陀思妥耶夫斯基是个优雅阴沉的反派，必杀技叫“罪与罚”。这是李殊钟爱的“二次元”世界。她指给我看其中的一枚徽章，是极稀缺的版本，价值 1000 多元。因为这盒徽章，新婚不久的先生发了牢骚。她自知理亏，暗自检讨了一回，觉得“是该收敛一下了”。

先生是她复旦数学系的同学，毕业后去了一家 IT 巨头公司，从事软件架构工作，收入不菲，加班是家常便饭。两个数学博士据说“被中介忽悠”，高位买进一套房子，每个月有近两万的按揭要还。相比先生，李殊觉得自己还算幸运。博士毕业后，她来到沪上某高校，任特聘副研究员，至少，可以继续做她的数学事业。

在同事阿常的眼中，李殊是个率真到可爱的人。婚礼前，李殊信誓旦旦要减肥，实际只坚持了一天，放弃的理由是“反正婚纱照可以 PS 的”。但当体检报告出来，身高体重比超了一点，李殊立刻戒掉了心爱的小蛋糕，“数字是无法作伪的”。

阿常是李殊的伴娘，她记得，在接亲的环节，新娘子给两位伴郎出了两道数学题，解不出来要给红包。最复杂的一道偏微分方程理所当然地留给了新郎。新郎微微一笑，那我简单证明一下？随即提笔，“唰唰唰”演算起来。阿常看呆了。

工作日，李殊一般睡到九点多，来办公室简单办公就到了午饭时间。她跟阿常在内的几个女老师一块去吃饭，大家叽叽喳喳，天南海北瞎聊一气。要是天气不错，饭后就再散会儿步，绕着大草坪走一圈。下午通常用来处理杂事，比如填写各种表格，参加一些会议，或者去财务处跑报销。这学期，她给研究生开了一门《应用微分方程》，还有一门本科生的《线性代数》。李殊喜欢上课，但备课让她头疼。晚饭后是真正的工作时间，办公室只剩下她一个人，窗外漆黑，整栋楼安静。她关掉手机和电脑，钉在桌前，笔在稿纸上疾走，注意力光束一般聚焦。这期间，不喝水，不上厕所，不做别的任何事，处于一种完全忘我的状态。如果拍成动画，头发大概会冒烟。过程持续两个多小时，顶多三小时，再长身体吃不消。事后她瘫在椅子里，精疲力竭，被掏空了一样。有时脑壳会酸痛，像大脑的肌肉在抽筋。

烧脑的结果并非都有用，确切地说，绝大多数是无用的。纯数学是一门艰深的学问。有时会做出一些阶段性的进度，但后来发现，大方向错了，之前几个月，甚至几年的努力统统白费。但对李殊来说，这是获得突破的唯一路径。迄今她所有的研究成果，都诞生于这修仙般的烧脑过程。

李殊 1991 年出生在江苏无锡，父亲是个有抱负的人，读书成绩极好，初中毕业碰到“上山下乡”，在苏北农场务了八年农。他给女儿起名“殊”，希望她成为与众不同的一个。小学时，李殊的数学成绩也就“一般般”“混混日子”。到了初中，她的天赋开始觉醒，任何题目都难不倒她。她以数理化满分的成绩考入无锡市天一中学，进入理科强化班。班上的同学大多从小学起就接触奥数，她起步最晚。在指导教师徐晨东的眼中，李殊算不上聪明绝顶，但对数学有一种绝对的痴迷，追求刨根问底，对技巧的理解非常深刻，“有点希尔伯特的风格”。高二时，李殊参加“希望杯”全国数学邀请赛，拿下金牌。有人问她，你数学这么好，一定有什么诀窍吧？李殊一副卡通人物似的呆萌样，挠着头说，没有吧。那人不屈不挠，说，一定有的，再想想。李殊想了半天，只好回答，真的没有……数学就是很简单啊。那人被气走了。

她高考的数学和物理成绩都接近满分，但被文科拖了后腿，没能考入心仪的复旦数学系。徐晨东担心她会受打击，却发现这个女孩“精神特别强大”。大二的暑假，李殊被叫去参加数学建模大赛的集训，她不是很喜欢建模，但还是去了。在学校的机房里，李殊随手点开一条日本偶像组合 AKB48 的视频，一下子“被燃到了”。数年后她成为“饭圈”女孩，想来就是那时埋下的种子。

李殊从小喜欢日本动画，《灌篮高手》《火影忍者》《幽游白书》《钢之炼金术士》陪伴了她的青春。她偏爱那种永不服输的热血主角，欣赏《棋魂》式的逆袭。研究生她杀回了复旦，从事几何分析与偏微分方程方面的研究。她至今怀念在复旦的时光。那时的生活更简单一些，从早晨睁开眼，随时随地可以思考数学问题。体力也更好，一天能烧两次脑，下午一次，晚上一次。

系里有个老先生，是载入科学史的人物，80 多岁了还在做数学研究。有时碰到了，就跟后辈们聊聊天。老先生说，你们数学做不好，是因为语文不好，音乐不好，“回去多读一些文学作品，把唱歌练好，没准研究就做出来了”。

导师鼓励学生做新的东西，所谓的新东西，就是那些没人解出过的数学问题，人类智力的无人区。每一步都是前无古人的，同时意味着风险——前方是金矿还是沼泽，完全不可预知。李殊有个师兄，天赋极高的那种，研究时钻了牛角尖，死活走不出来，弄到身心俱疲，最后勉强毕业了事。李殊的第一项研究成果，是流体力学中一维欧拉方程的爆破（爆破：速度或加速度无穷大，方程失效）。她苦苦跋涉了许久，却始终看不见终点。那天她去找导师讨论，做好了“再算不出来就放弃”的准备。两人轮流在写字板上推演，突然间，云开雾散，所有的山和沼泽都消失了，道路变得澄澈透明，只剩下一些技术性的障碍。导师对李殊说，今天你就把它做出来。李殊回到宿舍，埋头计算，那些烦琐复杂的推导，指向一个简洁明了的结果。她知道，这是对的。当她从稿纸中抬起头来，已经是深夜十一点。李殊约上室友，去复旦北门外的“黑暗料理”摊，一人叫了一瓶饮料，点上几串烧烤，算是庆祝了一番。

第二次突破来自 Oldroyd-B 方程。一般认为，此方程只有在特定的“结构性假设”下才能求解（类似中学数学里的“缺条件”），李殊告诉导师，不用加假设，她也能解出来。导师不信，她就一步步演算给导师看。等论证完成，导师拍着她的肩说，恭喜你，可以出师了。此时又到了深夜，唯一能庆祝的地方只剩下北门“料理”。跟上次不同的是，这回有男朋友陪着她，也是她数年后的“先生”。

此前三年多的时间里，李殊换过三个研究方向，没写出一篇论文。她处于焦虑苦闷中，一次次地怀疑自己。朋友跟她讲，有个新成立的本土少女组合——SNH48 的首秀，要不要去看看。

李姝记得很清楚，那天是2013年的1月12日，门票48元一张。她是抱着diss（怼）的心态去的，觉得不过是AKB48的山寨版。与日后的公演相比，首秀有诸多的不成熟，女孩们显得有些紧张，唱歌出现了破音，跳舞也不太齐，但那份笨拙的努力打动了李姝。她坐在欢呼的人群中，有了流泪的冲动。从此她“入了坑”，每个周末都乘坐地铁10号线，从复旦大学去嘉兴路上的星梦剧场，为偶像们打call。SNH48全团（包括北京、广州、沈阳、重庆的姊妹团）最多时有三百六十多名成员，这些在外人眼中“长得都差不多”的女孩，李姝能如数家珍地报出每一个的来历。演出结束后，她排着队，与偶像们轮流击掌，分享成功和喜悦。她买了许多握手券，单张握手券的价格大约是35元，可以同一名成员握手聊天十秒钟，一次最多可使用30张。下回再去时，偶像就记住了她。偶像问她，在哪里念书，辛不辛苦，然后瞪大眼睛惊叹，“哇，好厉害耶！”她过生日，偶像给她手写贺卡，写了满满一张纸，字迹稚嫩，“不要再说抱歉的话，那你不就饭（fan，喜欢）我饭得太辛苦了吗？”

在李姝看来，偶像与明星有着显而易见的区别。明星高高在上，带有某种神秘光环，与粉丝保持安全的仰视距离。偶像是普通人，是身边人，尤其那些养成系的偶像，你看着她入圈，看着她一点点进步、一点点变厉害，看着她在舞台上闪闪发光，你会觉得，所有的陪伴和付出都是值得的。偶像是平行宇宙的另一个你，她替你去打拼，去实现梦想。李殊买过许多应援物，从几十块的毛巾、荧光棒到几百上千的相册、签名海报。这场游戏里，喜欢意味着责任，花钱的责任。握手、合影、投票、应援……折算成真金白银，流入幕后的经纪公司。不是看不透这一切，很多时候，掏钱包的理由，仅仅是“不想让偶像失望”。粉丝们的付出，直接决定了偶像的出场顺序、曝光率、歌词数量以及舞台上的位置。那种妄想不花钱的喜欢，被嗤为“白嫖”。

每年7月，SNH48举行年度“总选举”，由粉丝投票数决定成员们的最终排名以及相匹配的资源。投票方式包括但不仅限于：购买78元一张的EP（单曲），附带一张投票券、生写、握手券；售价1500元左右的大盘，含一张EP和十几张投票券；囊中羞涩的学生党，可以在官网点击，五块钱投0.1票。

第一届总选举在2014年，李殊当时的偶像是万丽娜，一个粉丝心目中“资质普通但一直很努力”的江西女孩。7月26日晚，名为“一心向前”的总选举发布会暨演唱会在长宁国际体操中心举行。之前预估，万丽娜的最终排名应该在十二三名。当主持人宣布入围的Top16名单时，现场气氛达到高潮。第十六名，徐晨辰，5344票；第十五名，孔肖吟，5413票；第十四名，易嘉爱，5653票……李殊暗自高兴，偶像没让人失望。第十三名，戴萌，5785票；第十二名，龚诗淇，5877票；第十一名，李宇琪，6027票……身边的小伙伴跳起来，偶像进前十了！第十名，陈观慧，

6318 票；第九名，陈思，6407 票……一个个名字叫下去，心揪得越来越紧。当公布到第四名时，李殊绝望了，她接受了这残酷的现实——偶像没能进入 Top16。她忘了自己是怎样离开那个充斥着喧嚣和眼泪、悲伤与狂喜的舞台，只记得自己在地铁里哭得上气不接下气。第二年的总选举，李殊和小伙伴们铆足了劲儿，为偶像“复仇”。李殊瞒着父母，拿出 1.5 万元奖学金，全部投给了万丽娜。最终，偶像以 31608.3 票获得第六名。那一刻，偶像在台上哭，李殊和小伙伴们在台下哭。胜利了。

工作后，李殊去剧场的次数少了许多，也不再那么冲动地花钱。交通不便是一方面，另一方面是“节操碎了”，即不再专注于某一个偶像，而是同时喜欢上好几个，用情不深，像个“渣男”。此外，毕业后直面经济压力，人会变得现实很多。但她从不后悔那段痴迷的日子，事实上，她感谢偶像们陪她走过的岁月。数学是孤独的事业，仰赖单兵掘进，一意孤行。越是艰难的问题，越需要独自面对。追星却是一种立竿见影的快乐，投身热闹的人群，一起哭一起笑，是忘我的轻松。如今，在低落或疲惫时，李殊还是会习惯性地戴上耳机，打开一段昔日的视频，热血的音乐响起，不知不觉，眼泪会流下来。

李殊的研究方向之一，是“杨-Mills 方程”在弯曲时空中的适定性（数学术语，指方程存在唯一且稳定的解）。现代物理学认为，宇宙中有四种基本的力：电磁力、引力、强相互作用力、弱相互作用力。一切物理的现象都源自这四种力的组合。科学家们冥思苦想，希望找到统一这四种力的“终极理论”。1954 年，时年 32 岁的杨振宁和学生 Robert Laurence Mills，提出杨-Mills 规范场论。规范场论完美地统一了引力之外的另三种力，被视为近代物理学最重要的成就之一。规范场论的核心就是杨-Mills 方程。2017 年，Joachim Krieger 和 Daniel Tataru 在数学上证明了杨-Mills 方程在闵可夫斯基时空（平直的空间与时间）的适定性，而根据爱因斯坦的广义相对论，引力是时空弯曲的一种表现。李殊的研究，容易令人联想到“大一统”的终极理论。在科幻电影《星际穿越》中，正是这“终极理论”拯救了地球。

李殊主攻的是纯数学理论部分，离“拯救地球”差得很远。她坦言，至少目前看来，自己的研究并没有什么实用性价值。一次校外答辩会上，某位领导请李殊阐述项目的应用前景，李殊老老实实地回答，没有。领导觉得可惜。以世俗的标准衡量，许多纯数学研究本身是无用的，比如哥德巴赫猜想，比如孪生素数猜想，比如费马大定理，一代代数学家为此煞费脑筋，却不太可能转化为实际的生产力。

黎曼是个例外。19 世纪中叶，德国数学家波恩哈德·黎曼发展了一套不同于传统几何学的体系——黎曼几何。在黎曼几何中，空间是弯曲的，同一平面内不存在两条平行线，也不存在无限长的直线。黎曼去世近五十年后，爱因斯坦发现，黎曼几何能完美地描述被质量扭曲的不均匀时空，并以此作为数学基础，创建了大名鼎鼎的广义相对论。李殊觉得，数学可能有用，但为了“有用”去研究数学，是另一回事。黎曼之外，更有无数卷帙浩繁的数学公式定理躺在故纸堆中，多少年无人问津。纯数学是一种纯粹的对知识的追求，不应抱功利性的目的。事实上，当围棋被 AI 攻克后，纯数学已是人类智力最后的堡垒。在此疆域，当今最强大的算法和超级计算机，也无法企及大脑思维的深邃。

与其他学科相比，纯数学研究的条件相对简单：一张纸、一支笔、一张安静的桌子，以及大量可自由支配的时间。目前的科研体制下，为便于考核，每一个岗位都设有相应的要求，比如特聘副研究员，三年考核一次，要求 50 万元以上的科研经费到账。为了完成考核指标，数学家必须不断发表新的论文，申请新的项目，哪怕是一些阶段性的成果。李殊手头有一项国家级项目、三项省部级项目，她用经费购买了性能优越的计算机，主要用于修改论文、做 PPT 以及收发邮件。最核心的演算，只能在纸上完成。

对于那些“大问题”，三年是太短的时间。菲尔兹奖获得者、英国数学家蒂莫西·高尔斯有个比喻：数学中绝大多数影响深远的贡献，是由“乌龟”而不是“兔子”完成的。李殊崇拜的数学家张益唐，青年起即专注于破解朗道-西格尔零点猜想，至今仍在艰难逼近中。由于长期不发表论文，张益唐一度很难找到一份稳定的教职，甚至去快餐店打过工。也有人劝张益唐，凭他的数学天赋，可以轻松在软件公司得到一份高薪，或者干脆去赌场，“赢的钱对半分”。张益唐拒绝了。

在这个时代，聪明的头脑大多去干别的了。但总有些人留了下来，继续做一些辛苦而没有意义的事情。

在数学家的圈子里，李殊不是一出道就光芒四射的明星，更像是一路升级打怪的偶像。她有她的野心，和不甘心。她想研究大问题，又有现实的顾虑。眼下她 29 岁，刚结了婚，过年回家势必要面对“什么时候要孩子”之类的问题。她其实是喜欢孩子的，同时也担心，有了孩子以后还能不能保持研究状态，能不能继续拥有自己的时间。她感觉到了紧迫性，希望把别的事先推一推，让自己再燃烧个几年，做出一点东西来。

牵强地说，研究数学和追星有一点相似之处，两者都是纯精神领域的追求，都无法带来世俗意义上的回报，甚至以折损现实利益为代价。为了继续做研究，李殊放弃了金融、IT 公司的高薪；为了追星，她花了很多钱，至今不敢告诉父母。她笑着说，“他们会气疯掉的”。追星和数学，在她的身上，不是硬币的两面，更像是两根绳子，彼此握紧、缠绕，结成一个更丰富、更完整、更强韧的个体。

怪兽才是生活的本质

杜 梨

在中国，有数十万喜爱奥特曼、假面骑士、超级战队等日本特摄片的粉丝。特摄片意为特殊摄影，大多以真人和特效相结合，讲述英雄与怪物战斗的系列电视剧和电影。1954 年，日本的东宝株式会社横空推出怪兽特摄电影《哥斯拉》后，深深地影响了西方电影，以及后来的斯皮尔伯格、蒂姆·伯顿等大师。

第一部《哥斯拉》的收益支持圆谷英二随后成立了自己的公司，并将《奥特曼》系列推向市场，广受好评。1993 年，上海东方电视台第一次将《奥特曼》系列引进中国，从此日本特摄片给一代又一代的中国孩子开创了魔幻的想象世界，以光怪陆离的设定和剧情吸引了大批粉丝。这其中，就有为特摄衍生品痴狂的 90 后青年。玩具和模型的世界对粉丝们来说是纯粹而富有魔力的，然而玩具背后的人却有着明与暗的较量。

2019 年冬天的一个夜晚，在天津自家的工作室中，20 岁的魔幻龙打开抖音直播，把前不久从日本带回的手办——超合金魂大兽神从包装盒里拿出来，介绍过玩具后，他把盒子扔到地上，镜头对准玩具盒，配上二手玫瑰乐队《疯狂的外星人》的主题曲，跳过去把硬挺的盒子跺扁。

随即，他的直播弹幕里传来一片哀号："大神你不要可以给我！""我酸了！太壕了！""盒子做错了什么，为什么要这样对待它！"

那款超合金魂大兽神国内市场价值大概为1800元人民币，而被魔幻龙踩瘪的盒子价值大概200元。

在普通人看来，玩具的包装盒仅仅是一个纸盒。但在大部分玩具玩家看来，玩具包装盒是玩具收藏的重要组成部分，有人严格地要求盒子必须保持"八角尖尖"，不能有丝毫压扁或边角损耗的状况。在二手交易市场上，同样的玩具，有盒的可以比无盒的贵100~300元不等，价格也会随着时间的推移水涨船高。魔幻龙因为毁掉了无数个玩具盒子，其总价值难以估量，而被特摄圈里的人称为"毁盒狂魔"。

魔幻龙看着屏幕上的哀鸣，眯起细长的眼睛微微一笑，头发滑下来遮住了他半张尖脸，用被漆染成银色的手捡起盒子扔进垃圾桶。这只是他从日本带回来的100多件玩具中的一件，由于带回的玩具过多，他又忙于上学和做模型，一直没有拆完。他说自己是一个被玩具盒困扰的玩家，"我家的玩具实在太多了，如果把盒子都留着的话，那么我只能睡到屋外。我在乎的是玩具本身，盒子只能用来踹着玩儿。"

因此，曾有不少人提出过收购魔幻龙的玩具盒，他一一拒绝。他的理由是，市面上的玩具鱼龙混杂，有些居心不良的“倒爷”会拿正版的玩具盒去包装盗版或散装玩具，以次充好，卖出高昂的价格欺骗新人，牟取暴利。出于对特摄的热爱，魔幻龙坚决反对这种事情发生。除了卖废品，他还会拿玩具的盒子当外包装给人发货，缠满了胶条的盒子在快递中被磨得不成样子，也没有被人拿去二次利用的可能。

魔幻龙喜欢在各种购物网站大量购买他喜爱的玩具，托朋友龙少从日本网站上淘最新的特摄玩具，买玩具时他从不讲价。在龙少看来，即使二手的玩具有氧化、掉漆、断裂和缺件等状况，魔幻龙也玩得津津有味。这样的购买力度使得魔幻龙的家中塞满了密密麻麻的玩具。

14 岁那年，魔幻龙的父母给了他一套两室一厅的房子，魔幻龙把这套房子开发成了他的模玩工作室，在里面做道具和模型，同时可以赚些外快。现在，这套房子里也塞满了大量的手办和模型，还多了两只猫。目前魔幻龙收集的有：假面骑士的 CS 腰带、CSM 腰带、DX 机器人变身器腰带周边、SHF1/12、RAH1/6，1/6 头像、超合金魂、高达 PB 限定基本达 80%以上，这些玩具的价值难以估量，他也并不在乎其背后的价格或者升值空间，“反正我的玩具基本上只进不出”。

与还在上大学的魔幻龙不同，热爱特摄的颜夜已经兼职加工作5年了，但他的心思却不在收玩具上。

颜夜今年23岁，皮肤白皙，眼睛黑白分明，五官干净利落。他的专业是机电一体化，分配实习时做过系统录入、维修工、操作工、小型化叉车司机，兼职做过儿童游乐设施的教练和安全员，餐厅的服务员和公司的保安，等等。正式毕业后，他在天津市总医院、南开医院等医院都做过系统录入等工作，目前在天津一家医院里做仓库管理员。

此刻他穿着无菌隔离服，快步地推着车经过医院的走廊，配送医疗器械、无菌物和医疗耗材去跟一台手术。进了手术室，他向实习医生们讲解医疗器械使用规则和注意事项。介绍完产品后，他走到隔离室里，沉默地和其他指导医生站在一起观看手术进程，无影灯打下来，主刀医生和护士开始忙碌。

手术很顺利，他带着设备离开手术室回到仓库整理库存，一转手术室的严肃气氛，仓库的几个同事都笑着问他今天的手术怎么样。今天不忙，颜夜琢磨着，可以早点下班回去做特摄的铠甲。白天他在医院忙着整理库存、清点盘货，夜晚他回到家中，继续进行“二次元”和特摄方面的道具制作，比如奥特曼的武器、假面骑士的铠甲、动漫 *Overlord* 主角的骨头王装扮等。

大部分夜晚，他都在制作客人的订单，只有极少数闲暇时间，才有精力去做一些能发挥自身想象力和创造力的作品。最近，他带着自己原创的怪兽宝宝——以奥特曼系列中一些著名怪兽为原型创造出的幼年怪兽，参加了捷德奥特曼的天津见面会，怀抱着怪兽宝宝与捷德奥特曼合影。

在周围喜欢特摄的同好看来，颜夜工作时穿上白大褂，和《假面骑士 Ex-Aid》里面那些主业是医生的骑士不谋而合。颜夜则强调，仓库管理员和道具师都是他的正经职业，两者他都会认真地对待。除了这两个职业，空闲时他还会应朋友邀请去剧组做临时场务和群众演员。最早时，他在电视剧《闪光少女》里扮演过蜘蛛侠；最近一次高曝光的正面亮相，是在电视剧《老酒馆》里扮演出场不多时就被击毙的悍匪。杀青后，演员刘桦笑着评价他，“不适合演悍匪，太细皮嫩肉”。

这位“细皮嫩肉”的青年，内核是个沉稳的完美主义者。漫展结束后，他把怪兽宝宝都随手送了出去。自从开始做道具，能让他觉得完全满意的作品很少，对于不满意的作品，即使是接的商业订单，他也会白送。

雷欧吧的老吧主凤源向网上传了几张他做的 Xplus 系列雷欧树脂修复重涂的图片，原本崭新的红色雷欧树脂雕像在他的手中被还原为《雷欧奥特曼》一剧中雷欧激斗的灰尘姿态，雷欧的四肢都被涂上用来做旧的土色，身体细节处也加上了一定的阴影，带着些许昭和时代的历史感。继续找寻，还有他去年喷涂的《雷欧奥特曼》第 13 话中出现的宇宙人巴依布星人。这款宇宙人玩

具是从日本的べらねどん工房购买的 GK① 白模，白模意味着需要玩家自己动手打磨、拼装、喷涂颜色等。

特摄玩具收藏圈中，由于树脂雕像的高复杂度能将细节表现得比较完美，因此数量也有所限定，比一般 PVC 材料的手办要昂贵许多。很多日本的工房都提供给玩家半成品树脂 GK 白模，GK 白模看其做工、人气和大小，一般一款从 500 ~ 2000 元人民币不等。

凤源把模型展示柜和工作室都设立在自家地下室，喷漆有毒，他采用了专业的双筒排风。他依照着剧中的样子，给巴依布的眼睛上涂上调制好的蓝绿色，又给它的全身叠加阴影，局部调亮，做成渐变色。接着他按照说明书，绘制并剪裁了巴依布身上的塑料片，待整体颜色干燥后，用镊子夹着粘到它的耳边和胸前，固定住后再喷一层尘土色。为了让宇宙人雕像更加有质感，他买了场景制作材料，给它做了个地台，巴依布圆圆的脚周围堆着一些建筑碎石；雕像前面的名牌，也是他照着剧中字体写好放上去的。凤源所使用的 SNS 平台上，这样的涂装雕像展示还有很多。凤源给每一个涂好的雕像都用单反拍了细节图，对网友的问询有问必答。除了自己赏玩，他也接一些关于喷涂的小生意，一单雕像白模代工，约 1500 元起。

---

① 编者注：Garage Kit 的缩写，指套装模件。

凤源 23 岁，褐色的偏分卷发下是一双单眼皮眼睛，戴着眼镜看起来斯文而严肃。他是雷欧奥特曼的重度爱好者。出于对日本特摄的热爱，从广州美院毕业后，他去日本继续攻读艺术硕士。闲暇时，他每天都要看几遍关于雷欧的片段、集锦、书籍和杂志，《雷欧奥特曼》这部 51 集的电视剧他已经看了十遍，雷欧剧集中每只怪兽和宇宙人的名字他都能脱口而出，“别说是雷欧了，整个昭和时期的怪兽，85%我都报得出来名字”。在他家地下室靠墙的一排柜子中，摆着 160 多个雷欧奥特曼，还包括雷欧剧集中出现过的大怪兽在内的扭蛋、手办、雕像、戏画等，大约有 60 本奥特曼的书籍和 300 本的特摄类漫画。

从最初对雷欧的狂热搜集走到今天，他也有过倦怠期，长相雷同的雷欧，他们银色的鹰角、多边形的黄眼睛和红色的身躯在他的柜子里挤挤挨挨地占了大半，他一度有些审美疲劳，放慢了自己收藏的步伐。有些玩家一旦失去兴趣，就卖掉自己的模型，但凤源坚决不卖任何一个。只不过现在，他有意识地进行选择，收藏更稀有的树脂雕像。

在中国，像凤源、魔幻龙这样随自己心意买玩具的人并不在少数，但能像魔幻龙一样从小被家长带着一起看特摄的人却不多。

“克塞号前来买菜！”已经 46 岁的魔幻龙父亲还喜欢把这句自改的《恐龙特急克塞号》台词挂在嘴边，他至今还会看《变形金刚》的漫画，手中的变形金刚玩具G1系列接近全齐，MP系列出了就买，还有差不多集齐的邪神三部曲、电影系列、IDW系列和围城系列，堪称变形金刚玩具的骨灰级收藏者。

魔幻龙的父亲是70后，成长在20世纪80年代，当时中国刚刚开始引进日本和美国的早期动漫和特摄，比如《变形金刚》和《恐龙特急克塞号》等优质作品。英勇善战的时代战士和华丽的变形金刚，都给他的父亲留下了深刻的印象。他父亲从那时就沉迷于《变形金刚》，在百货大楼和劝业场各处购买模型，和朋友们一起交换着玩。由于他的父亲从来不扔心爱的玩具，在家中积攒的越来越多，成为国内最早一批变形金刚玩具的收藏者。

在这种家庭中长大的魔幻龙，几乎从小就是个“顽主”。幼年的魔幻龙看见爸爸的无数变形金刚玩具，他也嚷着想买喜欢的假面骑士和奥特曼玩具，他的父亲一边把在行家眼中可以卖出100元的IDW日版大力神盒子剪开，往里装了两袋食盐和杂货放到厨房架子上，一边笑着对魔幻龙说，“想要玩具的话，就拿奖状来换”。

为了得到更多的玩具，魔幻龙开始参加唱歌、跳舞等活动，拿奖状去和父亲换玩具。到了小学，他开始学乒乓球、参加文艺演出、摄影、做军模等，他靠乒乓球获得了国家二级运动员证书，摄影拿了天津市一等奖。2004年《迪迦奥特曼》被引进中国，在全国范围内斩获了无数粉丝。一天，他的父亲下班后笑眯眯地给了他一套《迪迦奥特曼》的光盘，“拿去看，我听说现在小孩儿都看这个”。

《迪迦奥特曼》的流行使魔幻龙第一次和周围的同学产生了共鸣。在此之前，他看《变形金刚》和《恐龙战队》，周围的人都在看《喜羊羊和灰太狼》和《果宝特攻》，他与他们无法交流，感到非常孤独，回到家也只有和父亲一起交流《变形金刚》。父亲为了让他更好地和同龄人玩耍，给他买了大量《迪迦奥特曼》的周边玩具，最重要的当然是迪迦奥特曼的变身器。

逐渐地，魔幻龙不再满足于只购买变身器，他更渴望真正能够穿上那身特摄英雄的皮套，变身成英雄。于是他开始上网搜寻商家，却发现知名店铺的特摄皮套实在太过昂贵，一套均价在两万元以上；其他的商家虽然相对便宜，但制作水平参差不齐。当时的魔幻龙已经开始学习美术，他看着那做工粗糙却卖出高价的铠甲和皮套，想着自己可以做得更好。初三那年，魔幻龙经过剪裁、打磨和喷涂，亲手制作出一套属于自己的假面骑士铠甲，并穿着这套铠甲去参加了天津市内的漫展，据他说，他应该是天津市第一个 COS（扮成）假面骑士的人。

颜夜的童年故事则有些不同。在幼儿园看过奥特曼后，家长带着颜夜去音像店里租了《哥斯拉》。看着看着，年幼的颜夜十分困惑，“这里为什么没有英雄呢？奥特曼去哪儿了？”

诚然，哥斯拉和奥特曼同属日本圆谷株式会社的得意之作，以哥斯拉为代表的怪兽特摄更是风靡全球。然而，在哥斯拉的世界观里，并没有类似于奥特曼一样可以巨大化的英雄来为人类承担灾难，一切都要靠人类自己来解决。在经济腾飞的世纪之交中，1999 年谣传的世界毁灭并没有如约前来，人人处在对新世纪的展望中，忙着下海挣钱，一派欣欣向荣的景象让人们很难想到类似于“反英雄”和“反乌托邦”的设定。

中国电视台大量引进日本的奥特曼系列，里面都是光明高大的英雄，很少出现“无英雄”的局面。哥斯拉摧毁东方明珠的逼真程度、电影的场景调度和拍摄手法、无英雄的设定都让颜夜震惊，他第一次觉得特摄中黑暗的反派世界也很迷人，似乎心里种下了什么东西。

小学，颜夜家中突生变故。与此同时，《迪迦奥特曼》逐渐风靡全国，周围孩子手里拿着剧中的飞燕一号和飞燕二号在班上兴奋地炫耀，班上的胖男孩拿出迪迦的变身器在他面前晃来晃去，眉飞色舞，“你不是喜欢奥特曼吗？怎么你连个玩具都没有？”

当时颜夜家里没有电脑，只有寒暑假才能看一两眼电视，或者去亲戚家上网看两集《迪迦奥特曼》。这部只有 52 集的特摄剧，颜夜断断续续看了三年才看完。家里起初对他看特摄并不太支持，他也没法张口向家长要求购买玩具。直到初二家中能上网了，他才开始上网大量收集关于特摄的电视剧和周边消息，寒暑假天天泡在特摄剧和论坛上，从中结识了不少热爱特摄和二次元的朋友。他看着那些在他眼前炫耀的同学，抿了抿嘴唇，对他来说那似乎是一次宣誓，“我以后会去制作奥特曼道具的”。

几年后，颜夜去朋友的动漫周边店里帮忙，偶尔帮对方做一些高达的模型，当时店里希望出一个全手工制作的钢铁侠铠甲，代表小店去参加天津的漫展。在朋友的指导下，他花了两周做出了一整套钢铁侠铠甲穿在身上。到了漫展后才发现，全场只有他和另一个自制的高达机甲两个重甲装备，两人一下成了焦点。那位“高达机甲”迈着缓慢的步伐向他走来，伸出手臂与他碰拳，机甲相撞的一瞬间，颜夜在头盔后面有了久违的笑意。他想，我的道具征途就要开始了。

凤源和颜夜一样喜欢怪兽，颜夜倾向于自己亲手制作怪兽的头盔和铠甲，而凤源则注重于给怪兽做各种各样的上色、涂装和手雕，这个想法蛰伏在他心里许久，与童年启蒙有着千丝万缕的联系。

凤源的爷爷是裁缝，父亲是建筑设计师，爷俩都很喜欢画画。凤源三四岁时，爷爷带他一起画画，凤源用针管笔描完动物以后，爷爷再给画上色。随着凤源慢慢熟练，他也开始试着上色。起先是普通的水彩笔，再后来是用毛笔。早年培养出对动物的美觉后，凤源便特别喜欢看特摄片和科幻剧，里面形形色色的怪兽在他看来，是对现实的一种奇幻跨越。它们看似粗糙庞大的身躯散发着独特的美感，其后隐藏的外星人的阴谋、人类的欲望和恐惧，都让他迷恋。

父亲看凤源如此喜欢画画和特摄片，也有意培养他的艺术天赋，每周带他去商场买奥特曼的 VCD 和玩具，其他奥特曼的碟片都是散碟，只有雷欧的买了一套。《雷欧奥特曼》以硬核著称，与其他奥特曼不同的地方在于，其中的真实武打部分占了很大比例，“雷欧飞踢”也被广大“奥迷”奉为经典。主角的演员在训练时几乎不用替身，导演甚至为了表现训练中的残酷，让赛文①在沙漠中开着一辆实际上刹车失灵的车去撞他，凤源一面跑一面大声制止的场景都是演员的真实呈现。这些让凤源坐在电视机前流连忘返。

随着年龄增长、心智成熟，凤源淡忘了总被众人称为“小孩儿才看的”奥特曼。转折发生在凤源大二那年，偶然在网上看见奥特曼 50 周年纪念日，记忆突然闪回幼年坐在电视机前看“雷欧飞踢”的场景。十几年的空白过去，他竟然有些懊悔，为什么当初的热爱没有坚持下来呢？

就像一部讲述特摄宅②的日剧《特摄 GAGAGA》中所说，忘记了不要紧，日后也许会想起来。凤源的奥特曼情结在那刻复燃，他不仅上网重新看了当年的特摄剧，同时在各种网络平台上

---

① 编者注：奥特曼的名字。

② 编者注：指专门爱好特殊摄影剧集的粉丝。

收集雷欧的玩具和模型。怀揣着把雷欧所有周边集齐的想法，他从最基础的塑料软胶玩具起步，经常熬夜泡在 SNS 上结交同好。雷欧的年代较为久远，很多模型已经绝版，常被炒出高价，凤源便会在国际二手平台上寻找好价，或托各种关系去日本购买。有次，他甚至找到了一套雷欧的录像带，不惜高额拍下，运回了国。

为了不委屈到手的雷欧，他从大学宿舍搬了出去，在广州租了套房子，买了模型柜摆放雷欧。某一次，他突然看见了别人上传的 GK 白模大怪兽，童年对动物和怪兽的喜爱被再度激活，只有英雄的柜子是不完整的，他开始四处打听 GK 白模大怪兽。

原来这种怪兽大多都是由日本当地的私人工房进行制作，每年在日本有两次展会，模型师们会摆出自己做出的怪兽模型，以供玩家赏玩购买，一般不在海外进行销售。凤源看到那些精致的怪兽模型，拜托日本留学的朋友给模型师写邮件，表达了购买意愿。通过层层传递消息和海关运输，第一只 GK 白模怪兽终于来到他手中。凭着专业的美感训练，他给怪兽涂好了颜色，又拜托朋友发图给模型师，和模型师交流上色经验。

大学毕业那年，凤源把模型柜子送给朋友，而那些心爱的模型则花了 2000 多元寄回了杭州的家。

“哎，你天天玩那些玩具有什么用，连个手机都换不起吧。你看见我这新手机了吗？打游戏速度特快！”班里的男生穿着新运动衣，脚踩着市场炒到上千的 AJ 篮球鞋，特意在女生面前提高了声调对魔幻龙说，脸上轻蔑的表情一闪而过。

魔幻龙“呵呵”笑了两声，他的手机是家人充话费送的，市场价 1000 元左右。他平时除了穿从日本购买的正版奥特曼队员服装，就是些普通衣服。六年过去，魔幻龙做手工和道具的技术日益精进，除去给自己做假面骑士等特摄类的铠甲，平时也会在网上贩售他手制的铠甲或皮套，一套大概 1500 元。他用赚到的钱给父母买礼物，供自己去日本游玩，买更多的玩具。

周围的男生在不明就里的情况下，经常有意无意地奚落他。时间一长，魔幻龙故意把自己的玩具和玩具价格一齐拍下来发到微信朋友圈和 QQ 空间里，一个玩具的价格从几百元到几千元不等，从此再也没有人来找过他碴儿，反而经常让他请客。

为了弥补对特摄玩具的缺憾，除去兼职和上班，颜夜大部分时间就像报复式地泡在工作室里赶工做道具，仿佛是偿还童年的债。工作室由他和几个朋友合租，大家经常为了漫展和订单，聚在一起赶道具。

一个闷热潮湿的暑假，颜夜接了一个急单，对方让他三天之内赶出一把剧中成人版尺寸的欧布奥特曼的圣剑，好赶去参加欧布奥特曼的见面会，其间发了十多条信息催促和询问。颜夜从构图、修整图版，剪裁、雕刻就用了一天时间，赶出了雏形；第二天，他开始打磨材质处理表面，忙到深夜刚要躺下，窗外突然下起瓢泼大雨。颜夜的心沉了一半，还有一天时间，喷漆能干吗？

宝剑的漆量很大，每喷一遍漆，他都至少要等三个小时漆完全干透后，再补上一层漆。喷漆有毒，颜夜戴着防毒面具，喷完之后，又把风扇开到最大。刺鼻的味道透过防毒面具令人头昏脑涨，颜夜偶尔去阳台上透口气，再回来继续制作订单。最后一遍喷漆喷完，已经接近凌晨，他睡到早晨 8 点，又赶忙把宝剑小心翼翼地带去现场。

对方看到之后很激动，连忙拿起宝剑做了几个剧中的姿态，他在一边叮嘱了些注意事项。在那种氛围的感染下，连日来睡眠不足造成的头疼也好了些。那一单，他只收了对方 350 元，远远低于市场手制道具的价格。“我周围的朋友都差不多是那种揭不开锅的类型，我也会根据顾客的条件和要求进行很多考量，价格非常随性。”

三年前，风源对圈子还怀揣着一腔热血。但有一次，他在网上展出模型时，遇到一个人软磨硬泡地来加他好友，非要购买他的模型，他拒绝了对方。不久，他却看见对方挂出了同样的东西进行高价售卖，不由得心生疑窦，既然他有这些模型，为什么还来向我买呢？他尝试着去询问对方，却被对方拉黑。随即，对方挂了五个小号过来骂他，每一个小号的言语都不堪入目，每当他回复，对方就拉黑并转移到另一个小号。

当风源去询问周围朋友的时候，才发现对方和他的朋友套磁，低价购买朋友的正版模型，却转手在闲鱼上挂出高价。不仅如此，对方还把正版和山寨玩具混着卖，这让他的卖家评价两极分化。有些老手受骗后去评价里揭露，有些不明所以的新人上当后还会感谢他。从那一刻起，风源发誓要把这个骗子逐出圈子，刚好还有其他人也与此人有过纠纷，他们就一起去闲鱼举报了对方，让对方的几个号码被永久封禁。

这时，他们又听说这个人转战到QQ和微信群继续售卖，同时还安插了卧底在风源朋友的群中。通过对方拍模型的风格和背景、说话语气等蛛丝马迹，风源他们很快确定了这个人就是闲鱼上的骗子，又是一轮揭发与抗议后，对方的QQ也被封了。从此那个人再也没有在圈里出现，又或许他换了一身马甲依然在圈内阴暗处，风源无从得知。

风源说，特摄的玩具圈并没有想象中那么美好，在成年人的圈子里，涉及金钱、声誉、私欲等，都可能会吵起来。而在颜夜看来，特摄圈分为明与暗两个世界，现在大家都争抢着想去穿英雄的皮套，成为漫展和抖音上瞩目的焦点，但很少有人真正具备英雄的品质，有时还会做出一些不好的事，让不明真相的旁人产生“英雄”怎么会去做坏事的幻灭感，反而会降低大众对特摄的好感。

因此颜夜决定，他要制作更多的怪兽铠甲来中和特摄圈的泛英雄化，这个世界上只有英雄是不够的，毕竟，怪兽才是生活的本质。

BEJ48 的粉牛江湖

郭　航

悠唐剧场是处小江湖，少女偶像群体 BEJ48 的 90 后粉丝是这里的主要栖身者。剧场粉圈和普通粉圈的区别在于更强的参与度，这里能直接获得与偶像互动的机会。在人人参与的市场上，金钱、人情、资源、规定……间次作用，随行就市。守序者、破坏者、全情参与者……以共同的兴趣当作身份认同，年轻人各有其位，暗中连缀、生长出了兼具粉丝与黄牛属性的新群体——粉牛。

2019 年 5 月 25 日 9 点，何诉离在楼梯间快步拾级而上。悠唐大厦要一个小时后才正式开门，现在相当安静，员工通道里只回荡着他的脚步声与微微喘息声。

他急急赶往的目的地是 BEJ48 的演出地点——星梦剧场。BEJ48 是少女偶像群体 SNH48 的北京姐妹团——在烈火烹油的偶像市场，SNH48 说不上大火，但也圈定了属于自己的一份蛋糕：公司会在每年 7 月底举办“总选举”，粉丝们靠购买专辑参加投票，让心仪的偶像获得更好的名次，换取新一年更好的舞台站位、更多的曝光机会。仅去年一届总选举，参选的300余位少女偶像中，排名前48的共获得2200多万票。按照一票市价3.5元算，不到两个月间，粉丝们在换不来任何实体回报的虚拟选票上豪掷8000余万元人民币。

何诉离今天正是为2019年的总选举而来：未来的50天内，成千上万的粉丝要再次砸真金白银参与这场“战斗”，以期把自己的偶像送到更闪亮的聚光灯下。

今天是票券开售的第一天。

悠唐剧场外陈设着偶像们的半身像和易拉宝，少女们着装明艳、笑靥如花。何诉离赶到时，发现已有七八个人捷足先登，等在门外排队。看到队伍里丁Sir的“生意伙伴”，何诉离的心里一凉——丁Sir几乎是圈里财力最雄厚的一位，落在他的后面，今天限量发售的五万盘专辑，不知自己还能买到几张？

二

何诉离是BEJ48里小偶像张怀瑾的饭头，负责协调、沟通，组织集体应援。因为严谨，何诉离受粉丝好评，被称为“近几年最好的饭头”。他个头适中、不胖不瘦，笑起来和气，说话待人耐心友善——这在有时戾气十足的粉丝圈并不容易。

他购买专辑就是为了张怀瑾：每张专辑里都有一张投票券，

应援会要么从公司买专辑、把专辑中的其他内容拆卖处理，要么从别人手里直接买拆出来的投票券，前者总能比后者更压缩一点成本。

“专辑里面有握手券[①]、投票券、偶像照片，不同粉丝的具体需求不同；另外，单个粉丝的购买力不足。所以必须有人来大量统一购买，再把里面的内容分别卖给‘散粉’。”何诉离就是在这样的需求下，一不小心成了粉牛。刚刚“入坑”的时候，何诉离曾在剧场帮着别人拆过 100 盘专辑，那时候还疑惑为什么要一次性买这么多，而现在他显然理解得相当透彻：这样一个早上，在丁 Sir 买走 1.5 万盘后，他紧随其后拿下 8000 盘。

一张专辑价值 78 元，8000 盘就是 60 多万元。何诉离刷满了 9 张卡的限额，交易的延迟再加上大额消费后银行的确认电话，整个过程从上午十点一直延续到下午两点。何诉离叫了几个黄牛朋友，搬着 4 个大箱子坐到楼下奶茶店开始拆封。裁纸机上下翻飞，将每张小袋切开条缝，其中的几张纸片被飞花般地分拣出去……几人流水线配合之下，两个小时就拆完了 3600 盘。

东西并不愁卖——一盘原价买入的专辑里，投票券卖 32.5 元，握手券卖 25 元，偶像照片 5 角或 1 元，账户积分 4 元，再加上每 40 张专辑出一份合影签名，摊到每张专辑上最低也可以收

---

① 即用来参加握手会、和偶像互动的票券。一张券兑换 10 秒钟时间，这期间可以和偶像聊天、握手。

回 17 元的成本……加起来总能超出成本价。他好像一个二级经销商，货品被庞大的市场迅速吞下，他当天借了朋友的十几万，第二天转头全部还上。

市场的价格不断波动，这就需要一双能看透行情变化的慧眼：在前一年，两位人气偶像剑拔弩张争第一，两家粉丝铆足了劲儿，投票券价格水涨船高；而今年，之前登顶的小偶像即将毕业，即使远隔千里的外地粉丝，也想来亲眼见见她，握手、合影、签名的价格坐地而起。何诉离没有及时提高价格，少赚了将近 2 万。

何诉离在 2016 年底第一次来到剧场，很快就被张怀瑾吸引：这个女孩举止从容、言行真挚，有一种质朴而不失单纯的坚定力量，笑起来特别好看。2017 年 5 月，张怀瑾的生日，一袭粉裙的她和队友一起唱了《如果的事》。清甜的歌唱声中，两个少女相互拥抱、对视微笑，轻轻触碰对方指尖，让何诉离看到了偶像别致又动人的另一面。演出结束，其他粉丝拉着何诉离一起吃烧烤。大家谈天说地、聊真假八卦，从半夜十二点一直吃到第二天清晨五六点。宴席结束，粉丝们踩着凌晨北京的鱼肚白，坐地铁首班车各自回家，何诉离就算正式结识并加入了规模不算大的张怀瑾应援会。

同年 7 月总选会拉票，张怀瑾穿着霍格沃茨的校服站上舞台。“我曾以为自己应该被分到有主角光环的格兰芬多学院……”

金边方框眼镜下，张怀瑾漂亮的杏眼含着笑意与水光，回顾一路走来考学被拒、膝盖受伤等并不幸运的种种，“我知道，我可能做不了太阳一样的人，但我可以像蜡烛、像路灯、像打火机。我的光芒并不强烈，但会永远去发光。”

台上，少女泪流满面，台下，何诉离热泪盈眶。他强烈地想要帮助她，想让她留在舞台上、在更多人面前发光。拉票会结束，应援会的六个人坐在路边一起凑钱，扳着指头认领份额，数来数去数到五六万，总共能投 1500 票。“第一次参加也不知道怎样去花钱，就是自己出点钱凑一凑，”何诉离说，“当时已经尽力了。”

做黄牛是何诉离为偶像尽的另一部分力。熟悉剧场规则之后，他开始直接从公司买专辑。拿着粉丝的集资加上自己的一部分积蓄，在剧场里整买零卖，周转两月，何诉离把张怀瑾 2019 年总选投票的价格压缩到了 32.1 元每票——这个成绩放在北、上、广三地都足可引以为傲。一般的票价在 33 元，而张怀瑾应援会最终投出两万票，相当于为粉丝们省下 1.8 万元。

“仿佛我就擅长做这个，计算这些数字能带给我成就感。”1993 年出生的何诉离做航天方面的科研工作，朝九晚五。周一到周五，他以真实身份完成工作；到了周末，他就成为悠唐剧场最出名的黄牛之一。“何诉离”这个 ID，已经成了他的另一个身份。

剧场里的人有的叫他“老何”，有的叫他“离酱”。“离酱”的确爱交朋友，他觉得，做黄牛不一定总要挣钱。明知不挣钱的时候也要做，一方面维持人脉、保证渠道畅通，另一方面总有一些朋友与交情，哪怕权当周末消遣、和人聊聊天也没什么坏处。

何诉离把自己打趣成“银行柜员”，由于快速经手庞大现金流而感到某种失真。他有时会以照片形式“发货”给自己的顾客。照片上面整齐排列着的40个二维码里，扫描每个都可以获得48次投票权，而一次投票权又价值33元左右：一张圈外人看来摸不着头脑的图片，在点击“发送”的瞬间，代表了一场价值六万元的交易完成。

二

丁Sir对何诉离的做法相当不屑。

丁Sir穿一袭精干利落的白色风衣，一头有质感的短发。我征询采访是否可以录音，被他拒绝。

“离酱嘛，大概有××××的本钱，每个周末都做，也就能赚个××××。”丁Sir狡黠地微笑，报出一系列估算数字——和我了解的相去不远。

“他们呢，不把自己的时间当时间，我不挣那个钱。”他继续说，“他们是在公司和传统黄牛市场的规则里玩，在别人的规则里面玩不出名堂来——”

丁Sir没有明说他想建立什么样的规则，但这是他的玩法：他和合伙人一共投了120万元人民币在这次总选游戏里，不贪多、不做细，赚一笔就离场。不到两个月，丁 Sir 拿到八九万元利润。

丁 Sir 的生意里绝不存在拆盘、细分——他们有时会整箱打包给买家，让买家完成分装过程，稍低于市场价地拿走自己所需部分，再把多出来的内容还回来。丁 Sir 珍惜自己的时间，珍惜到不愿意直接参与，而要找人“技术入股”，自己则几乎不参与整个流程。

他撇嘴，“这几年粉丝们不行了，不像我们当初那样了。”

他说的“当初那样”，可能指的是他们赶走上一任北京公司总经理。经理 L 和粉丝间素有不合，积怨累加，直到 2016 年某次，剧场突然变更积分规则，致使几位“大佬”粉牛直接损失七八万元，矛盾激化到了顶点。据说当年粉丝们利用公司高层管理的矛盾和派系斗争，丁 Sir 查到了这位 L 经理伙同他人贪污公司财产的证据，一封信直接捅到大老板眼前——粉丝们最终获得了胜利，这位经理灰溜溜地被调离。

“粉丝是消费者，不能太舔了。”丁 Sir 翻出另一张照片给我看。“几年以前的握手会，不给粉丝搬椅子，我问工作人员，工作人员说没有。”偶像们坐在桌子一侧，而粉丝们只好弯腰，甚至半跪在另一侧，让人想起前几年被媒体批判过的，一些傲慢的机关服务窗口。

“然后我就自己搬了个椅子来，结果被工作人员拍下来了，还发上了官博。”图中，粉丝们或跪或趴，只有丁 Sir 四肢敞开、坐姿潇洒。图一发出，当天就在贴吧、微博引起了讨论，大家纷纷询问：“这是哪个大佬粉丝？”一个趾高气扬的丁 Sir，似乎唤醒了粉丝们早已感到的别扭与不满，在舆论的压力下，第二天剧场为粉丝增设了座椅。

丁 Sir 有自己喜欢的偶像，但与何诉离将爱转化成奉献的模式不同，丁 Sir 的说法更加轻佻甚至扎耳：“我是来做‘老公’的，想和偶像谈恋爱，看看能不能把喜欢的偶像带走。”

来剧场的粉丝们，常常戏称自己为“戆卵”，上海话里是“傻子”的意思，大约是购买幻想而徒然无获的一种自嘲；“戆卵”的缩写是 GL，反过来就是 LG，对应“老公”，指代那些能够和偶像真实接触甚至发展恋情的赢家。在明确规定偶像“不得私联粉丝”的剧场里，丁 Sir“想做老公”的言论显然是对规则的蔑视。

丁 Sir 津津乐道于做“老公”的必备条件：首先要有一定金钱投入，其次要创造接触机会，既需要身家，也考验操作，同时要看偶像自身有没有这样的心思。他讲了一系列成功或失败的例子：超额礼物、各显神通获取私人信息……有人借钱消费，最终谎言拆穿、黯然退场；有人成功抱得美人归，把真情告白截图与好友分享、当成玩笑的谈资。他的讲述里面，仿佛追偶像是一场可以流程化的狩猎，偶像这一身份，只是为了增加挑战性和成就感。

出乎我的意料，虽然讲了很多这种故事，但丁 Sir 的应援行为却没有什么投机色彩：给偶像送感冒药、陪同活动、帮她办站子写早晚安诗……他会和偶像私信分享生活中的点点滴滴，细琐频繁，单方面的朋友聊天，坚持了两年有余。一次偶像过生日，他和其他粉丝一起准备了惊喜活动，用荧光应援棒在偶像的必经之路上拼出她的名字，并在三环内的朝阳门放了烟花。金黄的荧光辉映着橙色的烟花，把年轻女孩儿的脸庞照得暖意融融，她眼神明亮地注视着烟花直到结束，然后向粉丝四鞠躬，一迭声道："谢谢，谢谢大家。"

丁 Sir 向我推荐了一本书，名叫《天真的人类学家》，讲述了一个进入非洲文化进行民族志调查的研究者如何上当、被愚弄——他以为自己在观察被观察者，其实是被观察者在配合、"表演"给他看。

某次采访尾声，丁 Sir 问我："那他们都怎么和你说？"在我感到难以回答的当口，他又自顾自地说："他们都没和你说实话。其实人人都像我这么想，只有我给你讲实话罢了。"

三

总选这一局，我打听到赔本的"粉牛"只有一个，就是棋王。赔得不少，据说一把就赔了十万。再听说，这不是第一次了，棋王本大盘大，却经常赔。

棋王是悠唐剧场里经手票务的两大黄牛之一，每场演出108张VIP座，绝大多数都会流入他和另外一位黄牛苏老板的手中：他们买下座位抽选权，抽出票后，再依照位置好坏分别定价售卖。每周末下午三点抽票毕，满是待售的位置，到七点半演出开场前，几乎售罄。棋王本人常坐在剧场入口旁的沙发上，戴一顶标志性的红帽子以便被人寻找，面孔一览无余地透露出学生身份。

棋王还在读大学，家境优渥，有两个姐姐，是家里唯一的儿子。他很聪明，不用太费劲成绩就过得去，因而更受包容宠爱。第一次见到偶像S，是在2017年3月15日，在那之前，棋王曾断断续续在网上看过一些丝芭旗下少女偶像的表演，他喜爱过SNH48第一批出道的偶像汤敏，还没来得及见到，对方就退团了。这成为他心中的小小遗憾，也促使他在屏幕前喜欢上偶像S后，下定决心要来到现场见对方一面。

偶像S身材娇小、长相甜美，握手会当天，穿一身俏皮的红色衣服。她在前一天公演上摔了跤，现场看着摔得不轻，但仍若无其事地展露笑颜，特意站起来和棋王握手、相互做自我介绍。彼时偶像S的努力在队内出名：她唱歌并非强项，于是刻苦专攻电吉他，十指拨弦按弦，全部磨脱了皮。

生日公演上，偶像S拿出了专门为粉丝准备的电吉他串烧。舞台上，只有一束光照亮S的所在。她弹得很认真，低头紧盯着琴弦演奏，马尾辫垂落下来遮住了大半个脸庞，而粉丝们的 call 声响彻剧场，满席的橙色应援棒随着节奏热情摆动。棋王从 S 身上看到一种坚毅与活力，用他的话说，这正是“偶像存在的意义”。

第一次来握手，一张握手券时价 35 元，剧场黄牛卖给棋王 60 元；原价 80 元的座位抽选权，棋王看了两场，分别花费 500 元和 800 元买到。后来他才明白，这是黄牛们的惯用套路：垄断市场、哄抬价格，专门放新粉丝与外地粉丝的血。千里迢迢赶来的外地粉丝，因为不了解价格和渠道，只好乖乖任人宰割。黄牛们也不在意销量——只要找到几个冤大头，卖几张就能稳赚。

这样的结果是观众席十座九空，而给粉丝的观感很差：被宰过一回，下次很可能就不愿再来。棋王感到，长此以往，剧场将会逐渐凋敝，不利于 S 的发展。于是他决定下场打破垄断：投入大量资金，高价收购，再把价格压到正常位置出售。

据棋王说，这样做的原因有二。第一，低价门票将能聚拢人气、留住剧场粉丝，分利给小粉丝之后，他们的钱也总要用在偶像身上，资金回流于剧场，有利于形成良性发展。第二，自己手握资源，将能更多地帮助到偶像 S——刚刚做黄牛时，如果同为 S 的粉丝来买票，他往往给出优惠或附赠；首次来的新粉丝，他有时主动送对方两张券：“去看看 S 吧。”

棋王在剧场周边租了房子，跟着 S 的公开行程飞到天南海北，有时一周见面超过 7 次，把做“粉牛”当成了全职事业。他没有谈过恋爱，对 S 他投入了肖似于情人的热烈与忠贞。有一次，他有好感的另一位偶像来北京演出，他捏着门票在入场口犹豫许久。“不能对不起 S”，徘徊了几圈，没有进场。

然而，这份全情投入反而成了关系恶化的根源。原因是，棋王对 S 的发展道路有看法，觉得她不应该组 CP，反对她下场催集资，认为她不应只亲近一两个核心粉丝。

他认为自己是在为 S 着想，一次次提出意见，并热切地向 S 表达恋慕。这逐渐引起了 S 的反感，频繁的跟随也使 S 感到个人空间受到侵犯。S 的态度变了，和棋王握手时语言冷漠、表情嫌恶，有时左顾右盼一言不发，甚至低头玩起手机。棋王花 1000 多元购买过 S 亲手书写的生日祝福，给别人的贺卡里，S 语气亲昵，写上满满当当的一整页；而给他的贺卡，只有干巴巴的“生日快乐”四字。

一腔热情遭到冷待，他不免感到凄凉。又意识到 S 即将被另外一位人气正旺的偶像超越，他又气又急，给 S 发了语言激烈的私信，被 S 公开截图还击。其他粉丝也攻讦棋王为粉圈毒瘤、要求剧场把他拉入黑名单。棋王说，S 是受了别人的蒙蔽与利用，“我不会怪她，从来没有怪过她”。

在棋王看来，蒙蔽 S 的人中，有被自己断了财路后怀恨在心的黄牛——据说曾经有“仇家”买通了剧场的工作人员，在 S 面前说自己的坏话；也有S的饭头——每年投票结束，饭圈会整理出功劳簿，记载每个粉丝花销的情况，交给偶像过目，有年名册遗漏了棋王，导致S一度以为他是个饭圈所称的“白嫖”粉丝。

“我不愿意去做饭头，”棋王说，“我觉得良心上过不去。”在他的描述里，饭头的工作有点像“恐吓”小粉丝：告诉小粉丝，偶像没有他不行，即使面对省吃俭用的学生也要下得去手，要心安理得地从他们身上榨出生活费来，甚至用这个邀功。“可能一个学生，身上只有100元，给偶像投了99元，但偶像最后能记住他吗？不能，只能记住核心粉丝。”

棋王有种向往“天下大同”的天真，依他看，做饭头帮不到小粉丝，做黄牛反而可以。然而他却感到情感真挚和低调做事者往往被忽略，有些人上蹿下跳反倒能被偶像记住，他感叹：“偶像应该有识人之明。”

棋王赔钱的原因有二。第一，对市场形势判断有误。这次总选，他按照往年经验安排大量囤积握手券，然而今年却取消了若干场常规活动，导致他手中的握手券价格跌破常价的1/3，总亏损近十万。第二，S不理会他。公司曾在“双十一”策划推出游戏礼包，售卖不佳，工作人员主动找棋王分销。棋王知道礼包定价过高、难以出手。工作人员安慰他，参与游戏是S的职责，他们会尽量从旁劝告。可到了活动现场，S看到他依旧转身离开。

说起来，他表情有点落寞，但过一会儿又忍不住痴痴发笑，“S 就是个小孩子，她像一张白纸，别人染一染就受影响。”

他现在正想办法抽身。回顾近三年时光，他感到自己虚掷得太多了。他会去看篮球比赛、打游戏，有时候强迫自己睡个懒觉而误过一些剧场活动。当被问及是否还会去看公演时，棋王回答会，“我是为了看另一个偶像 L”。但过了一会儿，他又主动说，“实际上我还是偷偷看她”。

尾声

我还采访了一些其他粉牛。

比如苏老板，剧场里公认“最勤奋的粉牛”，每周末搬着电脑坐在固定位置，剧场里几乎没有他不做的生意。以忙不过来为由，苏老板多次拒绝过我的采访，真正采访时，他也因为交易的缘故来去匆匆，在商言商，同行说：“苏老板这样的人，挣钱是应该的。”

再比如北漂青年 Qa，女友读博，而他因工作不景气辞职，在剧场做起全职粉牛。因为赔不起，他只做稳赚的生意。日子紧巴但不失生活味道，他们养了一只猫取名“咪噜噜”，而卖票券的淘宝小店，叫“给咪噜噜买猫粮”。女友总在催 Qa 考研，而他性格悠然，一晃眼已经报名并弃考两次，不知道今年是否踏入了考场……

Qa 对我说：传统上讲，“黄牛”是个贬义词，因为很多做的是一锤子买卖。而剧场的粉牛们不同，他们做长期生意，弥合偶像资源和粉丝需要之间的沟堑。粉丝和公司各取所需，交易将让所有人得利。

三次艺考，我仍拥有自己的金蔷薇

屠　剩

一

2016 年夏天，妈为了多赚每天几十块的补助，申请了单位的派遣工。妈说这是他们单位外出挣取效益的一种方式，去哪里打扫卫生都是打扫，在家门口打扫没有在外面打扫赚钱。于是她去了山东济南，而我那年从大学退学回到河南，准备再次复读。

复读学校的老师要我提供上年的高考成绩，我说我是从大学退学回来复读的。老师说那没有办法。之后，妈拜托亲戚找关系帮我进了这所学校，据说送了不少贵重礼物才把事办下来。可学费依然要交很多，总共一万六千块。

报到后我顺路回了高中母校，也就是我之前一次复读的学校。应届生还在放假，学校里空无一人。我漫无目的地在校园里溜达，在教学楼前看见红色的录取光荣榜，上面贴的还是我们那年高考的成绩，我的名字也在上面。

看着光荣榜，我想起上次复读再去北京艺考时，老谢和方丈跟我讲的一件事儿，说有个哥们艺考，考了三年还是几年，最后终于考上了电影学院。

那年夏末，我们仨再次落榜北京的学校，羡慕成功者的同时，都要无奈地做出一个选择：是否再复读一年？

后来，他们告诉我，那哥们儿其实压根儿没考上，真正录取电影学院的朋友都从没见过他，一切都是瞎吹的。

那时我只是不解，为什么要为了面子去讲这种迟早会被揭穿的谎话。直到我从大学退学再次复读，才有些理解了那人。无论是为什么，其中一定会有一路坚持却未果的辛酸。

二

2014 年，我高三，这年我开始接触艺考。

在那之前，我对艺考的认识来自艺考培训班溜进学校发的小广告。散发着刺鼻味道的劣质彩印纸上印着几个引人注目的大字：“低分进重点!”五颜六色的小广告万变不离这五字宗。小广告上几张漂亮脸蛋下面的高考分数和录取学校，似乎都在努力地印证这点。于是，包括我在内的很多人，都认为这是家里有些钱、学习又不好的学生走的一条捷径。

而我走上艺考这条路倒不是因为觉得这是“捷径”，也不是因为成绩不好，而是有一天，我突然发现做艺考生有一个好处，就是老师不会再没收我买来的书。有次，老师发现我桌上有一本价格昂贵的精装《白鹿原》，我急中生智，谎称我是艺考生，需要看书。老师沉默半晌，没有将背在身后的手伸出来，只说了一句：上课别看。于是，我开始故意明目张胆地将闲书放在课桌上，甚至有同学把自己的书暂存在我这里。

一次偶然的机会，我看了一部名叫《灿烂人生》的意大利电影，那是我当时看过的最长电影。数个小时中，我像是陪伴一群人度过了他们漫长又短暂的一生。这部电影给予我内心的深深触动久难忘怀，可能也是我选择艺考原因之一。

上网查阅关于艺考的信息后，我定下了目标：要考中央戏剧学院。初生牛犊不畏虎，现在我再去回忆当时的决定，觉得就像小学时被老师问起将来想考什么大学，我回答清华北大一样。

那时，艺考分联考（统考）和单招。各省份统一的艺术生考试叫作联考（统考），大部分学校都承认这个成绩。还有一部分学校（比如中央戏剧学院）有内部考试，叫作单招。

联考和单招成绩都很重要。联考成绩好的学生，只要文化分够，就能被一些承认联考的好学校录取。在单招里拿下合格证的学生，也必须在联考里拿到合格分，不然学校在录取时会提不出学生的档案。因此，想考上有自主单招考试的学校，必须要过三大关：联考、单招、高考。每一关都是恶战。

我与妈商量。妈抱怨我为什么总想一出是一出。就在去年，我还想着当一名出色的健美运动员。妈说，我没钱让你学这些。

我说，我自学不花钱。妈叹气，摇头。

虽然没说服妈，但我开始每天很早起来，先背文艺常识，再背文化课。晚上放学回到小出租屋写完作业，再看辅导书上推荐的必看电影，尝试写影评。那段时间，妈每天晚上只要工作不忙，就会骑半小时电动车从家里来到出租屋，就为了给我做顿早饭。她看我用功，觉得我这次可能是真的下定决心，总算同意我参加艺考。

自学的过程中往往有很多疑惑。我上贴吧咨询时看见一个帖子，是一位中央戏剧学院的学长招生。我加了他好友，问了许多问题。他说，你可以来北京找我学一段时间，七天课，每天三小时，一共五千。这不是一笔小数目。我说要和我妈商量一下，接着就打消了这个想法。直到有一天，妈过来为我做晚饭，问我考这个不需要报班学一下吗？我说不用，很多人是自学考上的。妈说，看网上有人招生，你报一个吧。我想起那个学长，便说想去北京学，七天五千块。妈想了想说，我和你一起去北京。

也是在那段时间，我在网上认识了方丈。

三

我向班主任请了十天假，与妈一同坐卧铺大巴前往北京。出了车站，我跟在她身后，她一路上问路、找路，直至下午才找到一家距离学长家较近的小旅馆。我看着她问路时的身影，想起过去她从对婚姻绝望、开煤气试图自杀，到真正离婚，近十年里爸只给了几年每月 600 元的生活费就没了联系。妈一个人含辛茹苦地撑起了一个家，变得更加坚强、乐观，从一个醉酒要我喂水的弱女子，慢慢成为我心目中唯一的巨人。她受教育程度不高，常与我因为观点不同吵架，但她自始至终用最大的力量支持着我。看着她厚实而微驼的后背，我感到十分内疚。妈曾说只希望我身体健康、快快乐乐，上什么学校她都觉得好。但我下定决心要考上理想的学校，让妈开心。

学长问我要考什么学校，我说考中戏。他有点惊讶：就这一个？想好考什么专业了吗？那时我还不是很了解单招，只随口说，编导吧。他问，不试试北电吗？我说只想考中戏。他说，行吧，我当年就是光考了中戏一个学校，考的也是编导，我相信你也可以。我说，那你得多教我一些有关单招的东西。他答应说没问题。

我把钱给了他。那时候支付宝、微信还不流行，我拿着妈给我的一沓五千元钞票，觉得真沉。

七天的课很快结束了。在艺考前还要参加省联考，我又在家乡上了几天联考集训班以防万一。我还记得，培训班老师第一次见我，就像见过很多我这种学生一样，问我想考什么学校。我说考中戏。他们看了看我，又像是从来没见过我这种人一样了。他们问，考不上呢？我想也没想，说，复读呗。其实我是在想，怎么会考不上？他们问，再考不上呢？我说，再复读呗。他们笑，说我有志气。他们仍在笑。

联考后我就只身前往北京参加艺考，在南锣鼓巷附近租了间便宜旅馆，没窗，Wi-Fi 信号也几乎没有。

方丈问我考了什么学校。我说，中戏影编。他说，还有呢？我说，没了啊，还能有什么？我只想考中戏。他难以置信：你真的就报这一个学校？好吧，祝好运。

后来复读再次艺考的时候，我们在南京见面，合住一个宾馆房间。他说，当时我特佩服你，你是我见过第一个只考一所学校一个专业的人。我笑，真是不堪回首。

初试是集体面试。我看天气不错，就穿得少，然而在校外的胡同里等待考试时被冻得发抖。就这样，我还装模作样地拿出一本书来看，心想会不会有哪个老师看见我认真的样子来问候一下。我吸着鼻涕，身子不住颤抖，书上的字也似乎跟着抖了起来。

终于挨到面试。我以前从未面试过，心里很紧张。也不知是因为紧张还是因为冷热交替，我的鼻涕止不住地往下蹿。为了避免鼻涕流满嘴，我拼命地往回吸，但又突然意识到，其他考生正在回答问题，我发出吸鼻子的声音不太礼貌。我赶忙开始拿袖子擦，这时才注意到，老师们都皱着眉头看着我。我想起学长说过，面试老师很在意礼貌问题。那一刻，我觉得自己好像完了。

回宾馆躺到床上，我想着面试，不知不觉竟睡着了，连梦里也是面试。醒来后，因为没有窗户，我不知道是早上还是晚上，就这样过了三天日夜不分的日子。出成绩那天，我睡到晚上，去门口小餐馆点了一份宫保鸡丁盖浇饭，一手舀饭吃，一手拿着手机不断刷新学校官网。

成绩终于出来了，是红色的“未通过”三字。

我放下饭匙，付钱离开，回到宾馆给妈打电话。妈安慰说，没事，明天回家，好好学文化。

我忍住了，没哭。

第二天，我坐车回到家，告诉妈说我要复读。妈说，你早说过了，不过文化课也要好好学，复读时少交点钱。我说好。

回到学校后，我还是没有好好遵守与母亲的约定，心想反正要复读，就有点自暴自弃，每天依旧看书、熬日子。

四

复读开始前的暑假，在我的软磨硬泡下，妈咬牙同意我再去北京学习。那是一个专门针对北京电影学院和中央戏剧学院等名校的艺考班。学费是三沓五千，因为刷卡交付，我没有感受到这三沓五千的重量。

我在那里最大的收获是认识了很多新朋友。现在与我还稍有联系的几人中，有一个是老谢。老谢给我取外号叫“大脚”，说我的脚是他见过最大也是最臭的。老谢对我来说是传奇，他是那年暑期班里唯一不需要交钱的复读生，因为前一年他是北京电影学院文学策划前十，只因高考失利而与电影学院擦肩而过。

老谢是我和方丈共同的朋友。他给我讲了很多好玩的事情，比如，他第一年考的时候拉上一个兄弟陪他，那兄弟啥也不会，对艺考也一知半解，考中戏某专业笔试的时候，一堆题半蒙半答。其中一题是问《天鹅湖》的创作者是谁，那兄弟想了想，知道是俄罗斯的，就是想不起来叫什么斯基。抱着来玩的心态，他便写，我们村儿司机。老谢说，后来他竟然进了复试，又进了面试，最后不可思议地拿到了名次不错的合格证，高考文化也到了中戏划的分数线，误打误撞地考上了中戏。

我不能确定这事儿究竟是不是真的，但确实不到最后，会发生什么都不一定。

艺考的时候机构帮所有学生订了宾馆。我见到了许多艺考生，他们有应届生、有复读两三年的，可能还有复读更多年的。后来，等我见到从北大退学来考电影学院的人，才想到在当时那群新鲜的面孔里可能也有这样的人在。也许还有其他经历神奇的人，为了梦想聚集到这座城市。

我的室友也是一位复读生，可惜今年他再次半途落败，提前回家。他要走的前一天，很多朋友和老师来向他道别。我一个人在床上看书，偷听见有人说，另一个考导演系的前辈今年专业考试也没走到最后——说是前辈，因为他已经复读了两年，今年是第三年。上一年考导演系，他走到了最后也是最难的四试。其中一场是分组小品表演。轮到他们小组上场，当中一个组员大概想给老师留下点深刻印象，竟然直接躺下打滚，滚上了表演区。面试老师一看，大发雷霆，当场淘汰该组全员。

室友临走前对我说，好好考，今年你肯定没问题。

我说，谢谢。

我们虽然住在一起，但我们之间也只能说些这样的话了。

这年，我考北京电影学院的动漫策划专业进入面试，考中央戏剧学院的戏剧创作专业进入面试。老谢和方丈也把战火烧到了最后。北京单招结束后，我们相继回到学校，边学文化课准备高考，边等待成绩公布。

等成绩的几个月才是最让人痛苦的。无数个噩梦是关于成绩揭晓的那一刻。路上、吃饭、上课，每时每刻，我都在回忆面试的每一个细节、老师提的每一个问题、自己回答的每一句话以及每一个小动作。时间久了，我也不知道脑海里的一幕幕是越发清晰还是越发模糊了，有哪些细节是自己遗忘缺失了还是妄自增添了。我会宽慰自己没问题，可在下一秒又立马推翻，想完了完了，我不该那样说、不该那样做。自己每天都在脑中进行无数次面试重演，每次都得出不一样的感觉与总结。

我们经常沉不下心来，跑去群里一再地讨论：成绩什么时候公布，往年是什么时候公布的，今年会不会提前？自己也不知下定过多少次决心，不再去想艺考成绩这件事，打算好好准备文化，即使过不了艺考，也可以用文化课走一所综合大学。

就这样，无数种心绪交织成每一天的复读生活，直到距离高考还剩九十天的时候，电影学院和中戏的成绩出来了。

五

单招进入面试后，余下的就是能否通过面试拿到合格证，以及合格证上的名次能否进入小圈大圈。一门专业招生假如只招 20 人，那拿到合格证的人里前 20 名就进入小圈。大圈则是拿到第 21 名至 30 名的人，因为前 20 名的考生里可能会有文化课不过的，也可能会有人最终不选这个专业，于是机会就能轮到 20 名之后的人。但总体来说，名次越靠前，机会越大。而 30 名之外的合格证，大多只能作为安慰证存在了。

我和方丈、老谢都拿到了两所学校的合格证，但看到上面的名次之后，只感觉希望渺茫，纯粹的绝望扑面而来。

我们沉默，余下的九十天在文化课里挣扎。

高考成绩公布了，我们面临新一轮抉择：是去上其他大学还是复读？

方丈决定不复读了，他选择去浙江传媒学院。

老谢问我，知不知道电影学院在青岛有一个分校，那里的老师据说很多是电影学院本校的。他去新生群里看了看，觉得没什么能说得上话的人，便问我要不要一起去。这个学校的文化产业管理专业不需要艺考，文化分就能上。也有可能我们去了以后可以转专业，但最重要的是我们一起去了可以说说话。

我说考虑一下。

那所学校一年学费四万八。那是数不清沓数的五千块。我对妈说，我还想学电影，妈皱起了眉头。

我质问自己：这两年我为什么要执着去考北电和中戏，难道真是认为自己可以考上吗？或许，更多是因为自我幻想的麻醉——梦想的实现、进入名校后虚荣心的满足、一切努力终究没有白费、成为励志鸡汤中的一只肥鸡、能让母亲高兴……

然而那时我不想直面这些问题的答案。那个暑假，我学会打《英雄联盟》，每天泡在网吧里躲避现实，似乎是放弃了自己，只想把这段日子熬过去，却从未想过熬过去后该怎么办。我好像也选择忘记与母亲去北京时，自己下定的决心。

终于，出于对艺考与高考的惧怕，软弱的我没有选择复读。提前批报学校的时候，我放弃了北电和中戏，在普通生填报时选了那所一年学费四万八的学校。后来我问妈，为什么会同意我去上这么贵的学校。妈说，她没能给我一个完满的家庭，只希望我能做自己喜欢的事情。我问她，当时有没有想过这四年下来，学费可能要二十多万。妈说，她没想那么多，过去那么难都过来了，以后只会越来越好吧，何况她还遇见了很多好人帮助她。而那一刻，我还是没有想到，母亲身挑的担子是多么沉重。

几天后，老谢告诉我，他想了很久，不去青岛了，还想再试一年。

六

在青岛上学的2015年，我觉得一切都在原地踏步。我新认识了一些朋友，他们大多家庭富裕。去学校的第一天，其中一位朋友的父母请我们几个同学吃饭。他爸爸说，能上这个学校的家庭条件都不差，以后互相帮衬着点儿。我只听，没说话。只是默默地告诉自己，我是来学电影的，我坚持了两年艺考尝试去考一所更好的学校，虽然坚持的时间并不长，但只凭这一点，我就和没参加过艺考、可能只想来这里拿一张毕业证的其他同学不一样。

我读的是以文化分录取的文化产业管理专业。在这个2011年建校的新学校里，我遇见的大多数年轻老师的第一堂课，往往是给我们看他们与明星的合照，介绍自己看似无比丰富的经历。有时我会奇怪为什么他们能做台上的老师，为什么台下的学生会为几张照片而大呼小叫。

好在因为是北京电影学院所谓的分校，一些专业性较强的课程——比如电影史或者电影制作等课——会由北电本校的老师或退休来这里再任职的老教授来教。这些课质量虽高，但教授的课时往往由于各种原因只有本校的一半，这让我感到失望。即使如此，我相信人定胜天，抱着毕业考研“曲线救国”的心，准备努力读书去考电影学院或者中戏的研究生。那年我也开始写作，却浅尝辄止。

慢慢地，我那股劲儿还是被惯性的悲观和胡思乱想消磨殆尽。我绕了一圈再次跑回了上学前那个暑假的状态，游戏又成为我的避难所，开始占据大部分的时间。我每天和同学一起打游戏、讲段子，就像煮在同一口锅里的肉，一同糜烂，一同不自知。即便如此，但现在回忆起那段时光，我仍觉得那是自己人生中最无忧无虑的一段日子。

直到下半学期，有一件事让我藏在心底的复读想法死灰复燃。

那年艺考结束，我想起复读的老谢。他告诉我，他今年中戏的电视剧创作也到了面试，总体感觉还不错。

说起中戏，老谢问我去年戏文合格证上的排名。我说，好像是 27 名吧。他告诉我说，去年录到了 31 名。你填报学校的时候真该大胆去填中戏的。我看到他打出的这句话开始后悔。我觉得自己就像个长不大的孩子，总因不坚定而错失，又因错失而后悔。就比如高一选文理科的时候，我没有坚持自己读文的想法，而是听从家人的要求，选了不太擅长的理科，给自己的升学平添了不少困难。

我决定退学再复读一次，只想这是最后一次了，为了弥补心中的缺憾，也为了彻底了结自己这颗总因后悔而躁动的心。

我小心地向母亲提出我无理取闹般的想法。没想到，妈很快就同意了。

这年复读，我也决定遵从初心，选择从理科转向文科。

七

做出这些决定的时候，我感觉是在还过去的债。我仿佛吃了一颗后悔药，代价是两年的时间。我去找系主任签退学申请的时候，他告诉我，等我再考上大学挨到大二，我原来的同学都已经毕业了。我事后想了想，他不知道我过去已经复读过一年，准确点说，这颗后悔药的代价是三年。等我再读到大二，我第一批同学已经毕业一年了。

2016年夏天，我回到母校，看见当年还未揭掉的录取光荣榜。上面有我的名字，后面写着录取学校——“北京电影学院”。我一惊，随后觉得好气又好笑。这仿佛我考上的是北电本校，为什么不加上后面本该有的那几个字呢？

我想起老谢他们给我讲的那个可能拥有无数版本的故事，现在想想，似乎稍稍有些理解那位吹牛说自己考上北电的朋友了。

文科比理科轻松许多，可复读的生活依旧漫长。我和过去一样，经常感到无所事事，时不时被班主任以“不担起班级老大哥身份做榜样”这种理由赶回家。在家不想温课的时候，我就翻看闲书。也是那年，我真正开始写小说，写着写着，2017 年的艺考开始了。

2017 年，我报考中戏的两门专业无一进入面试，我的中戏梦彻底终结。

我在北电报考的三门专业中则有两门进入面试。

母亲从济南回来了。发成绩那天，她为我买来一只烤鸡和一瓶二锅头。辛苦等来的合格证名次不高，只是两张安慰证。

九十天后，高考结束。虽然高考成绩依旧不能让我去上什么好学校，但这是我五年高中生涯里拿到的最高分，我不后悔。

艺体生提前批开始填报志愿的时候，我没有选择用联考的成绩去一所普通一本学电影，而是填上了不可能录取我的北京电影学院，怀着一点侥幸心理，也做好了用最后一次失败为艺考路画上句号的准备。

最后，我果然没被录取。

在夏天的尾端，母亲送我到南京的一所普通综合大学上学。我选择了日语专业。

八

过去这些年发生了很多事情，有限的文字说不尽那些细碎而难以言说的情绪。南京的这两年很快过去了。2019 年，青岛的朋友们毕业，相继完成了属于自己的短片作品，而我有幸作为编剧参与了其中一部的制作。

在杭州的方丈也要毕业了。他完成了一部作品，获得了学校的最佳影片奖。那天，他发朋友圈说，自己终于是一个合格的毕业生了。

我想起，头一年我去杭州找方丈。方丈笑着说，现在他经常把我作为一个反面教材讲给他艺考班上的学生听，我也笑了。我们去喝酒，喝醉了，他对我说，真好，这些年你没怎么变。我点点头，却有些伤心地想，我没变吗？可能我真的没变，不然怎么会如此没有头脑，选择退学复读再去艺考？或许也正因为如此，我的人生方向与方丈、老谢的不一样；也正因为如此，我是我，而不是别人。我们拥有共同的时光，同时我们也拥有只属于自己的时光。

我想起我高三的时候，坐在最后一排偷偷地拿出闲书看，那是康·帕乌斯托夫斯基的《金蔷薇》，里面有一朵代表爱与岁月的金蔷薇，清洁工约翰·沙梅为了所爱之人，用日夜辛苦收集来的金粉打造出这美丽的花朵。

方丈准备去意大利留学，老谢明年也要毕业。那些依旧与我保持联系的亲爱的朋友们都将踏入另一段人生旅途。他们在新的天地里有了新的能说上话的朋友。而在我过去的岁月里，还拥有他们。

现在，我仍然要独自在这所对我来说还是陌生的学校里走上一段时间。但这也是我自己选择的人生路。我不再轻易感到后悔，也不再抵触孤独。有些事情，只要你不选择抛弃它，它也就不会抛弃你，就像长久以来陪伴我的文学。

那些岁月，与我的母亲、我的朋友，他们就像是不嫌弃我而来到我身边的金粉。幸运的我只是做了一下再简单不过的收集，从而打造出一朵只属于我的金蔷薇。而这样，可能也就足够了吧。

祝福我身边所有值得得到幸福的人。

“名嘴”追梦千百计

童　辉

一

午休时间的中国校园足球场，是世界足球明星密集出现的地点，往往会有至少三个“梅西”，两个“C 罗”，再加上一个像“范·佩西”这样档次的国际巨星纵横驰骋。

十五六岁的少年们，无不以自己背上尽人皆知、如雷贯耳的名字而骄傲，仿佛自己有其加持，便成了球场上的“小梅西”似的。

六年前，北京人大附中的足球场上，却活跃着一个辨识度极低、连发音都让人挠头的名字，格外引人注目：Dzagoev。若非资深球迷，许多踢球的少年听都没听说过这个名字，更不用说了解这件鲜红色的球衣究竟属于何方球队了。

“扎戈耶夫”，这名字的翻译我也是后来才听说的，在我第一次认识“扎哥”的时候。

“扎哥”的本名叫王正坤，现在是腾讯体育的编辑、记者和解说员。但我们高中时的朋友都还是习惯叫他“扎哥”，只因为那件扎戈耶夫的球衣给我们留下的印象太深了。

王正坤身形瘦高，留着稍显杂乱的长发，讲起话来连珠炮似的飞快。在足球场上，他从来不靠球技取胜，光用球衣引人眼球。

“真是太搞笑了，那时候我们一个个都穿着‘C罗、梅西’，再不济也是‘比利亚、厄齐尔’，结果不知哪儿来一个什么‘扎戈耶夫’?”我们的共同好友小白后来回忆他刚刚认识王正坤的场景时说道。

而在六年后，2018年夏天，王正坤终于见到了扎戈耶夫本尊。作为俄罗斯足球世界杯上年纪最小的持证中国记者，22岁的他坐在索契菲什特奥林匹克球场里，眼看着那个名叫扎戈耶夫的俄罗斯9号在八强赛上遭到淘汰，呆呆地立在球场内，至今仍不为许多球迷所熟知。

“悲情六年只为璀璨最后18分钟”，王正坤为腾讯体育撰文，回顾了他的偶像过去六年的足球征程。

但这次世界杯却是王正坤到目前为止见证过最美好的时刻。几天后，他就在莫斯科卢日尼基体育场报道世界杯决赛，大雨瓢泼，他亲眼见证法国队捧杯。这次圆梦之旅，是有恐飞症的他第一次坐飞机。

对这个曾有可能考上北大的“学霸”来说，成为足球解说

“名嘴”这个不为许多亲朋好友理解的梦想，正随着一连串工作经历和一系列“网红”视频逐渐露出轮廓，变成了一条依然崎岖但至少有迹可循的道路。

二

我们成长的时代，是体育明星的时代、豪门球队的时代。或者说，代表着主流的明星甚至作为一种符号，定义了我们的某种身份地位。

例如，篮球场上穿着科比球衣的，可能总要和穿詹姆斯球衣的老死不相往来。打起球来，要么“不传球”，要么就打出“横冲直撞”的风范。

而在足球场上，当年我们的班队虽然实力不强，踢联赛时还是选了英超独霸一方的曼联，其他班级选择的也大多是皇马、尤文以及拜仁这样的顶级豪门。

这些选择都展示了我们对体育的热爱，对豪门、对胜利、对看似不用努力就能成为行业顶尖的隐隐羡慕心情。

而王正坤对球队、球星的品位却与我们截然相反，他对那些从零开始、越挫越勇的“小人物”情有独钟，哪怕他们可能从头到尾都只是“小人物”。

他的“一生挚爱”来自英国伍尔弗汉普顿的“狼队”。这支球队在半个多世纪前曾辉煌一时，数次获得英国顶级联赛冠军，后来成绩却一落千丈，甚至在三级、四级联赛中徘徊。进入21世纪，球队成绩稍有好转，但也只是偶尔几年能够杀入顶级联赛英超，更多的时候，这支球队在二级联赛英冠挣扎。

“没人喜欢永远不赢球的球队的，”他后来解释道，“可是‘狼队’吸引我的是，他们虽然是小球会、没什么球星，但一直特别努力。”2010-2011赛季，“狼队”始终徘徊在英超末端，却接连爆冷战胜了切尔西、利物浦、曼城几大豪门，然后以榜尾的身份，让位居榜首的曼联遭遇了赛季首败。正是这场比赛让他彻底沦陷：“小球队逆袭，我太喜欢了！”

他对“狼队”的钟爱也带有些许对主流的叛逆：“我对‘狼队’的喜欢还有这样一种感觉，就是我觉得社会上绝大多数人都不知道自己要什么、喜欢什么，不是吗？”对他来说，随大溜也许算不上真正的理想，坚持小众才更值得崇敬。

就像高中时的那件球衣一样，“‘狼队’球迷”成了他的名片，让他真正得到了足球爱好者圈子的认可。王正坤的大学同学张天朗最初便因“‘狼队’球迷”的身份对他另眼相看。

“只有真正热爱足球的人才会关注小球队吧，”作为同样小众的丹麦队球迷的张天朗说，“或者说，我们这些热爱一样东西的人，需要用这些小众的、非主流的东西，来满足自己的表达欲、分享我们与众不同的观点。”

三

王正坤很早就相信，对自己来说，向这个世界表达观点的方式有且只有一个：成为一名足球解说员。不对，不是“足球解说员”，而是“名嘴”。

我们算是看着电视体育比赛转播长大的一批孩子，而沟通我们和电视上那一个个飞奔的体育明星的人，便是体育解说。那时网络还没有铺天盖地，电视的声音与画面仍是我们获取体育资讯的最主要途径，一批“名嘴”——如足球界的刘建宏、张斌，篮球界的徐济成、张卫平——占据了我们对体育最深的记忆。

王正坤也把“名嘴”们当作偶像。与我们不同的是，他坚信自己能成为下一个“技术流”詹俊，自己变成偶像。

为此，他早早开始了准备。高中时，在课间休息喧嚣的教室里，总能看到他低头看着手机。和现在一个个“低头族”不一样，他干的可是为理想做铺垫的“正事”——戴着耳机，他看着足球比赛，仔细研究比赛解说的风格和特点。研究透了后，他有时还会把手机调成静音，自己开始念念有词地解说起来，眼睛都不带眨。

当年“狼队”战胜曼联的那场比赛，他已练习“静音解说”过无数遍，自称闭着眼睛都能把胜利时刻的那一段“比原解说更精彩地”说出来。

“老师很现实，只要我学习成绩好在这方面就不会管我，”他回忆起高中时的痴迷仍是很自得，“家长嘛，他们觉得未来还很遥远。”

但他从来没觉得理想很遥远。

如果说对着手机解说还有一些玩闹的成分，但后来他为理想开始了更认真、更艰辛的训练。他开始研究欧洲联赛的每一支球队，尝试记忆每一个球员的名字、球衣号码和技术特点。整个高二，他一有课余时间就研究各项球队指标，并在随后的暑假里成功撰写出一本厚厚的“英超联赛秩序册”，对每个球队的球员和新赛季展望做出缜密的分析。

他得意地向我展示过很多次这本“秩序册”，不得不说，美术设计稍显稚嫩，但是内容嘛，令我佩服得五体投地。

“我跟你讲，我觉得我注定就要干这个，”当我问他为什么会选择解说时，他这样回答我，“我从小就对球员的球衣号码和名字很敏感，看一遍就全记住了。”

可是为什么偏偏是足球呢？不得不说这也是时代的馈赠：2002 年中国队首次进入世界杯，一张国足 23 人的大海报被他父亲贴在家里很久。“看着看着我就把每个人的号码和名字记住了——这就是天赋啊！”

四

在旁人看来，进入了大学的王正坤，比一般人早很久就成了一名“职场人士”，并且一直顺风顺水，令人艳羡。

大一，刚刚进入人大新闻系的他，仍是闷头研究足球。他边熬夜看球边做比赛记录，各种比赛分析密密麻麻写了一大沓纸。而解说方面，他也没闲着——据住在他隔壁的张天朗回忆，王正坤大一时到他们宿舍串门，发现他们常一起打“实况足球”游戏，便自告奋勇地当起了“实况解说”。

“一开始我们就当开玩笑似的，”张天朗回忆道，“但是他把这些玩闹看得很正规，一板一眼地解说。其实这么一来，我们还真感觉游戏也玩得挺‘正规’的。”

从盯着手机解说到为别人打游戏做解说，王正坤迈出了“走向公众”的第一步。他从不吝啬向别人吐露自己的职业规划，也在这个过程中不断充实自己的知识储备。

他大一、大二的时候，陆续有体育媒体人来到人大新闻系讲演。张天朗说自己印象最深的一次便是在著名体育媒体人、前《体坛周报》副社长颜强来访时，王正坤借机提问，上来便声称“我是‘狼队’球迷”，抓住了颜强的眼球，成功“勾搭”。

著名解说、时任乐视体育主任刘建宏来访的那次更是带来了切实的收获。当时王正坤主动申请为刘建宏访问人大的过程当志愿引导员。其间，他毫不犹豫地自荐：“建宏老师，我将来想干解说，我想去乐视。”

当然，他是有料的。2016欧洲杯之前，他自己编辑、打印了一本厚厚的秩序册，撰写了对所有球队的过往比赛分析、欧洲杯展望，甚至细致到每个球员的状态、特点分析——这是高中那本“英超联赛秩序册”的全面升级版。

这块沉甸甸的敲门砖，让他成功进入当时红红火火的乐视体育英超部门，成了一名实习体育记者。

说实话，我一开始看到他在朋友圈里发了和刘建宏的照片，还觉得有点莫名的诧异。在我的想象中，像他这样纯粹的理想主义者，应该是秉承着“是金子总会发光”的原则，独善其身，哪怕默默无闻。但这种“勾搭”大佬的策划，是不是太“现实”了一点？

但回想起他在递出那本秩序册之前所做的一切努力，他形象上的反差似乎又不那么难以理解了。对当时的我来说，理想可能只是一朵飘浮在空中的云，上面还写着“改变世界”云云，提供的不过是欣赏的价值。而用王正坤自己的话说，他清晰地看到眼前那座山的山峰——他的理想就在那儿，看得见，也走得到。

所以，他决定立即迈开脚步，等到机会出现在眼前的时候，伸出一只现实的手，紧紧抓住它。

五

“我琢磨了一下，我可是咱们班里最早开始正式实习的。”王正坤撕下一块温热的面包，得意地说。那是大二结束的暑假，他刚刚开始实习，约我到人大校园里著名的俄罗斯餐厅，显得心情很好。

可我两个月后跟他再见面时，他却像变了一个人似的，眼神里充满了焦虑。

“太累了，天天熬夜，真的受不了。”他揉了揉眼睛说。他刚刚大病了一场，并透露说他有点“不想干了”。

“那以后呢？”我问道。

“反正不行就留校教书吧。”

这是我第一次感受到他对自己的怀疑。他所有这些为理想做的准备，就因为熬了一些夜，就这么轻易地被否定了？再说，解说国际足球，熬夜是必需的呀。

后来我才明白，其实那时他身体上的累只是一方面，更多的可能来自“心累”：他当解说的愿望太过强烈了，以至于作为一名实习生，短时间内拿不到解说的机会，便陷入了极深的焦虑中。

“他对于说球、成功，确实有急迫的渴望，”王正坤在乐视时的领导、现任 PPTV 英超主编的唐宇成说道，“我有时候也告诉他，你可能有点过于急切了。”

也许正是这种急切促使他选择体育。“体育新闻的环境能给我高频率的成就感，”王正坤说，“对我来说，要是一个月两个月不出什么成绩，我会特别难受。”

后来我拿他“留校”的念头揶揄他，他的回应是“偶然现象，大路线不动摇”。他太知道自己不会停止在解说这座高山上的攀爬，既然没那么多现成的机会，他便开始自己争取。

2017 年 4 月，王正坤在班级群里突然发来信息，说过两天自己将在乐视体育进行人生第一场正式解说，欢迎我们“支持一下”。

我打开链接自己一看，嚯，“狼队”的一场英冠比赛。我预料到他可以很早地坐上解说的座位，但没想到第一场正是“狼队”。

后来听说，这一切都在于他自己的沟通和努力。播英冠比赛向来不安排解说的乐视，因为他的执着而破了例。

连王正坤自己也感叹，这几年网络体育媒体蓬勃发展，像他这样的小人物至少也有了抛头露面的机会。“要是在央视，得熬多少年也说不上球呀。”

我很惭愧地因为国外时差和上课，没有听上他的解说。即使是我们的高中同学也只有寥寥数人稍微支持了他几分钟——毕竟一场不知名球队的英冠比赛，本来也吸引不了多少观众。

王正坤后来给自己的解说首秀“打 70 分”。比赛一开始，他仍是“声音有点抖，心跳也很快”。进入状态以后的他，则觉得自己发挥得好多了，准备的一沓比赛资料也基本派上了用场。“算是比较彻底地融入比赛了”，他很理性地分析道。将近两年过去，仍能感觉到他话中透露的少许激动。

2017 年年中，乐视资金链的断裂尽人皆知，乐视体育也一步步地走向深渊——那个夏天，我们在高中同学会上又见到王正坤。面对同学们有些嘲讽似的“乐视要完啊”的玩笑话，他似乎憋着股劲儿，没做答复。

凭借之前积累的人脉，他顺利来到腾讯体育做国际足球的实习编辑。在希格玛大厦的办公室里，他毫不吝啬地向同事、领导展示着自己对冷门、小众球队的全面知识储备，再加上自己极力争取，这个实习生居然真的获得了作为 2018 年俄罗斯世界杯前线记者的机会。

从小练就的“背名单特技”也在这时派上了用场。“鹅厂小哥背大名单”系列视频在网络上一炮而红。从“39 秒背冰岛”(23 个球员名字中 22 个是以“松”字结尾的拗口长词)，到“闭眼背墨西哥”，再到“按位置背突尼斯”，他几乎展示了对所有较冷门球队的充分了解。

王正坤表示，出发前他早已心里有数，在俄罗斯录制这些视频只是随手一拍，不用特意准备。

其实，为了世界杯这个最重要的“阶段性目标”，他早有准备。大一的时候，他便开始系统学习俄语。“我妈是学俄语的，所以我有基础，但是相比于刷 4.0 的学分成绩，我更看重的还是三年后的事情。”那时他便坚信，三年多后的自己一定会站在俄罗斯世界杯的体育场内。

因此，“背大名单”系列也少不了他“用俄语背俄罗斯大名单”这最精彩的一部。世界杯上为俄罗斯队打进四个球的切雷舍夫看到视频后，也是连连称赞。

不过王正坤仍感到些许遗憾。“当时扎戈耶夫受伤了。如果采访的是他，能让他看见，就真的完美了。”

六

“这么说吧，我 21 岁在做什么，17 岁就想好了。21 岁呢，我已经想好了 24、25 岁要干什么。”在我们最近的一次交流中，王正坤总结了一下自己追求理想的方式。

这种以三四年为界的大目标和一两个月一轮的小计划，像两台高功率发动机一样，一直推动着他前进。

“再比如，如果我在我周边的同龄人里已经是最强的了，那我就会跟领导比，看他二十四五岁时在干什么，”他很坦诚地说，“说白了，我虚荣心很强的。”

可是在我眼中，他越强调自己多么有自信、有规划，似乎越显示出一种“只能靠自己”的无奈。

迈向成年的那段时间，王正坤依然是个很无助的人。

初中时，他在课桌上画“狼队”队徽之余，还不忘好好学习，以及追他喜欢的姑娘。中考填志愿的时候，那姑娘决定好了要去北京四中，于是他也在第一志愿填上了四中，一段“早恋学霸双双考上京城名校”的佳话呼之欲出。

然而他父亲却另有想法。在交志愿的前一天，父亲登上他的中考志愿账户，把第一志愿改成了“人大附中”。

当他得知这个消息的时候，爸爸已经“帮”他把志愿提交上去了。他别无选择。“对我们外区考生来说，家长就是认为人大附中比四中好一点，名字更响一点吧，”他后来极力想要理解父亲的行为，“当时可能还小，也没那么自我，就选择接受了，而且也没想到真能考上人大附中，以为能顺到第二志愿四中去的。”

无独有偶，三年以后，同样的事情又差点发生。他高中时学习也一直很好，属于稳定发挥上北大的类型。北大对他父母来说是为家庭无限增光的事，对学校来说也能换来“北大清华录取榜”上多一个的亮眼数字。

可王正坤认定了自己要去人大新闻系。父母苦苦劝说，无果；班主任多次约谈，不听。他有足够简单但充分的理由回绝他们：“我知道我想要什么。”

于是他为报志愿的账户设置了一个十分复杂的密码，除了他，谁也别想登进去。

他一直为那时的坚持无比骄傲。“没有人大新闻的这些资源，没有刘建宏的那次来访，我肯定不能有今天这样的机会，”他说，“上大学是我自己的事儿。”

在人人皆知“今天不努力，明天上隔壁”的人大附中，他这样做真的需要一点勇气。他不是不知道，在我们很多同学的眼里，他就是个“奇葩”：有北大不上，这不是傻吗？不了解他的人，很容易从结果上对他下判断。

王正坤说，他的父母从未真正理解和支持过他的追梦之路。虽然2002年世界杯时，他父亲因为中国队疯狂地看了一阵足球，但从未成为一名真球迷，反倒是王正坤受到了足球启蒙。

他爸爸到现在都不满意他的工作。“即使我去了世界杯、去了英超前线，他也不那么承认我工作上的成绩。”王正坤的语气突然变得很激动。我开始想象电话对面的他是什么样的神情，“他不知道这个东西对我的价值有多大，而我也一直不知道他对我有什么明确的期望。”他的语速越来越快。

“那你觉得他对你的期望是什么？”我问道。

“他就没事儿老说，‘你为什么不当个公务员啊？’他老这么发牢骚。”他停了下来，“我就回答说，我对自己的规划很清楚，很清楚。”

七

必须承认，在北京出生长大的我们享受了太多看不见的“特权”，远远称不上绝对的“无助”——但毕竟，一个人总归生活在他身边的环境里，会和他的圈子产生无法避免的比较。

我们中的许多人也许对未来很迷茫，不断地找“退路”而非“前路”；许多人也许可以继承家业，或者至少受到来自父母的无私支持；也有许多人或许迷迷糊糊地走上了一些被认为更赚钱，或者更“安全”地带来“成功”的道路。

那些关于考上北大还是清华的攀比、一年赚多少钱的盘问，一定也有让王正坤很无助的时刻。也许随着时间的流逝，他会慢慢找到方式让他的爸爸更理解他的选择，但正是这种无助感，会驱使他更坚定地相信自己选择的道路。

有时候，我能感觉到他早已经无数次地告诉自己：我只能靠自己，即使没有退路，也必须朝自己认定的方向一直走下去。

我很好奇，过去的几个月内他去了世界杯，小火了一把——他接下来的发展计划是什么？

“这么说吧，足球领域就是金字塔，要一步一步往上爬。”他滔滔不绝。之前他用过“爬山”的比喻，现在又变成了“金字塔”，看来他真是不止一次思考过这个问题：“我做到这里，资源已经有不少了——英超很多球队我都有了联络人，自己也申请到出国采访的机会——下一步我可能还需要资金和商业上的支持。很现实的，干我们这行，需要钱和资源。”

对于他这样资历的年轻人，能够真正做上解说的机会仍然很少。他说计划“看啥时候有机会和那些喜欢足球的老板踢场球”，借机推销一下自己。

如今这个阶段，他热爱自己作为体育编辑、记者，还能偶尔说场球的工作，但他知道，这离他金字塔顶上的最终目标还差得太远太远：“我做的每一件事儿，未来都会有回报。”

直至现在，王正坤的工位上仍有众多“狼队”元素，唯一略显突兀的是椅背上套着的一件NBA球员迈卡威的球衣。迈卡威在很年轻时便登巅峰，后来却浪费天赋、泯然众人。

“挂这么一件衣服就是不断提醒自己，哪怕我现在再厉害，如果没能坚持下去，我也会很快被淘汰。”

同处于走向社会、为人生目标步步前进的阶段，王正坤对自己着实有点“狠”。谈起理想的时候，他双手比画了一下：“你画一个光谱，把咱同学们排进去：一边是理想主义，一边是现实主义。”他收起了左手，右手晃了晃，“我就是最极致的现实的人”。

我不同意他比画的那个“光谱”，或者说，我认为，在这个光谱上存在的很多人，标榜“理想”也许只是因为不敢直面现实；屈从“现实”也许只是因为没有足够坚定的理想。

而真正走到光谱的两个极点，“最有理想”和“最现实”反而会产生交汇：如果一份理想是你人生中最相信的东西，那你一定会最“现实”地、不择手段地去实现它，正像王正坤这样。

暂且把这类人称为“最现实的理想主义者”吧。

最近一次见到王正坤，他刚刚结束对“狼队”的一次深度采访，从英国回来。他踏上“狼队”的主场，见到了“狼队”的中国执行主席施瑜，采访了许多球员。这是继俄罗斯以后，仍然恐飞的他第一次去另一个国家。

在采访中，他写到一个68岁、在“狼队”工作了34年的更衣室管理员Ron。

“没人知道他还会干多久，他自己也不知道。但既然还能干下去，那为什么不去干呢？”他在报道中感叹Ron对这份工作数十年如一日的热爱，“毕竟做心爱的事情并不会累，年龄在他这里从来都只是个无关紧要的数字罢了。”

也许这段话，他也在写给自己看。

在童书的世界长大

胡 卉

豆子今年 28 岁，在北京一家出版社做童书，是绘本编辑。她平时也画画。

去年，出版社的老板在书展遇见了法国最好的童书出版社的总编辑，79 岁的 Arthur，于是请他来指导童书编辑部的工作。豆子与 Arthur 一起在北京、上海、福建、博洛尼亚和巴黎工作、出差、办工作坊，每当工作或生活上遇到困扰，她都会写长信给他。

初识时，有次 Arthur 问豆子："你觉得自己可以当好一个童书编辑吗？"豆子毫不犹豫地点头："可以。"Arthur 问为什么，她试着和他说："我觉得我对画面的理解，对文本的把握，对故事的理解，对孩子和阅读的理解，让我觉得，我会成为一个很好的童书编辑。而且我想要做原创绘本。"

后来，Arthur 经常说："豆子你很有野心也很聪明，你知道自己想要什么，也很努力。"

豆子想，以前，从来没有人这么跟她说过。她自己，以前也很少用这么确信地口吻讲话。她的外表是那种软萌羞怯的 14 岁女孩形象，看起来乖巧听话，很顺从、好欺负的样子。她甚至希望自己外表上直接长出利齿，不再伪装成和善又合群的小动物。直到现在，快 30 岁了，豆子才认为自己在接近想要的“独立”：了解自己能做什么、想做什么，喜欢什么、讨厌什么，不想为其他人做无谓的改变和牺牲。

从一个柔弱被动的小孩，怎样走到此时此地，她几乎需要刻意地自闭一下，回想，追溯，才能把这条成长线路连缀起来。

以下是豆子的讲述：

一

九岁那年暑假。我住在江西爷爷家。偶尔和堂哥堂姐们一起下地去割稻子。很快他们就发现我不擅长干这种活，大家一镰刀可以割下一茬，我只能割下一根。于是留我在晒谷场上看谷子，赶一赶偶尔出现的鸡。

天气很热。有天，一辆汽车沿着田间的路一直开到晒谷场，妈妈从车上下来，戴着墨镜穿着连衣裙。整个晒谷场上的人都在看她。她抓过我的手把我拽上车，手的白和我的黑显出了鲜明的对比。她为这个很生气。

车子开到田边停下。爷爷停下割稻子的手直起腰看着妈妈，又看看她身后不说话的我，说：你来接豆豆啊？妈妈说是。爷爷说好。我躲在她的身后一言不发，就被拽上车离开了。

路过超市的时候，她带我进去买了一些泡面和零食。晚上我跟着她一起坐火车。绿皮火车，车窗可以打开，开20个小时。那是我第一次出远门，出了站到东莞，再换一趟火车才能到深圳。

舅舅们当时在深圳打工，做家乡人惯常的卖眼镜生意。妈妈因为是老师，漫长的暑假可以帮舅舅看店、带小孩，就把我也带上了。爸爸当时也在深圳工作。但他们俩已经分开很久了。他们在师专认识，恋爱，毕业后分配到一个乡中学，在教师宿舍里结婚吵架、生孩子，又和其他人恋爱、离婚，然后各自离开那个我长大的学校，寻找自己的生活。

回想起来，童年时，我也像小万卡，写一封不知地址的信。

在妈妈出现在晒谷场之前，她已经在海南生活了好几年。小学二年级的语文老师，过去是妈妈的学生，有天把我叫到办公室，说，你给你妈妈写一封信吧。我乐呵呵地写了。不知道邮编也不知道地址，不知她长什么样子，“想”字不会写，于是用拼音代替，信写好了就交给了老师。

过了一段时间，老师把厚厚的回信交到我手上。信里有妈妈的照片，大海、沙滩和椰子树，还有满满一信封的红豆。她在信上教给我一首诗：红豆生南国，春来发几枝，劝君多采撷，此物最相思。我不知道什么叫相思，但那些红豆我都串了起来，戴在手上、脖子上，洗澡时也舍不得摘下。

外婆后来告诉我，你妈妈那时收到你的信，好多天夜里睡不着，哭得很伤心，才下决心一定要回来。

回来后，妈妈就从安妮宝贝笔下那样的女主角，变成一个每天骑十多里的自行车去乡中学上课、家中还有一个邋里邋遢“拖油瓶”的母亲。

她去相亲，拿着我们的合照。对方答复是：什么都好，就是有个孩子。她又默默把照片收起来，说那算了。

我们租了一段时间房子，又搬去小姨家借住。直到她攒了些钱，从乡中学调到县城的学校工作，才买了一间小公寓。

我的小时候似乎总是这样，跟爷爷奶奶住一段，爸爸回来了就接我一起，没空照顾就请个保姆，要去深圳了就把我交给姑姑。姑姑因为生活费，不想带我了，就开始跟叔叔住，妈妈回来了再把我接走。我觉得妈妈脾气不好，又回到爷爷奶奶家。

那是小学升初中的暑假，我从深圳直接回了爷爷奶奶家。妈妈来接我，我躲在卫生间，把门反锁。爷爷差点把门砸烂，我终于不得不出门，看着她，还是穿着连衣裙化了妆，脸上有预备来接我回家的笑意。我说你太凶了，总是打我，我不想回去了，我想和爷爷奶奶一起住。

那是我第一次尝试自己做选择，细想起来应该是伤透了妈妈的心。

二

今年的大年初一夜晚，我在台湾花莲。爸爸坚持要和我视频，爷爷奶奶也在，我说奶奶新年快乐啊，奶奶说："你都不回家，你爸爸、阿姨和洋洋都回来了。"说完她就哭了。

这是我第三年在外过春节，26 岁在北欧，27 岁在日本，28 岁在台湾。偶尔会被问"怎么一个人出来旅游，有点奇怪"，我都想说，习惯了就好了。

如果说最近在人际关系上有什么想达成的，我觉得比较贴切的词是"疏离"。一度我有一种远离大众人群的恐慌，甚至工作也是。去年开始做原创绘本之后，我就不再像刚入行时那样，对一切同行都怀抱热忱的、渴望交流沟通的心情了。更多时候我只想静静待着，看自己手头上在做的书，希望每一页的每一句话、每一个画面都可以被读者相信，其他外界的声音我都不想听到。

在工作以前，一个人出来旅游是不可能的。爸爸家、妈妈家、爷爷奶奶家、外婆外公家，每年我都要面对潜在的选择题。

我大概没有和爸爸妈妈一起过春节的时候，毕竟在我记事前，他们就分开了。爷爷说他们领完离婚证的那年春节，他牵着我去银行取钱。我拉着银行的玻璃门唱歌，爸爸一个家，妈妈一个家，剩下我自己，好像是多余的。他的眼泪就流了下来。——我完全不记得这回事了。

从台湾回来，爸爸来机场接我。无外乎是抱怨两句，指责我不孝顺。“明年一定要回家过年，陪爷爷奶奶，别让奶奶难过了。”我和他说：“奶奶哭不是因为我。她哭是因为你不懂事。你没有处理好自己的家庭关系，导致她的孙女不愿意回家过年。”

爸爸愣了一下。说出这句话时我自己也很惊讶，但我很替自己开心。我终于可以自己做选择，比较准确地和他说出我真实的想法，而我已经28岁了。

三

三年前，研究生毕业，我从上海去了杭州工作。

工作一年后，整个人好像钻进一个浑浑噩噩的缝隙：工作是做编剧，写电视剧，准备硬撑着写完手头几集就辞职；和男朋友买了房子打算结婚，可是决定分手。一个人租一间房子住。在杭州没什么朋友，不想吃饭，不想干任何事情，不想活着，也不想死。有几个月的时间，每天都在哭，无休止地哭，像连养一只小动物一样照顾自己的能力都快没有了。

经历了这样一段后，我就不想拼命工作了，开始想“什么才能给我真正的安慰”。

于是又断断续续画画，画一些我很喜欢的诗人或作者，开了一个小公众号来放它们。第一张是戴珍珠耳环的少女，和弗里达一幅自画像的结合，耳环也换成了笼子——听说墨西哥女人会戴笼子耳环，将萤火虫关在里面，权作珍珠。后来又画了张充和、邱妙津、萧红、穆旦、夏宇、顾城、张枣，等等。白天坐在写字楼里的工作室对着电脑写剧本，晚上回家后就在台灯下铺开颜料和笔，画画。

公众号的名字叫“即兴画册”，名字来自安徒生的《即兴诗人》。朋友和陌生人的喜欢与鼓励，对我来说都是浑浑噩噩缝隙里看见的一点光亮，我想抓住它们。

有一天，老板把我叫到办公室，问：“你是不是很不喜欢现在的工作？”

我说：“确实没办法投入更多精力了。不是不想努力，是没有办法，因为不是真正喜欢的事情。”

他说：“可大部分人的工作都不是自己真正喜欢的事情吧。如果能给你选择，你知道自己想干什么吗？”

我毫不犹豫地说：“童书编辑啊。”

小时候，我没有读过绘本，身边称得上童书的似乎只有《安徒生童话》和《唐诗三百首》。再长大一点，才订《儿童文学》和《少儿文艺》。读过的第一本称得上绘本的书，是《月亮忘记了》。后来才知道，2002 年，三联绘本馆引进的几米系列，是国内最早引进“绘本”的尝试。——伴随着印刷技术和经济的发展，四色图文书市场才得以打开。

当时上小学的我在书店里翻来覆去地看，终于下决心买了一本。读了几十遍，封面和内文都破破烂烂了。到现在我依然很爱它。失去月亮的城市陷入黑暗与冷漠，到处似乎都埋伏着怪兽。男孩抱着他的月亮，坚定地爬上地铁，爬上高楼，爬上每一个昏暗的角落，给城市带来一点点光明。

大二，北师大文学院开设儿童文学的选修课。老师是陈晖，研究儿童绘本，地位在现当代文学所里还有些尴尬，因为很多老师觉得“不都是给小孩子的画儿吗，也能算文学”。在她的课上，我看到了《我爸爸》《我妈妈》和《活了一百万次的猫》这样的绘本。

当时的男友 Y 是学前教育的研究生。他的导师，在北京的胡同里办了四环游戏小组：租了一个小的四合院，由在四环市场摆摊卖菜的家长们轮流值班，在导师和她的研究生们的帮助下，带着那些原本只能待在家里或者在市场里跑来跑去，没办法上正规幼儿园的农民工的孩子们一起游戏、读书。

我跟着 Y 去过一两次四环。孩子们都很喜欢他，他毕业要离开北京时，还有小女孩哭了，亲了他一下。

现在回想起来，这也是我过去喜欢他的原因。第一次见到他，是社团聚餐。他和我们说在四环时，小孩子们很吵，他会说“大家把手放到左边胸口……像我这样”。孩子们就会安静下来，乖乖地把手放在胸口，一起听心跳的声音。他说这句话的时候，我们所有的人也都安静了下来，一起听心跳的声音。

Y 的研究生师门办公室，一整面墙都是日本福音馆（松居直创办的日本最早，也是最好的童书出版社）给四环的孩子们寄来的绘本月刊，上面有他的师门同学贴上的翻译。对我来说，那里也像一个小小的天堂。

本科毕业论文，我试着写儿童绘本，题目是《以兔子为主角的儿童绘本研究》。在蒲蒲兰绘本馆宅了好几天，读了一堆以兔子为主角的绘本。知道了波特小姐和她的彼得兔、米菲、苏珊娜·贝尔纳和小兔卡尔，知道国内也有像画《妹妹的大南瓜》的九儿这样不错的绘本作者。Y 带我看熊亮的一些原创绘本，给我推荐松居直的理论书。我去找来了郝广才的《好绘本如何好》，模模糊糊试着从理论的角度来理解绘本的叙事和图文结构。还在 Y 家的天台上养了只兔子，毕业之后就被送走了。

毕业论文的指导老师是陈晖。她问我："你该不会毕业就想去蒲蒲兰工作吧？"我猛点头说："当然很想啊！"她说我可以介绍的。结果考上研究生了，没能成功去蒲蒲兰当店员，有点可惜。

研究生面试时，王安忆老师问我："你有什么写作计划吗，比如，写一个什么主题的小说？"我下意识地说："我想写一个绘本故事。"

面试的老师们就都笑了：我们毕竟是写作专业，画绘本没办法毕业。

我其实也还能记得，研究生毕业答辩结束后的闲聊，得知我要去写电视剧剧本时，老师们下意识地惊讶。但当时我觉得，写剧本应该比较挣钱。

2017 年年初，从工作了两年的编剧工作室辞职。春节我第一次没回家过年，用年终奖去了北欧。去了安徒生长大的欧登赛岛，看了他的博物馆和他的故居。

安徒生在《搭邮车来的 12 位》里写：

她提着一个花盆，盆里有一小棵云杉树。“我要好好地照料它，要小心地保护它。这样它到圣诞节的时候，便会长得大大的，从地上一直伸到天花板，上面挂满了火烛、金黄苹果和各式各样的剪纸。火钵儿暖得像火炉，我从口袋里掏出童话书，高声地读，于是屋子里所有的孩子都静了下来……”

我始终记得第一次读到这段话时的感动。我也还记得我是一个小孩子的时候，陪我长大的书是一本连插图都没有的《安徒生童话》。安徒生是个随身带着剪刀，用剪纸和故事给孩子带来快乐的人。就像顾城诗里说的那样，“但全世界的帝王，也不会比你富有。你运载着一个天国，运载着花和梦的气球。所有纯美的童心，都是你的港口。”这很接近我的愿望。

在北京的后浪面试时，主编说：“出版行业工资很低的，你要做好心理准备。”但我满心都是“是童书编辑啦”的喜悦，就这样工作了下来。租了一个小房间，养了一只猫，每天自己做饭，骑车上下班，和标点符号、的地得、烦琐的出版流程打交道。第一次看见版权页印着自己的名字。第一次写腰封文案时被书的内容搞哭。

我还记得自己编的第一套绘本，是《大熊的访客》。原版是英国著名的老牌童书出版社 Walker。收到他们寄来的样书，书上的标签印着“Believe in picture books”。

最初的喜悦退去后，我慢慢平静了一些，开始将在看的稿子分为两种：自己喜欢的和领导分配给我不得不做的。

四

2018 年开始，一度我觉得有点坚持不下去了——出版业因为它的低收入门槛，过滤了很多想挣钱的人，导致身边的人多少都有种相似的理想主义的可爱。但如果总是以“用爱发电”来要求在出版行业工作的年轻人，爱总有耗尽的时刻。

毕竟年轻人也要交房租，要养活自己，还有一只猫。

6 月，我在豆瓣给一本童书参考书写了个差评。那本书的编辑是一个在业内挺有资历的中年男人。我们开始了一段持续了半个月的沟通，一开始只是在那个书评的页面下探讨编校标准，然后变成线下见面和豆油。他试着以成年人的姿态教育我应该如何写书评，如何当编辑，如何做人。过程中他恼羞成怒：“你没资格当编辑。我来替你们公司清理门户。”

成年人的话语绕很多弯，想抵达的终点大概是把书评删掉。也不止他一个人让我删掉书评。很多人说删掉就好了，别孩子气。可圆滑或世故，说一些言不由衷的话就是成年人，坚持自己的原则和看法，哪怕是错的，哪怕会因此付出代价，就叫小孩子气吗？

我没有删掉那篇书评，因此工作与生活受到一些影响，甚至想“大不了辞职算了”。——不辞职是因为手头在做的工作，那是一套我很喜欢的书，《欧赫贝 26 国幻游记》，我想把它编辑完，送它到印厂，再考虑之后的路。

老板最初得知我在网上写书评惹是生非，第一反应是“会不会搞错人了”。

很多人凭一个最初印象给我贴上“听话”“和善”的标签。我也习惯了不自觉地迎合这样的形象，它更像是一种保护。说是讨好型人格也罢吧，从小我就知道，眼泪和和善是一种示弱，它可以让你得到一些东西。

可如果“当一个成年人”意味着妥协、承担、麻木、虚假、忙碌、正常、社交、麻利、体面、情商高、讨好型人格……我宁愿努力去当一个小孩子、废物、小动物、野兽、怪物。

当童书编辑以后，幸运的是，我认识了很多一样冒着傻气的朋友。年会时一起看《重版出来》，日常生活里最快乐的是填加印单，唯一在乎的，只是想做一些“自己相信的”书。

那之后没多久，老板决定邀请 Arthur 来指导我们童书部门的工作，一个月的时间，就像在部门里随手一指一样，对我说：你来主要负责 Arthur 这一个月的工作。

我对 Arthur 并不能算真的了解，只靠 Google 得来的一些采访和信息，知道他在法国一家童书出版社工作了五十多年，做了一些我喜欢的书。

第一次一起吃晚饭的时候，Arthur 问我：你为什么选择当童书编辑，为什么选择儿童文学？

工作两年半，我对“童书”或“儿童文学”，当然有了很多新的理解。真的面对他的问题时，我才试着倒退回去“总结”我喜欢儿童文学的原因：

因为它总是在给我力量和答案。区别于成人文学的“怀疑”，它在教我如何“相信”。

我不是觉得成人文学不好。只是某种程度上，他们都倾向于怀疑。对这个世界无解的孤独和难以抵抗的虚无感提出问题。就像佩索阿说的，“那些爱的人从来不知道他们爱什么，或者为什么他们爱，或者爱是什么。”

成人文学也给我安慰。只是后来我才意识到，在长大成人这件事情上，我缺的课太多了。当我自己是一个小孩子的时候，没有读过绘本，没有人教过我这样的事情，我学会更多的是看大人脸色，适应社会的规则，培养出坚定不移的讨好型人格。

可我爱的那些绘本里的孩子，他们都像小小的英雄，独立、坚强、勇敢，知道自己爱的是什么，还愿意努力地守护好它，从来不怕失败与嘲笑。

像《穿毛衣的小镇》里只是爱织毛衣的小女孩。她拼命地织毛衣，给每一个身边的人、动物、镇上的房子都织了毛衣。公爵抢走了她的毛线盒子，却抢不走她的爱，和给身边人带来温暖的决心。《卢利尤伯伯》里，一辈子都在帮助爱书人修复图书的卢利尤伯伯。《青鸟》里，始终在追寻着青鸟的米蒂尔和蒂蒂尔，李欧·李奥尼笔下，那些永远都在追寻自我的小田鼠和小黑鱼，他们给了我很大的力量，让我相信“还可以这样生活啊”。

我一直觉得与人沟通很难，建立亲密关系更难。是一些童书在告诉我，什么是理想的朋友、爱人、家庭关系。《小老虎和小熊》《艾特熊和赛娜鼠》《魔女宅急便》《姆咪谷的故事》：我在向他们学习如何长大。

Arthur 来了一周，有一次无意中说起：“我觉得豆是一个还不错的编辑。她应该去博洛尼亚看看。她可以做更多的事情。”晚上骑车回家时我想着这句话，居然哭了。我知道这是我喜欢的事情，我不想那么容易就放弃。

五

2018 年 11 月，上海童书展。Arthur 是嘉宾。我很开心有两日的机会和他独处，也为带他逛书展的任务感到一些压力。他看着窗外似乎是复制粘贴的一样的浦东的楼房，惊讶这里几十年前还是一片荒地。然后他问我：“你到过巴黎吗？”

我说没有。我所有关于巴黎的知识，都来自海明威。

他笑了，说 yes，Paris is a feast。我小声纠正，是 a moveable feast。那时候我也没想过我会到巴黎。

半年后，2019 年 4 月，博洛尼亚书展结束后，我坐飞机到巴黎。Arthur 来机场接我。从戴高乐机场到市区的出租车上，我们有一搭没一搭地聊天。借着一个别后重逢的情绪，我告诉 Arthur：“在你来公司之前，我已经决定辞职，连下一份活儿都找好了。写两个月剧本。我想攒一点钱，去念个书，比如国外什么学校的绘本 MFA，或在国内读个儿童文学的博士。我不是想放弃绘本了，只是想，也许可以换一个方式接近它。”

Arthur 当时说，别念书了，你知道的已经够多了。

我说，然后 11 月，你要回巴黎前的那个礼拜，我就打电话给下一份活儿的负责人，说对不起，我不辞职了，我找到了我想做的事情。

Arthur 说，you are right. You are always right.

当童书编辑后，我读了很多的绘本，也疯狂地读所有和绘本相关的理论书。因为想多了解一些小孩子，我还联系了四环的志愿者和老师们，偶尔去四环给他们讲故事。但是我依然不知道，什么才是真正好的绘本故事，判断一本绘本的标准，如何做出一本好的绘本。

五十多年前的巴黎，Arthur 刚成立开心学校出版社，开始在法国出版童书，结束了他夹着一本尼采从瑞士山区搭车到巴黎的浪荡生活。他说："那时，我觉得美国在做全世界最好的童书，就去了纽约学习，在桑达克的引荐下，我见到了厄苏拉。我和她用蹩脚的英语交谈，而且喝了一杯。现在回想起来，这仍然是我做过的最好的事情。"

厄苏拉，就是那个一手打造了哈珀童书部，培养了桑达克、E. B. 怀特、汤米·温格尔、谢尔·希尔弗斯坦这样的童书作者，创造了美国童书出版黄金时代的编辑厄苏拉。

在见 Arthur 之前，我刚好读完厄苏拉和童书作者们的书信集《亲爱的天才》。她出版第一本同性恋题材的儿童小说，她是进入哈珀出版社高层的第一位女性，她坚持绘本故事必须发自作者的内心，她可怜巴巴地给桑达克写信，问可不可以把《野兽国》最后一页晚餐的"hot"改成"warm"……最后桑达克还是没有改。

我和 Arthur 说："即使是在美国，即使勇敢强大如厄苏拉，她面对的困难还是太多了啊。"Arthur 说："总是很难的。如果简单的话，每个人都去做了，就不需要我们了。"

我想，因为 Arthur，我找到了答案。他说：

当我们是真正的小孩子时，父母决定我们吃什么、穿什么，提供给我们肩膀依靠，我们自觉幸福，并且热爱父母。当我们长大了，我们就开始好奇，外面的世界发生了什么，我们总想去探险。这意味着好奇、有趣和危险。一旦遇到困难，我们又想要回到温暖的家里。

有一天，我们会成为一个成年人。当一个成年人意味着什么呢？意味着对自己负责，意味着自己做一切的决定，自己决定所有的事情。我要吃什么，我要穿什么，我要学习什么，我要去哪里生活，我要怎样生活，我要和谁一起生活……

从小孩子过渡到成人，很艰难，需要很长的时间。而我们出版的童书，就是为了陪孩子更好地度过这段时间。通过书本，向孩子展示他还没来得及掌握的这个世界的样子和生活的规则，这帮助他更快地建立起对这个世界的理解，明白“生活”究竟是什么。

我希望孩子们通过绘本了解的这个世界的规则是“相信自己的力量”，而不是“屈服于这个社会的规则”。我想要作者们都可以“表达自我”，讲述从他们心底长出的故事。这是我觉得自己当编辑在做的事情的意义。

六

到巴黎的第一天早上，我和 Arthur 聊起一起在做的童书《老虎，别怕》：

女孩小夏和老虎是最好的伙伴，生活在一座茶山里。他们一起犯了错，把家人做茶叶的把手弄坏了。作者正陷在两种故事结局中。第一版是女孩决定告别老虎，独自坐火车去城里买把手，傍晚她带着把手回来，老虎还坐在车站等她，他们一起回家喝茶。新的一版，是老虎觉得应该跑路，女孩觉得应该向家人承认错误，女孩和老虎一起回家，告诉家人他们做错了。

我说我当然喜欢前一版，女孩告别了老虎，去城里把把手买了回来。甚至，你知道的，在我对故事的想象中，老虎根本不会在站台等她。

Arthur 说：这个故事讲的就是每一个女孩子，女孩子和男孩子不一样，她们一直在寻求一个可以保护她们的、更强大的伙伴，哪怕在她们还是小小小孩的时候。当然，可能现在的你不是这样。

我和他说起我的初恋男友 Y。我接触童书，多多少少是因为他。分手的时候我很坚决，现在却常想，搞不好他已经是比较适合我的那个伴侣，但我们却各自走在自己的路上了。Arthur 几乎是下意识地说，别傻了，豆，你分手当然是对的。分手了，你一个人做了很多很多事情，才成为现在的你这个样子。你现在很好。

我知道我现在很好，我就是偶尔回头看看，才发现老虎早已经不在了。我也知道再给我一百次机会回头，我们还是会在那个路口分开。

我和Y分手已经五年多了。研一的寒假，我们最后一次吵架，他博士毕业后要回大理工作，而我不想去。几个月后他和登山队的朋友去爬玉珠峰。在营地的时候，他给我打了一个电话，可能喝了酒，问我："我们就这样算了吗？"身边有他朋友起哄的声音。他说："我现在在西宁，住的这家青旅，是你毕业旅行时住过的那家。我在留言本上，还找到了你两年前的留言。"

我说祝你有新的生活，过去的就放在过去吧。

两年后的杭州，我把自己逼进生活的死角。我知道和我分手后Y抑郁症复发，甚至靠吃药来控制。那时我没有安慰他，而是选择了逃开，甚至责备他的软弱。当我自己面临这样的状态时，也就失去了向别人求救的资格。

正好爸爸决定自驾去西藏，老板批了我一个长假。我们开车走了一条很长的路，从川藏线转到滇藏线，进云南，开到德钦，在梅里雪山脚下住了一晚。看着梅里雪山时，我想起来这本来是我和Y随口约定一起来的地方，于是鼓足了勇气买了一张明信片，寄到他家的地址。我说不管怎么样，当初分手的时候，我应该更好地告别，希望你现在幸福。

车子开进西藏，我刷朋友圈，正好看到他求婚的消息。在这样强烈的事实提醒下，我才恍然发现，两年来我兜兜转转，而他其实已经走了很远。从拉萨出来再沿着青藏线开，旅行终点刚好是西宁。我去找了当时住的青旅，店主可能从来没有换过留言簿。在我本科毕业旅行时的那条留言下，我看到了 Y 两年后加上的话。他说："很遗憾没有一起携手看更多的风景，希望你永不停歇地勇敢走下去，爱你的 Y。"

后来在北京，和 Arthur 第一次一起喝咖啡时，他问我："你有没有经历过 heartbroken（心碎）？"

我仔细地想。

他说："你和什么人相爱，然后分开，就是 heartbroken。"

我还是摇了头。

我说："通常都是我觉得一个男孩子挺可爱的，然后我们恋爱了，过段时间觉得根本不合适，就分手了。会难过一段时间，但谈不上受苦，也谈不上 heartbroken 吧。"

我说，前段时间我一直在怀疑自己是否还拥有爱和因之受苦的能力，于是带着这种怀疑去读了柏拉图的《会饮篇》。苏格拉底说，爱是人类在追求美的、而自己并未拥有的事物的过程。

爱甚至不是一种能力，我们努力练习的，不过是谈论它的方式。

现在回想起来，是有些荒诞的正经场景，坐在昏暗的吧台，喝着苦涩的 espresso，我试着向一个陌生的 79 岁的法国男人敞开心扉，并且知道可以得到对流和回答。Arthur 笑，说我们现在的情况和柏拉图那个时代也太不一样了，你不会和一个没见过面的人结婚，你也不会男男之恋。你当然有爱的能力，可能只是需要找到一个真正可爱的男孩子。

更熟悉了一些时，我和他无意中说起，夏天的时候，我一个人去濑户内海旅游。在小豆岛遇见一个男孩子，我们一起走路、聊天、骑自行车。回来后我们就没有再联系了。Arthur 说，听起来真好，你们还会见面吗？我非常坚定地点头，说会的。

我也知道，他有过一段持续几年的日本恋情，和一个日本女人，她带他去冲绳，把一切都安排妥当，他每天只要看海、钓鱼、游泳。他说，“我已经记不清是什么时候的事情了，但她很好，小岛也很好，平静悠闲。鱼很好吃。”我们都有些忧伤。我的在于从未开始，他的在于追忆。

但我知道，我在做一些自己相信的事情，在爱一些小动物，在爱一些人类，在缓慢地朝前走着，在告别，也在建立起新的联系，这样就很好。

游荡者

漂泊和未知是常态，但我喜欢这种不断追寻意义、自己确立路径的方式。

他今年24岁，在肯尼亚生活了11年

小　台

“如果让13岁的我再做一次选择，我还是会选择来非洲生活。”孟翰说，“因为我想跟妈妈在一起。”

他今年24岁，在非洲肯尼亚已经生活了整整11年。

我因为公益和孟翰相识。去年夏天，我跟随一群中国的年轻志愿者前往肯尼亚做相关调研，孟翰正好是这个中国非政府组织“造梦公益”的在地负责人。

孟翰说，他最初加入公益的想法很简单，就是佩服这些千里迢迢从中国来到肯尼亚做公益的年轻人。从小生长在这里的自己能够提供一些力所能及的帮助，减轻他们项目落地实施的压力。“我刚开始知道这个组织的时候，还鼓捣我妈捐了一万先令，后来慢慢地接触多了，就一步步打入了内部。”他笑称。

我本以为从事公益给孟翰的生活带来了很大的改变，至少每年接待中国的志愿者让他有机会可以结交更多志同道合的朋友。结果他说，“我觉得，这对我的人生好像也没有特别大的影响吧。甚至如果不选择公益，我可能会有更大的概率去海外读书。”

后来我明白他的意思了。孟翰的人生轨迹还是原来的样子，但是他的全部经历都让这条道路的景色变得更加丰富和精彩。

一

孟翰小时候，他的父母离异，妈妈来到非洲独自创业，他留在甘肃跟爸爸生活。

爸爸有时脾气不太好。在甘肃读小学时，孟翰总被数学老师留堂写作业。有一天放学留堂，他听到大声而急促的敲门声，“后来才发现那是我爸！我爸竟然大声训斥老师说，如果只有我儿子一个人留堂，那是我儿子的问题，但现在全班人有一半都在留堂，那就是老师和学校的问题！”那气势汹汹的样子，吓得数学老师从此再也不敢管他的学习了。

后来家里觉得这样下去不是办法，孟翰又搬到杭州，跟姐姐姐夫一起住。几经辗转，他儿时并没有什么玩得特别好的朋友，性格也变得比较内向、孤僻。于是妈妈问 13 岁的他，是否愿意跟她搬到非洲一起生活？

他答应了。

来到肯尼亚后的生活，对孟翰和妈妈来说都是一种挑战。因为学制不同，他被就近安排到了一个当地社区初级中学就读八年级。由于语言基础较差，他跟当地孩子和老师沟通的时候都需要连说带比画。一次学校布置作业，老师让学生们“draw human digestive system（画出人体消化器官）”。他和妈妈研究了半天没看懂题目，以为“human（人体）”是“hammer（锤子）”，最后画了一把锤子交了上去。

直到高中去了当地一所国际学校，孟翰才渐渐适应了肯尼亚的生活。然而学校离家很远，单程车程就要三个多小时："对于肯尼亚，我个人最不喜欢的就是交通！堵塞在首都，有时候一堵就是两三个小时。"

为此，妈妈专门让他搬到了离学校更近的地方——一个自家开的餐厅二楼包间。

"当时生意也不是特别好，所以我妈就在餐厅二楼用两张桌子拼凑成床，给我搭了一个简易的房间。天气潮湿的时候，还会有老鼠顺着蚊帐爬上来。"他说，"不过印象最深的就是 2010 年南非世界杯，我就一个人在那个房间里彻夜看球。"倒也是自在。

那段在我听来还挺辛苦的童年时光，孟翰倒觉得很怀念。他说自己很喜欢那种原始的生活，像是在安静的乡村，没有网，晚上甚至经常停电，但一切都很简单。他记得曾和妈妈跑到当地电话亭打电话给国内的亲人，一打就是几个小时。虽然是独自长大，但他常常自得其乐，一个人在院子里，泥巴、树叶、果子、小动物，什么都能玩起来，一玩就是一个下午。上高中时他还常常在学校拿着文曲星，一本一本地读流行的网络小说，学习功课上也不会有那么大的压力。

然而，我还是从他身上看到了一些孤独。

当然，每个人都是孤独的。而孟翰的孤独是在听到我问“你觉得你孤独吗”的时候突然眼眶一红。可能在那之前，他没有想过这个问题。也可能，他已经不知不觉地习惯了这样的状态。

二

孟翰很喜欢肯尼亚的自然风光和野生动物，自己平常也会经常拍拍照。为此，他特意去肯尼亚野生动物保护局做了一段时间的实习生，开始接触环保和NGO方面的工作，慢慢对公益有了一些理解，并产生了兴趣。就是在这样的契机下，他遇到了“造梦公益”。

2015年，孟翰因为大学一门“社区服务”的相关课程，前往当地马萨雷贫民窟支教。

马萨雷位于肯尼亚首都内罗毕，是该国第二大贫民窟。在英国殖民时期，殖民政府根据种族原则将内罗毕划分区域，将最小的区域划分给了非洲当地人。数据显示，至20世纪末，内罗毕近70%的本地人口集中在了整个城市不过5%的区域，而贫民窟是其中人口密度最高的地区。这里的基础设施却十分不完善。水网、电网、厕所、垃圾收集、下水管道等基础设施并不存在于此，再加上有限的医疗和教育条件、相对较高的犯罪率，长此以往，造成了人们对贫民窟“脏乱差”“危险”“贫穷”“落后”的印象。

第一次去贫民窟，艰苦的环境让孟翰惊讶和触动。学校的建筑是个二层的简易铁皮房，尤其二楼只是简单地用钢筋和木板搭成，人走在上面摇摇晃晃。然而孩子们看到客人到访，个个都兴奋不已，所有人蹦蹦跳跳。“那一跳，整个房子都跟着抖动。”现在回忆起来，孟翰还有点心有余悸。

不过，他童年就学的社区学校其实也条件类似，同样是铁皮房（只是更坚固一些），同样是土操场——一到那尘土飞扬的操场，孟翰就很快跟孩子们打成一片。把篮球当足球踢，拿各式各样的大小轮胎当玩具，孟翰仿佛变回了童年调皮的自己。

就这样，孟翰在马萨雷贫民窟的一所小学支教了整整一年时间。刚站上讲台的他觉得有些紧张和尴尬，好在当地的孩子们看到这个黄皮肤的外国老师都充满了好奇心，注意力很容易就被吸引了。再后来，等学生们终于熟悉了这位特殊的老师，孟翰开始向其他经验丰富的老师取经，学习如何调动课堂气氛和学生的积极性。“我真想不到自己这个小时候学习困难的差生，有一天竟然会站上讲台成为一个老师。”

像孟翰这样的外国志愿者在贫民窟还有很多，但他们大多是通过各类组织来到马萨雷，在这里进行相对短期的志愿活动。对他们来说，几周的经历更像是体验和了解一种全新文化的机会。在巨大的冲击下，他们开始反思自己的人生。这个过程，与其说是在实现出发前那个想要“改变世界”的雄心与愿望，不如说是在重新塑造自我的世界观和价值观，是在进一步看清这个世界的复杂性之后，慢慢懂得如何自处。

可能也是从那时开始，孟翰渐渐开始打开自己，有了信心，也获取了更多人生的意义。于是，在马萨雷遇到“造梦公益”后，孟翰于2016年正式加入，成为当地执行人。

三

接下来的公益经历让孟翰成长了很多。由中国学生创立的“造梦公益”从最初为贫民窟修建学校、提供纯粹的物理援助，开始向进一步为当地人赋权转变。2016年，孟翰开始着手国际免费午餐项目在肯尼亚落地和执行的工作，至今陆续为超过2500名贫民窟孩子提供了免费午餐。

对于生活在贫民窟的人来说，贫穷是他们面临的最大问题。低教育水平，低就业率，导致他们连每日的基本温饱都难以解决。当地居民仅有的一些非正式收入来源，是为他人洗衣服、在路边摆摊卖小食，或为不定期的建筑项目提供非技术性劳力。他们中大多数人的每日非固定收入甚至不足1.5美元。在这样的生存条件下，很多家庭的孩子由于无法支付学费，不得不从当地社区学校辍学。而免费午餐项目不仅帮很多家庭解决了孩子的饥饿问题，使他们开始愿意让孩子重返学校，也极大程度地提高了学生的上课注意力和学习积极性。

“有时候收到贫民窟里获益的学校老师和家长发自肺腑的感谢，我真的觉得很感动，也激励自己要努力做得更好。”孟翰看到早上站在街道上排队打粥的孩子们，不由得欣慰又感叹，说自己当年学校早餐吃的也不过是兑水的果汁和两块饼干。

三年后的2018年，当孟翰再次回到当初支教的学校，很多曾经是小不点儿的学生们也都长大了。他们还是热烈地跟孟翰击掌、打招呼。然而，长大就意味着从无忧无虑的生活里看到对未来的担忧和焦虑。

贫民窟的人口每年都在增长，基础设施的建设却一直因为复杂的政治斗争无法全面落实。随着孩子们长大，有限的教育设施和教学资源还是极大程度地限制了他们的未来。有的孩子热爱体育和足球，热爱文艺和绘画，但他们却没有足够机会去进一步探索他们的才能和本应更加丰富有趣的课余生活。有的孩子即使以优异的成绩考上了高中甚至大学，他们的家庭仍旧无法继续支持他们的梦想。依靠来来去去的国际志愿者和外来援助改变命运，对于贫民窟里每一个作为独立个体存在着的孩子们来说，恐怕只是个如同“某天能中乐透彩票”般充满偶然性的美好愿景。

孟翰说他其实并不支持直接的物理援助，也不支持短期的志愿者带着猎奇心态到贫民窟进行所谓的“支教”。除了文化差异需要时间磨合、教学能力需要培养，从情感上来说，志愿者们刚到学校和孩子们熟悉起来，就马上要离开，“这是很直接的问题，我不认为贫民窟最需要的是这些”。

“甚至物理援助给多了，社区里有的人就把我们当作了摇钱树，把外来访客等同于钱。他们并不在乎一个项目好坏，他们带有目的性地附和、迎合，最终却只是为了自己的利益。”孟翰说。

这些年来，孟翰学习了当地的斯瓦希里语，也学习到了和当地人打交道的更好方式。他意识到，虽然英语是肯尼亚的官方语言，当地人除了母语外基本都会讲英语，但如果你用英语跟他们交流，在他们眼里你终究是外国人，距离感自然产生。但如果你开口说的是他们的当地语言，即便说得不好，他们也会对你产生一种莫名的亲切感，距离就拉近了。

“这时候他们总会主动过来，重重地跟我握握手，表示和我很熟了，是朋友了。”孟翰说，“不过长期跟他们打交道，除了语言上要拉近距离，还需要让他们觉得你很懂行情。”

显然孟翰已经做到了，他渐渐成了一个“老肯”。

在他看来，其实肯尼亚文化某些程度上与中国传统文化有相似的地方，比如他们很看重家人和家族间的联结。让他感触很深的还有当地人的快乐和纯粹：“真的很羡慕传统的、淳朴的肯尼亚人，打心眼里的快乐，没有什么钩心斗角，也不太复杂，得到属于自己的 happiness（幸福快乐）就好。”

可惜，因为缺少相互交流的机会，我们对彼此的文化还是有太多的偏见和不解。近年来，随着“一带一路”倡议的推进，越来越多的华人有机会前往像肯尼亚这样的非洲国家打拼。华人和中国企业在肯尼亚开辟了新的商机，也为当地建造了大量的基础设施。然而，由于语言隔阂和文化差异，双方的交流并不顺畅。比如，有一些当地人会觉得华人涌入肯尼亚，或许加剧了当地的失业状况，不仅赚了当地人的钱，还抢了当地人的工作。

于是，孟翰的另一个努力目标就是搭建一个沟通的桥梁，尤其是尝试改变当地人的偏见，让他们看见中国人来非洲不仅仅是为了赚钱，商业利益之下也有人真心做公益、真心回馈当地社会，帮助他们改善贫困的现状。

四

这注定不是一条坦途。

在孟翰的期待中，一个优秀的公益机构，要有合理的组织框架、固定的资金来源、各式各样的培训以及学习的机会，各司其职，齐头奋进。

但现实的道路上困难重重。因为公益从来不只是一个关于“激情”和“励志”的故事。

一方面，近年来国家一直在支持和鼓励企业机构走出去，但不得不承认，基金会在海外的资助还是偏国家性的援助较多，对于真正落地实践项目的民间机构的支持很有限。每年，为了正常开展项目、持续为贫民窟孩子们供应免费午餐，孟翰和他的小伙伴们常常忙得焦头烂额。

“其实一般情况下，我不会带游客来贫民窟。对于本地人，他们也比较介意这个事儿。我不太希望更多人去打扰他们。但一些公益人或者有资助意愿的访客，我还是会带他们到社区了解一下当地的情况。希望他们能够感同身受，也看到我们在做的事情所带来的改变。”

另一方面，孟翰自己内心也一直有着迷茫与挣扎。

辩证来看，事物总是有两面性——孟翰曾以为这只是课本上一句用来应付考试的句子，现在却有了越来越深的体会。他时常怀疑自己所做的这一切努力是否真的有意义、是否真的对当地有益。“最迷茫的时候，我看到了项目所带来的一些可能负面的东西，我不知道应该怎么做。”

贫民窟其实就是一个自洽的小社区，有自己的规章制度和生存之道，大家和平相处、生活朴素。很多去过贫民窟的人感到，那里的人“贫穷且快乐”，这种印象其实没有错。快乐真实地存在着，只是在这种看似正面的积极画像背后，在表面的“合理性”之下，汇聚着不为人知的苦痛与艰辛。

而对于扎根当地的中国民间公益组织来说，由于有限的资源和能力，落地的项目只能覆盖部分人。这就不可避免地改变了原有社区的部分平衡，也带来了复杂人性和社会关系阴影下的一些副作用，孟翰内心的挣扎便来源于此。好在他没有轻易选择放弃，而是在一步步的实践里不断反思，从自己和当地人的联系中，也从对其他志愿者的观察中学习和进步着。“我渐渐体会到，改变并不一定是一件坏事。因为如果没有改变，就没有成长。”

五

孟翰感觉，这些年来自己改变了很多。

童年的他性格内向，不愿分享，没有安全感。但如今，他可以轻松自如地站上舞台成为主持人，愿意结交、认识不同背景的小伙伴，和朋友敞开心扉。他所在的公益组织获得成功或许有它的偶然性，正如孟翰加入其中也存在着偶然性。然而大概正是这种偶然性，让这个少年变得成熟了。

孟翰说，他最近一直在考虑未来的打算。除了公益，他现在还开始帮妈妈打理家里的贸易事业，他把这一切都当作学习经验和积累资源的过程。

关于未来，孟翰说如果有机会，他也想去海外继续学习深造，虽然因为公益和家里的工作，他可能暂时没法走开。但不管如何选择，相信未来都该是充满希望的。

毕竟，“没有改变，就没有成长”。

我想，我们都是。

看月亮的人

口述 | 应婕晓

整理 | 胡　卉

一切悬而未决

我该从哪里跟您说起呢？从我对纽约的爱开始吧，我热爱这里的艺术电影，热爱这里怀抱理想主义的人，热爱这里充满干劲的状态！

2018年初春，我过完25岁生日，即将从纽约大学Tisch电影研究专业硕士毕业。当时，我面临一个选择：到底是留在纽约挣扎，还是直接回国找工作？

纽约就像一个宇宙飞船，满载来自世界各地的野心勃勃的人。它是一个许多人都在做梦的城市，在这里，看月亮的人得到了极大的尊重。如果你坚持做自己喜欢的事，很容易得到他人的鼓励。尤其是做艺术的人，无论是艺术电影、即兴喜剧，还是先锋戏剧，都能轻松找到志同道合的伙伴。纽约三年，这座城市极大地改变了我的思维模式、生活方式，满足了我对不确定机遇的好奇，允许我尽情释放对他人的好意，同时逼着我反省自身，确立了职业激情。尽管国际形势风云变幻，我申请的艺术家签证还没有定数，但是发自肺腑地说，我很想留在这个充满野心的城市继续闯荡！

可是我少有可供比照的参考。从人文学科毕业，和本土人比拼英语，在一年时间内找到全职工作太难了，难到像是一种妄想。在越来越小的告别派对里，我目送着国际生朋友们一个个离去，其中包括我四年同盟的本科男友。我们当初从上海一起来纽约，我的梦想是理解他的全部，除了打游戏、看电影，还要成为论文的第一读者，贴近杨绛和钱锺书那种如切如磋的学术伉俪模式。但是，我在回国的问题上举棋不定，破坏了他的安全感，他离开学术进入职业精英的轨道，似乎转移了志趣，于是我们退回朋友关系。

面对不那么明朗的未来，我的父母难免忧心。爸爸有时半开玩笑半认真地问："我的女儿啊，你什么时候开始挣钱啊？"惭愧，在物价高昂的纽约读电影研究硕士，我始终没能实现经济独立。不过父母非常开明，支持我"做自己喜欢的事，并想办法从中挣钱"，可是后半句强调得少，好像那是水到渠成的事，似乎我只需要找到激情所在并投入时间，就能成为行业里的出色人物，获得可观薪酬自然而然。

父母是我逐梦的榜样。爸爸从小就喜欢追着火车跑，背诵列车时刻表，长大后，他选择了铁路的专业，做了铁路运输调度的工作，虽然越是节假日越忙，但这是他喜欢又擅长的工作。我的妈妈，在逐梦的路上绕了点路。当初她在家人建议下报考了计算机专业，的确非常有前景，但她不喜欢。妈妈床前总摊着一本《红楼梦》，每天反复翻看，书架上满是三毛的散文，爱看《唐顿庄园》等英、美剧集，观影量远超过我。可是受专业背景限制，她的工作常常与计算机相关。直到去年，她通过层层考试，申请来美国当对外汉语老师，钻研教学方法，和外国同学介绍中国文化，她感到非常舒心。每次我聊起去留问题，妈妈说，这有什么可犹豫的，我看你在这里最快乐。

于是，我决定在纽约留下。

失业也要保持行动

官网投递的简历都杳无音信。

尽管我有危机感——我大概是国际生中最早开始实习的，从1969年建立的女性电影发行 Women Make Movies，到中国独立影片发行 dGenerate Films 的代理公司 Icarus Films，积攒了工作经验——但是仍然无法获得全职工作，毕竟毕业了，也不好意思再问家里要钱。

我倒在床上，感到泥潭深陷，想象里自己盖着小被子，泪水浸没房间。我在头脑中翻阅自救锦囊，找到毕业典礼上小哥的一番话，他说："保持行动。"没有人在一开始就准备好了，你是在做的时候慢慢上手。外部的箴言在关键时刻有催化剂的作用，这个声音把我知道的道理再讲一遍给我听。我果断行动起来。

我开始打电话给毕业去西海岸的学姐、回国做电影的学姐、正在做影视新闻的学姐，问她们如何实现经济独立，找到独特的职业轨道，如何决定去留。与原本不太熟悉的学姐们交谈，印证了大三在卫斯理学院交换期间的感悟：女性之间的互助网络可以提供极大的温暖。

她们用自己当年的狼狈处境，勇敢的职业决策，以及回望的反思之光，照亮了我迷雾重重的小径。哪怕我不能立即获得工作，但是倾吐和聆听都舒缓了我的心情和情绪。我直面问题，开始四处告诉朋友们，我在找发行工作，听到消息请联系我，哪怕是有薪酬的实习也好。果然，毕业后的第一份发行实习就是纽约大学的同学告诉我的，她的老板和 Zeitgeist Films 的老板是好朋友。对于小公司，熟人推荐面试就像唠家常，而陌生人可能连简历都无处投放。就这样，我开始了每日 20 美元补贴的实习，享受着无薪实习中的豪华版本。

事实上，这段失业的日子，我一面找纽约的全职工作，一面保持行动，远程为华语电影做了很多事情。

其中一项是我继续在暑期回国时加入的电影初创公司“午夜失焦”兼职。这家公司旗下有制片、国际销售和媒体厂牌，团队分布于巴黎、北京、上海、东京、纽约，都是电影迷兼工作狂，为作者型电影用爱发电。如果说一个青年导演有很强的作者意图去拍摄一部影片，我们会通过创投会、众筹等多种途径寻求资金，帮导演实现想法。电影完成后，我们根据影片主题和风格制定策略，投报电影节。我们熟悉电影节的运转，认识许多选片人，因为一直推荐优秀影片而获得了信赖，对方愿意仔细多看几眼。如果影片入围电影节，我们还会陪同导演团队到现场，联系媒体曝光。接下来，我们为电影寻找各地区的发行商，让电影遇到更多观众，也实现盈利。

我主要负责寻找北美发行和全频道的社交媒体宣传，无论是做导演访谈、翻译物料，还是在脸书和微博上更新入围信息、邮件联络发行商，我都做得认认真真，希望每一步都能让华语电影离欣赏它的观众更近一点。

等到2019年，又一个春天到来时，我第一次参与欧洲三大电影节，以制片主任的身份跟随祝新导演的《漫游》团队来到柏林。电影节的几日真是忙碌极了，兴奋极了！我们在欧洲电影市场的小格子间轮流坐镇，和走过路过的世界各地从业者介绍电影，跟选片人和发行商们见面约谈。我密集观影，拿着一沓世界首映的票进入未知的黑箱，和老友重逢，和新朋友相遇，半夜还给“深焦”写短评，向远方的影迷朋友传达新鲜的见识和见解。保持行动，保持行动，我感到浑身有种充分施展的满足和快乐。

可是，我暂时还没能解决养活自己的问题。困境与希望，推己及人，我想到串联信息会为大家带来工作机会。因此，我建立了十多个电影微信群，联结近3000人。我想在孤岛上建立桥梁，不想让勇敢的逐梦者散落在四方。我想让四处迁徙的人找到同伴，一起享受各类文化的中间地带。

我们在线上聚集了世界各地准备学电影、正在学电影和已经毕业的同学。最初，有连通产业界和学术界的Cinetopia，后有准备电影留学的互助群，纽约学电影的新生交流群，再有“剧组招募令”发布板块形成的“深焦”拍摄群，从笼统的“满世界找帮手”，拓展到世界各地的拍摄群。我想让世界各地的青年电影人交流信息、展示自己，在人生初期遇见共同成长的靠谱朋友，或是在人生地不熟的时候能有热心人帮助。作为管理者，我因此变得非常忙碌。但是，每每看到群里同学找到团队后短片入围A类电影节，通过心仪实习的面试，见到朋友一见如故开展合作，都让我很有成就感，极大地缓解了我的失业焦虑。尽管我还没有着落，但是我能帮助别人获得成果呀！

试水电影行业

两年前，也就是2017年暑假，我从去往纽约后第一次回国。我在回国的两个月内，打算尽可能尝试电影行业的环节，了解我未来的工作方向。

老师推荐我到上海国际电影节论坛部实习。上影节邀请的嘉宾咖位很高，我作为工作人员，整个过程特别开眼。当时，我第一次接机，举着张大春的名字，按照网上照片寻觅身影，而他早已健步如飞地绕过人群，在我身后招呼我。他说："行走江湖的人，最擅长的就是不让别人操心。"一路上我问了许多问题，比如导演拍摄一部影片的创作冲动来自哪里，他说，有时是一个故事、一个情结，有时是一个技术难点，比如毕赣新片的一个动力来自片中 2D 向 3D 的转换。我答应他保密，直到《地球最后的夜晚》在纽约电影节上映，我才舒了口气。后来我的第一份自由职业工作，竟是这部影片的北美华语社群推广，真是缘分难料。

电影节后，我直奔北京去一家制片公司实习，开始感受北漂生活。我租了三里屯边老社区的一间房，洗澡会漫水，室友不停地换。夏天没有空调，但是一楼很阴凉。空间狭小只放得下一张床，意味着我不用下床一切触手可及。那段时间，我了解到影视内容的风险评估，认识了诊断剧本一针见血、待朋友特别真诚的北电伙伴，和楼下吉野家的牛肉饭培养了深厚的感情。

一位前辈说，她从我身上看到了当年的自己，热情地把我带入她的圈子。她引荐我配合高人气的主播小哥，现场给观众介绍"百老汇香港影展"。我记得自己穿着斑点裙，踏着高跟鞋，声音被风带走，观众听不清我在说什么，只是一个劲夸小姐姐可爱。而主播小哥完全不了解香港电影，猜海报人物的时候尴尬至极，镜头大部分时间对准开幕式小食，他一边吃一边抱怨最近工作忙。

汤唯出场时，电梯旁等候的小哥突然害羞，我满载观众的期望，钻进人群问汤唯：“听说您 FIRST 电影节期间晕倒了，最近休息得好吗？有没有吃好吃的？”她听到如此无关紧要的问题，先是一愣，再微笑解释说，休息好了，不过一直忙，没顾上美食。我暗自想，以后若无法深入交流、平等对话，还是不要犯傻了。当然，香港影展本身很用心。我看了海报展，与安乐影视的江志强老板做了一段访谈，参与了《癫佬正传》《半边人》的放映，认识了百老汇认真负责的工作人员，也明白自己不适合做主播拍档。

业余时间，我发起两场点映，逼自己深入影迷圈。其中一场去了福建龙岩的外婆家，是点映范俭导演的纪录片《摇摇晃晃的人间》。我通过“大象点映”平台召集了 70 多人。这场点映可谓做得轰轰烈烈：表姐帮我烘烤了一屉美丽的小饼干，免费发放给来看电影的人。舅舅作为摄影师，拍了一堆活动照片。妈妈的中学同学们帮忙转发，把观影活动变成了一个开在电影院的同学会。我的同学们带着父母来观影，场面十分热闹和温馨。映后，我举着话筒主持了一段讨论，谈论人物的选择，影中鱼的意象，影片主角的动人时刻。这段经历，让我意识到电影可以作为人们相聚的理由，电影院的空间可以成为跨越年龄和背景的讨论场所。

重返纽约后，我就在思考把这些联结和火花带到各处，包括纽约华人身边。前阵子，我认识了一位定居佛罗里达州的清华妈妈，她希望能让孩子多接触华语片，学习汉语，即使远隔重洋，文化的根不要完全断掉。这也让我意识到第二代移民是华语电影非常重要的观众，也是一个庞大的群体。

能做多少做多少，尽力去做，让像我自己这样的异乡人在电影世界找到共同的精神家园，是我想去为之付出和收获的心愿。

失恋：个人精神史上的遽变

在这期间，我还经历了一件大事。我和男友和平分手了。这给予我的除了伤感，更多的是惊异。四年关键时期的共同成长，竟然也会有分别的路口。

失恋那段时间堪称我“个人精神史上的遽变期”，用杨明明导演的话说，“失恋的人是高贵的”。

当时，她恰好来纽约放映《柔情史》，我帮助她联络电影节行程，她是我在纽约游荡的借口。我们去东村的复古服饰店，挑选最酷的小棉袄；在威廉斯堡的 Whole Foods 分享赠送的饮品，买到一个莲蓬的精魂；在布鲁克林大桥下吹风，摆出望穿红尘的 pose。仿佛整个城市都在为我疗伤，向我耳语，这世间有更多有趣的事物值得关注。与剪去万千烦恼丝相反，明明为我散开了头发，让蓬松的自然卷堆出小狮子的造型。她在纽约地铁站的人潮里给我拍照，现在想来有点《千禧曼波》的意味。在她的镜头下，我找回了在原有教育系统里被压抑的“魅力”，我不再是梳拢马尾、睁着大眼睛一脸天真的幼稚少女，我也可以是热情和狂野的。将自然卷从难以驯服、需要藏匿的劣势，变成勇敢独立、无所畏惧的象征。

外部变化注入重新开始的勇气。当天，我收到了矫正牙齿的塑料模型，按周更换，六个月后，当牙齿完全齐整的时候，我再无伤痛感。原来疼痛和记忆是有限的，时间的确能治愈一切。我向老友倾诉，恢复联络，更新彼此信息。我很欣喜地看到自己控制情绪的能力增强，在忙碌的工作中保持靠谱，与自己和解。

我全身心地发展自己，不再以支持对方梦想为借口，逃避发掘自己的职业激情。在许多朋友和这座城市的帮助下，我非常享受自己的生活，也不会恐慌未来遇不到更好的人。说实话，每个人都在人际关系中成长，如果更晚相遇，大家更能体贴对方。即使没有合适的伴侣，过一个自给自足的快乐人生也是完全可行的。

失恋给我的启示不是“你永远可以遇到更好的人”，而是“无论什么情况下，我都有能力重新开始”。一个人陪伴的时间也许很长，也可能有突然的分别，但是这些共同成长的日子和再见，都是宝贵的经验、有趣的故事。如果有重新出发的能力，快乐始终是可以保证的。

机遇来了

我原本以为推荐华语艺术电影是用爱发电、无私无偿，没想到我可以通过这份熊熊燃烧的激情，在北美发行商这里获取一笔报酬。我凭借自己的语言优势、电影知识以及熟练使用微信、微博的新媒体技能，找到了独特的职业位置：华语艺术电影发行专员。

2019 年春天，北美涌入一拨华语艺术电影，我的机遇也来了。我为 Kim Stim 发行的胡波导演的《大象席地而坐》做“自来水”宣传，在“深焦故事”的主持中为 Cinema Guild 发行的仇晟导演的《郊区的鸟》摇旗呐喊，又招呼大家赶紧去 AMC 看白雪导演入围柏林的《过春天》。最开心的是，Kino Lorber 聘请我做毕赣导演的《地球最后的夜晚》华语社群宣传，《地球最后的夜晚》的北美票房超过 40 万美元，成为同期艺术电影中的票房冠军，真是让我备受鼓舞！后来，Kino Lorber 还推荐我去 Cohen Media Group 发行的贾樟柯导演的《江湖儿女》小试牛刀。

与此同时，我在国内的新媒体平台主持“深焦故事”，邀请活跃在产业和学界第一线的电影人来分享行业观察、个人经历，为初入行或者读书期间的电影爱好者提供一手的信息。往届嘉宾包括纽约大学毕业回国发展的康越明，从清华、港浸会毕业的《郊区的鸟》的导演仇晟，从欧洲 FAMU 毕业剧本创投获奖的韦永垚，还有在CalArts执教的《动物方言》的导演雷磊。我邀请报名的人进入深焦故事微信群，希望大家可以找到同样好奇的伙伴。

3月底，我入选了林肯中心（Film at Lincoln Center）和洛迦诺电影节（Locarno Film Festival）联合举办的“电影产业学院（Industry Academy）”。我和十四个电影人坐在台下，看到Magnolia、Neon、IFC Films的艺术电影发行CEO在台上谈笑风生，给后来者坦诚而智慧的建议，我们感到自己很幸运走进这扇门。他们是行业顶尖的人物，又是顶要好的朋友，而多年后的我们也将是这样一批互相信赖的中流砥柱，为更多的人打开这扇门。

最近，我开始做一些制片的工作，如作为副制片人，帮助本科同学伊宁的第一部长片《一名年轻男子的画像》筹集资金。正是因为电影人和影迷的群组，我遇到了许多支持青年导演的朋友。

令人惊喜的是，我还实现了以电影的名义满世界旅行的梦想。夏季，我参与多伦多的木兰电影节，翻译两部影片的映后谈，第一次见到巴黎工作的同事。我联系北美的发行公司，完成了公司的第一笔销售。秋季，我协调杨明明《柔情史》在洛杉矶“中国电影双年展”以及纽约“创新中国文化节”的展映。冬季，我到“美国电影市场”观察行情，在洛杉矶华语电影节代念获奖感言，捧回了《柔情史》“最佳剧情长片”奖。我作为制片主任，远程沟通《漫游》在泰国的后期要求。次年 2 月，我和严谨的柏林电影节对接无数表格和物料，在欧洲电影市场宣传祝新导演的处女作《漫游》和张律导演的新片《福冈》。夏季，我联系周圣崴导演的定格动画《女他》在北美各个电影节的 DCP 流转。

我很幸运找到电影这个载体和容器，去盛放自己最珍视也最独特的一些东西。

再次出发

2019 年 6 月 20 日，这是我离开纽约前的倒数第 34 天。因为目前复杂的签证环境，这趟从纽约飞往上海的航班订的是单程机票，究竟是短暂的告别，还是漫长的一去不返？我热爱纽约，但不知与她的缘分有多长。

电影梦开始的地方是卫斯理女子学院，大三交换的时候，我初次了解电影研究这个专业。激情洋溢、学识渊博的意大利电影爷爷，让我第一次看到丢失真相的《罗生门》，在日常生活中融入超现实元素的《世界》，像梦境一般喃喃呓语的长镜头史诗《俄罗斯方舟》，将镜头对准观众的《轻蔑》，以及穿梭于多个哲学论题而无法醒来的《半梦半醒的人生》。我一边学着基础的电影理论，制作视频短片形式的论文，一边沉醉于带着情感来思考的影像，体会后现代的碎片感和魔幻感。哪怕是日常看到发愣的松鼠，都以为是世界的录像带卡住了一秒。

我想追求文字所不能抵达的领域，专业从复旦中文转向纽大电影。对于研究者而言，电影有更多可以探讨的维度，包括画面、调度、声音、表演、产业等，深挖起来非常有趣。而对于大众来说，比起耗时更久的书籍，每个人只要花两个小时和很低的经济成本，就可以非常享受地拥有一段故事。看电影成为我们时代难得的共同经验，据此，大家可以形成一个对话和交谈的公共空间。一些个人兴趣和社会意义，都成为我选择电影研究的原因。

我曾在“自由”的旗帜下掩盖自己“无用”的状态，虽能保持自身的纯净，但是没有发声的平台。如果不能证明理想主义者有存活的空间，那么如何让理想被更多人践行？

好在纽约大学没有校园的藩篱，插着紫色火炬旗帜的就是我们的教学楼，分散在纽约的一个个街区，环绕着永不停息的打桩机，底下是建于20世纪初隆隆作响徐徐冒烟的老地铁。这让我的学习和求职压力融于滚滚红尘中。学校与整个纽约的行色匆匆贴近，每个人都在这座城市里寻找梦想，将梦想变成职业目标。看着许多本科同学创业，我被逼着寻找自己的出路，积累实习经验，找到自己的优势。

现在看来，我将华语电影推到电影节，在纽约的电影院推广艺术影片，建立电影人和影迷的微信群，所有的所作所为，都是同一个念想的延伸。我总在思考和电影相关的一切。有阵子沉迷众人用私人记忆绘制的纽约地图，于是，我邀请纽约观影团的伙伴，评测纽约近二十家独立艺术电影院和观影场所，发布在我的公众号“萤火点灯人”上。从林肯中心、MoMA、BAM、MoMI的艺术电影支柱，到潮人汇聚的Metrograph，影迷策展的布鲁克林Alamo Drafthouse和Nitehawk鸡尾酒影厅，还包含了法盟、Japan Society、NYU等文化机构，我们细数自己的电影院记忆，把喜爱的地方推荐给其他人。如果我们有一天得离开纽约，我希望这是大家临别的礼物，一张标注着快乐回忆的艺术电影地图。

两年前，我还制作过一个“文学、电影、艺术：海外华人的纽约踪迹”的互动地图。我在纽约的地标上放了木心的诗，北岛的散文，《甜蜜蜜》人物的踪迹，活跃艺术家的工作室，等等。看到他们在林肯中心的音乐会中陶醉，为纽约地铁的臭味而皱眉，在陌生人的善意里感动，用蹩脚的英语和外国友人表达思考，原来我所感受到的孤独或惊喜，这些人也都感受过。遗憾的是，海外华人的奇妙经验和文化冲撞，很难从外部一览无余，必须由后来者的亲身体验一点一点照亮。所幸的是，相对于国内城市样貌的飞速更迭，纽约倒显得迟缓如老档案馆，跨越几十年，你仍能找到他们讨论的地标，交换彼此的经验。我记得白先勇的《纽约客》里有个女孩凤仪写信告诉妈妈，“以后不必再寄中国罐头来给我，我已经不做中国饭了，太麻烦”。我望着冰箱里的速冻水饺和印度咖喱饭，深有共鸣，我和最初每周拖着小车去中国超市买菜的自己很不同了。比起吃东西，我还有更多事想做。

对于未知的路，我准备好随时行动，再次出发。“再次出发”，这是我申请纽约大学电影研究时用的题目。引起我共鸣的是电影《再次出发》中，凯拉·奈特莉饰演的女孩来纽约逐梦，在天台和街角找到自己的音乐风格。可是我当时没有注意到的是，她与曲风不同的男友分别，遇到许多有趣的人，帮助别人建立联结之后，骑着自行车继续前行。

是的，在纽约做电影，漂泊和未知是常态，但我喜欢这种不断追寻意义、自己确立路径的方式。我希望能走出这条路来，这样就可以向周围的朋友喊一声：“来吧，这条路走得通，能感到幸福!”

从荒原走向巴黎

口述 | 大　雄
整理 | 胡　卉

科尔沁荒原

2008 年，我从湖南宁乡到湖北武汉，进入中国地质大学读本科。专业是环境科学和水文地质学的交叉学科，研究核心是地下水污染与防治。但整个大学时期，我对电影非常狂热，特别喜欢安哲罗普洛斯、阿莫多瓦、维姆·文德斯、迈克·李、小津安二郎和努里·比格·锡兰等导演的电影。他们关注个体在时代洪流中的选择与遭际，关注人物对生存意义的探索和不可言说的孤独感，还有传统家庭结构和家庭生活在现代社会的遽变。与此同时，我艰难又用心地读了很多探讨存在主义的书，比如萨特的《存在与虚无》。有时也会读海德格尔和克尔凯郭尔。

电影、阅读和其他不明因素的影响，我把自己推向了无穷无尽的对个人生存的痛苦探索中。

2012 年，我本科毕业，选择去蒙东地区的科尔沁荒原从事水文地质勘探工作。单位是内蒙古第四水文地质勘查院，属自治区地矿厅管辖。选择这份工作最直接的原因是工资高于其他单位，月薪八千多，有年终奖和各类补助，算不错了，那时我身上并没什么钱。另外，我有一个攒钱环游世界的想法，想在秋天来临时，从满洲里取道西伯利亚，骑摩托车去欧洲，就像年轻的切·格瓦拉和他的朋友纵穿南美大陆一样。大学毕业工作前，我偷偷去西藏漫游了一个多月，之后满脑子更是环游世界的打算。没想到最后西伯利亚的秋天没看到，却以另一种方式来了法国，一待已是四年，人生真是不可预测。

当时，勘探队的主要工作是在干旱地区做地下水资源普查。在划定区域内，了解详细的地质情况，以一定空间比例原则控制钻井的布置，然后，一个点接一个点地钻井。井虽口径不大，但是成井质量远远好过民间打井队，下到井里固井的钢材管壁都是实实在在的好材料，而且，一口井上百米深，一直打穿上覆沉积层直至坚硬的基岩顶部，水量和水质都属上乘。每口井成井后，还要做一次抽水试验，以备后期算定各种水文地质参数，给出整体的地下水资源质量评价。

我驻地监工，是在荒无人烟的草原上，住在巨大的绿色军用帐篷里。工人们在帐外不远处干活。水、食物和日常用品都提前在最近的村镇买好，扔到军绿色的解放牌大卡上。卡车拖着所有的钻井设备和我们，朝荒原深处的预设地点飞驰而去。这里地形起伏不大，往北边走才能看到高山，山峦被草丛覆盖，随着草场同枯同荣。最主要的树是蒙古榆，低矮圆润，着色墨绿，只要秋风一起，气温转低，它们便没了抵抗，黄叶纷飞离去，不出几日，就只剩光秃秃的枝干杵在那里，透出一股难以言说的孤独感。夏末初秋之间有一个短暂的雨季，有时润物无声，一如南方的梅雨，有时则电闪雷鸣，狂风乱作。暴雨冲刷着裸露的沙地，泥沙成河。过度放牧的地方在雨后分外凄凉，就像是被上帝遗弃的无人之地。

我们每人在帐篷内安顿好一张单人床，一个带液化气罐的简易燃气灶，一如安顿自己的生命。因为一旦进入荒原，就与世隔绝、一无所有了。蒙东地区的景象和我熟悉的郁郁葱葱、潮湿闷热的南方截然不同。天很高，硕大的云朵在茫茫大草原上方漂浮，投下阴影和凉爽，保护着渺小孱弱的人类的身心。在草原上，只要找到一棵树或一片云朵下的阴影，我就感到身心放松，像回到母亲舒适的子宫。无事时我在帐内看书，累了就静坐，什么也不想。脱离纷杂噪闹的城市和人群，一开始觉得极为自在，但日子久了，还是格外想念人世繁华。

有一次，钻井的位置设在一个宽阔的河谷边沿，我们也在此扎营，不远处能看到一条客货双用的铁路。我常常在晴朗的日子循着水流往下走，看看野生的向日葵，想想凡·高和他错乱的一生。头次遇到火车经过时，我不知出于什么冲动，发了疯似的在铁道旁追着火车跑，跑了好久好久，直到眼见火车上了大桥。我钻进铁道下的桥洞，闭上双眼听着火车撞击铁轨的轰隆声，心满意足地狂笑不止，那是我听过最美的人类文明的声音。

当营地到了北边，我常常爬到山岭上，找一侧背风处，一直坐到夕阳落尽。四下寂静无声，绿色帐顶飘着一缕白烟，偶见远处羊群在草丛里缓慢移动，但不见牧人。工头后来告诉我，牧羊人也和我一样躲在某个山头，看着自家的羊群，手里常年端着土枪和烟斗，等着偷食的豺狼。在这山头的静默沉思里，我是幸福的，常常还会因为这广阔的草原而落泪，感受到自己与天地同在，似乎我和这广袤原野一样宽广，一样肆无忌惮地蔓延开来。这时，人类在我眼里是渺小的，城市也被完全忘怀。我问自己，有了这通天透地，你需要回到文明中去吗？

有天，总工开车带我去另一条河谷勘察钻井位置，忽然遇见一座异峰凸起的孤山，像极了电影《末路狂花》里两位女主角亡命天涯时最初见到的那座山，形状如出一辙。我瞬间泪如泉涌。就像是我的生活，我个人的存在，我所探知过想象过的，在这里被照进现实。

这段时光里，书籍依然是我贴心的陪伴。我随身带着三本书，其中两本是关于凡·高的，都翻遍了，做了很多批注。如今，六七年过去了，这两本书我依然带在身边，尽管我明白了凡·高的精神是不能用来正常生活的。在巴黎的这几年，我不下十余次，搭一个半小时的火车去瓦滋河畔奥弗尔小镇看看凡·高兄弟的墓。四季都去，尤其春末秋初，黄澄澄的油菜花盛开，春麦翠绿，树林像是飘浮在麦田上的岛屿，乌鸦成群，在田野上空游荡。阳光灿烂时，越过低矮起伏的山岭，还能看到埃菲尔铁塔。很奇怪的是，在凡·高墓前，我感受到一种略微忧郁的亲切的乡愁。

我的乡愁从来不会落在我出生的地方（湖南宁乡一个小村庄），它和所有的远方连接，远之又远，乡愁才浓之又浓，就像彼时在内蒙古的荒原上。我常常想，如果我没有离开，除了依旧在职场上格格不入，会不会变得沉默粗犷，如同土生土长的蒙古族人。

当地的蒙古族人聚居城镇时，民族混居，已和汉人无异。但是，还在草原上游牧或定居于草场的牧民则大为不同。他们的普通话夹带着浓浓的蒙语口音，女人目光怯生生，男人则神情冷峻，但都是和善友好的乡民，常被深入草原的外人连哄带骗地做一些吃尽小亏的交易。蒙民劳作蔬果的方式受东北人影响，连饮食也是常做乱炖不讲究卖相，一口大锅就是镬气氤氲的乾坤，可是异常可口。因此，我到蒙区三个月就长了二十斤，达到体重的巅峰，而离开蒙区就一路瘦回去了。吃肉的方式却是蒙人影响着汉人。一头漂亮的黑头肥尾大羊就地宰了，肢解几大块扔进沸水中，只添盐蒜姜。好吃但易腻，南方人受不了这膻味，要是出去吹了冷风，感觉就是那只死去的羊在你身上灵魂附体，够你浑身上下膻上个把星期。

在这种远离兴盛的物质文明的地方，人的味觉需要从想象和回味中获得慰藉。对此，我最大的幸福就是在途经小镇找到奥利奥饼干。后来回到城市，看到奥利奥依旧十分兴奋，把所有口味都尝了一遍。另外，好友体恤我在无人之地的辛苦，寄来全套“老友记”光碟。很多长夜，我都是在 90 年代的纽约氛围中度过的，我把这叫作“自我防御的快乐机制”。我需要将自己裹藏在轻盈虚幻的愉悦中，不然身体里闹哄哄的那部分就会作乱，想逃离。

乡　愁

夏秋时，草原是和善的，雨水不期而至，草木俱荣，我们在清浅的河水里洗澡浣衣，待在帐篷里也不觉得物质生活多么紧要。但是一到冬天，时令转过寒露，气温剧降，一切就变得极难忍受。

第一次下雪是在 10 月 8 号。那天，卡车转过一个山梁，骇人的大雪忽然而至，狂风肆虐，处处惊心。日常生活因此变得十分艰难。深秋以前，早上起来方便，只要扛一把铁锹，走到稍远处，在沙地里挖一个不深不浅的坑。等到天寒地冻，土太硬挖不了坑，便只能平地解决，那冷峻的风从胯下撺掇而过，瞬间感觉某些部位已经冻碎，不是自己的了。工人告诉我这叫“白毛风”，都是横着刮，出门上旱厕得在房门前绑根绳，顺着绳索来去，不然就会在这茫茫雪风中迷路，冻死在家门百尺之内。

我开始想念南方湿寒的冬天。工头多少看出我的心思，每次吃饭都给我多多夹菜，虽然尽是土豆白菜，唠叨着说吃饱饭不想家。入秋后，帐篷中间生起炉火，工头也总把最暖和的位置留给我。劣质煤混着草原上捡来的干牛粪，让人在白天也总昏昏欲睡。热量积攒到夜晚前半夜让人微微冒汗，但后半夜众人睡着后，没人起来添料，火一灭，人又如同掉进冰窟窿，噩梦般冻醒。

天越来越冷时，项目组领导抽调另一小伙代替了我的苦差役。我还记得越野车开到驻营地来换岗时，那个小伙子搬着行李下车，苦涩地对我说："你瞧，这就是学校不同的待遇差距，我还没弄完自己的活儿，就急着被遣来替你的场，好让你回项目部暖和的屋里待着。"

我从重点地质院校本科毕业，而他是专科出身，这导致了无可奈何的待遇差异。我实在有些不忍听到这番话，但还是回了县城里的项目部，主要任务变成整理抽取地下水试验的数据、钻孔地质资料和图件的制作。

等到假期，我对室外严峻的世界更加充满兴趣。元旦时节，气温降到零下二十摄氏度，同事基本都是在地不远的蒙民，都回家去了。我无处可去，翻看地图时才知道附近大兴安岭深处静静地躺着一些小城镇，索性买了一张车票，走入茫茫森林深处。我已忘记车票的终点在哪，也不记得途经哪些偏僻小镇了。慢悠悠的绿皮火车把我从一个城镇带到另一个，松软巨厚的白雪覆盖着苍劲深邃的山川，这样的地貌像极了法国大部分低矮起伏的丘陵地带，夏天的山岭应该很美。我的一部分乡愁落在了这里。

两天后，火车于黑暗中停在一个小城，建筑都是东北林场风格，木头房子，屋顶高斜。我钻进火车站旁的旅社，在楼下饭馆吃饱喝足，上楼倒头就睡。翌日睁眼起来，去赶赴另一趟火车时，发现沿街都是出售蓝莓制品的大大小小的店，城市宣传板上写着“中国蓝莓之乡——加格达奇”。真是惊奇，我平时最爱吃蓝莓，不料不经意间闯入这“蓝莓之乡”。随便进家店买了一堆东西，回味悠长。后来听到陈升和左小祖咒合作的一首歌，唤作《加格达奇的夜车》。总之，人生奇妙如此。

在内蒙古科尔沁荒原，我工作一年多，于 2013 年夏天离开，去了北京。

电　影

即使在科尔沁荒原上，从事着一份与电影毫不相关的工作，但我始终没有忘记电影曾在我的精神世界引起的“静谧的心潮澎湃”，也没有忘记拍电影的想法。辞职后，我带着半年多的积蓄来到北京，投考北京电影学院导演系的研究生。五光十色的北京，什么都可以用来形容这座城市，唯独不能用温暖。

那是 2013 年，我 23 岁，对自己说，坚持到 27 岁，如果在电影上还是一事无成，就退回去读地质学，也不算太坏。至于选 27 岁，是因为凡·高 27 岁才开始真正作画，摇滚乐历史上也有个著名的 27 岁俱乐部，众多才华横溢的摇滚歌手因各种原因卒于 27 岁。我知道这很愚蠢，但这专属年轻人的愚蠢里还是透着某些逼人锐气。我和大学一位好友都很迷美国摇滚乐队 Nirvana（涅槃）的主唱 Kurt Cobain，他 27 岁时开枪自杀，只留下遗言：It's better to burn out than to fade away（与其慢慢凋零，不如瞬间燃尽），出自 Neil Young 的一句歌词。后来好友在 2016 年因抑郁症自杀，正值 27 岁。

我坚持考了两年，才不得不发现自己和电影之间的差距岂止千万，哪怕再不愿承认平庸，却不能不正视失败。我清楚地记得两次考研，“剧本写作”那堂考试，我总是很快思维枯竭，只能草草收尾，接下来就是在考场上忍受漫长的一个小时的煎熬，最后的成绩果然不理想。

在北京两年，我算是倾其所有，十足地努力。可现在有时回想，是不是还不够努力，忍不住幽幽地害怕。那时，我和父母的关系降至冰点，每次联系多半吵架，但又紧抓住彼此不放。我坚持选择自我喜好的人生，父母则认为电影无法给我美好生活。我有时很害怕去想，我的所谓坚持是不是只是一种故意反叛，就像是演一场戏给自己看，纠结不堪却又掺杂着“精神胜利法”的舒坦。我到如今还是不太敢去回想这段经历，最后落败了，没坚持到底，该是没有颜面来谈理想吧？那时的我，总想以某种自我的方式来确定一个“我”，无非就是想回答“我是谁”的问题。我无法接受现代社会以金钱物质、等级地位、社会关系去界定一个人，但是我又真能脱离这些东西成为一个人吗？这是我反复思考的。但我同时警惕，这些就是不痛不痒的自我别扭。总之，就像其他人，我也是在分裂着、复杂着，逻辑不明、惊慌失措。

我仍记得，考试完从西土城站坐地铁，不知为何稀里糊涂到了奥体，风很强劲，有一个小伙卖风筝，凑上来问我要不要买。我不知哪来的怒气，凶恶地回他：“我什么也不要！”那晚的黑夜收藏了两颗年轻的心。

考北影失败后，我心灰意冷，可人生的路还得继续走，需要出路。幸运的是，我的字典里少有“迷茫”两字，我也很讨厌这种没有意义的词语。碰巧，之前认识的一个朋友来法国读书了，说起法国不像英美，欧陆教育体系不收学费，只需一笔四百多欧的注册费。她建议我去法国读地质学，就这样，我动了念想。前后思索，算了一笔账，还好支出不大，就和许久没联系的父母讲了。父母听到我放弃考电影喜出望外，就算是要出国读书，虽仍有疑虑，也满口支持。

接下来几个月就是学法语。申请学校至少需要欧洲标准的

B1，获得签证前需要参加法国教育机构的笔试和法国教育专员的面试。我在北京一个私人法语教育机构学了两个多月，后来就是自学。天天学法语，没有时间去想别的。这个时候我已经“破产”了，工作攒下的钱几近用光，最惨时没钱吃饭，不得已拿信用卡取现，100 元收十几元手续费，委屈得快要哭了，可惜一顿好好的饭钱就被银行搜刮走了。我倔强地不想问父母要钱，后来找朋友借钱、自己打点零工，总算是熬过去了。考试我拿到 B2，面试也很顺利，理想大学的录取和来法签证都下来了。就这样，2015 年春天，我来到法国。

年轻人

表面上看，这次改变人生轨迹的重大决定顺水行舟，但实际上背后还是有些长久以来就盘伏心底的原因。人在年轻时，总觉得现实里都是枷锁和困境，自己的身体和精神都被外在世界所困缚。既然现实和故土让人生厌，就出走吧，走到天边，去寻找自己，寻找失落的原乡。

这种冲动是没有多少理由的，只是一种毅然决然的自我催眠。多少时日过后才发现，世界再大，不过就是自己的几尺躯体，我们所能触及的世界也不在远处，只是周身所处而已。很多时候，我们向往远方，总说要出发，但到了原以为的远方，才发现远方又在更远之外。这时，我们才回过头来关注自身。这个道理我从前哪里懂得？常常偏执。然而这是年轻人在所难免的症候。年轻时喜欢新鲜，喜欢幻想，企图在抽象的语境——譬如电影里，去建构一场“实际”生活。幻想周游世界，去另一种文明世界闯荡，也是年轻人常有的梦想。

当时，如果回去工作、买房、结婚、生子、还贷，过这种标准流程的生活，我没法和真正的自己达成和解。我想离那种生活越远越好，远到没人再要求、期待我这样那样去生活。我只想能够坦诚地面对自己，面对自己内心真正的渴望。与此同时，我发现自己骨子里也有对稳定生活的本能性趋同，就像是一种“集体无意识”，一种价值观的累积和机械化，因为一贯浸受的社会文化使我对稳定生活有天然的亲近感，而这恰恰又是我警惕、规避，想要远离的。多么矛盾。这是文化基因的果，一时无法扭转，只能抑制，人的最大敌人还是某一部分的自己。

再次，这其中还有一些不可明说的深层原因，导致我对所谓家庭和社会责任有本能的抗拒。我想摆脱传统父系社会和宗族观念对人的控制，对个人生活的介入。这些原因如果不存在，我也不会有想要逆反的强烈心愿。可是生活就是这么不可诘问，很多关于人的事实没法改变，我还是得设法找到自己的解脱，还是得顺从自己的内心，那必然就有反叛。之所以决心学电影，除了对它的热爱，从事艺术相关职业也是一种对抗的途径，这种对抗一直都影响着我的每一个决定。

我曾经对人类的普遍生活规则有过质疑，现在少了，因为我怕坠入无穷尽的虚无里，一生了无意义。妥协也算是一种勇气和智慧，是一种自救，因为我不是堂·吉诃德，我不想同风车作战。

巴 黎

第一次抵达巴黎时，不论诸物诸景，我直奔萨特的墓地，只为和他及他的存在主义说声再见，我还是做我自己吧，从此我要摆脱你的影响。我曾以为存在主义能辅助我的人生，却忘了它是战后独有的社会特质，也忘了我所生活的时代截然不同。没办法将所有的智慧现代化，到头来只会让我偏离自我，误入歧途。现在，我同存在主义和好，也与自己和解。

如果说人类善于沉湎于各种自我营造的氛围当中，城市应该是其中最为包罗万象和最为辉煌的一类，就算只是空气中某种香氛的气味，我们立刻能将自己带入意想不到的情景之中，随着周身的建筑光影、人群涌动的嘈杂声响、阳光的温度，人好像重获初始的想象力，回到在小说、电影里体会过的异域情趣。我想巴黎所带来的就是这种感觉，一种能够脱离原有生活，远离与己有关的一切，如同闯入一个巨大的梦境，获取了最大的自由、轻松和惬意。

人初到国外，民族身份意识特别强烈，所有对话聊天都有一个共同出发点，就是自己的文化经验和国别意识。可慢慢地，对外面的世界逐渐了解，话题也不只限定于自己熟稔的类别，族群界限开始模糊，后来也就不会感受到那特有的国籍界定。不过有时我感觉，这种“融合”，只是在地理空间意义上不再有陌生感，而非与社会建立起完美的关联。

譬如，我很多时候还是不知道用法语去面对别人对生活的插科打诨，这其实涉及哲学层面的人生态度。我现在实验室的同事，对自己的生活充满了戏谑和嘲解，感觉他永远处于表演讽刺剧一般的亢奋状态，逻辑上的颠三倒四和反复无常，让我很多时候无从接话。因为我对话题和事物的反应还是比较温和正经的，用中文玩笑嬉皮也得看面对何人，那需要一种完全放松和信任对方的状态，而这种情景已经很久没有了。而法国人多数都是这样，我这时才发现，来法三年多，也从未在交流过程中真正地探究过当地人的思维和语言逻辑。

我一直以为自己没有遇到文化冲击，但事实是生活对外敞开的面不够。在巴黎这样的地方，就像世界的诸多大型都市，个体本身就是倾向于自我封闭而只对寥寥亲近的人开放。我依然一丝不苟地按着我带着中国印记的方式生活，从做饭到娱乐，再到传统节日，也往往会有中国伙伴们扎堆庆祝，和外面的法国社会也就越来越有隔膜。目前，华人的移民社区在巴黎小有规模，形成亚文化圈。从吃到穿，往往不必走出文化舒适圈就能满足一切，尤其是文化心理层面。大学、实验室和研究所这些地方，包容性很大，规则的强制性被削弱。所以留学生大多数只是到此长游，稍比其他人多一点常识而已。很多年轻人来这里参加全英语课程，对于新鲜事物的适应以及对现代生活的普遍理解都尚有余力，不需经历太多磨难。

在巴黎求学，硕士、博士，一路依然有生存的经济压力，这个城市虽然可爱无比，但是那一张张账单确实面目可憎，提醒着我们这些外来者格格不入的捉襟见肘。我挤榨出时间去打工，也有法国政府对外国学生无差别的住房补贴，父母偶尔解燃眉之急的资助，总归还算是轻松活了下来。

我现在离开巴黎到阿尔卑斯山区生活，但海明威口中巴黎这座“流动的盛宴”的确令人魂牵梦萦。

圣雅克之路

圣雅克之路从欧洲各个角落连绵不断地汇聚到西班牙大西洋海岸的圣雅克埋骨地——圣雅克·德·孔波斯特拉。有的起点甚至可追溯到斯堪的纳维亚半岛。这条路，是纪念圣徒雅克在西班牙传教而殉死，人们所走出来的基督教朝圣之路，同时也是欧洲第一条文化之路。

2019 年 7 月，计划了许久后，我走完八百公里的圣雅克之路，从法西边境的毕尔巴鄂出发，走海岸线的“北方之路”，然后在 Oviedo 转入山林里的“原始之路”，直到终点，然后继续奔向大西洋边的世界尽头。一个人走，似乎不可思议，但其实自在简单，并不需要特别的精神和毅力去支撑，只有前几日会因为体力骤然消耗巨大而吃不消。很多人，双脚受尽磨难而血肉模糊，甚至不得不终止的大有人在，而我似乎除了累一点，一路并无大碍，只是脚掌起过一个水泡。我那时虽瘦小，但身体内似乎有一股洪荒之力，在这山野和城市中野蛮生存。

如今出于宗教原因而走上这条路的人已极少，但多数都会说这是一趟心灵旅程，不为万世的主，只为自己的一颗灵魂。我在圣雅克大教堂旁领取认证书时，在动机调查里只勾选了“运动”一项，工作人员还颇为诧异地和我确认，我点头微笑说，“是的，只为出来走走路”。我在路上也尝试去找一些高尚深邃的理由或途中感悟，但回想那些路上时刻，多数时候都在与疲惫和烈日风雨斗争，并没有太多特别。而以行走的速度，路边风景转换得太慢，慢慢便很少有豁然开朗的视觉冲击，真正看到美景时内心也极为平静，满足眼欲、稍作歇脚就起身，还得赶路呢。到达老城终点时，从左侧廊柱间随着人群走到大广场上，看着蓝天阳光下耀耀夺目的巨大灰白教堂，我还是平静，没有出发时预想的激动甚至是泪流满面，只是在阴凉里坐下来看看兴奋的其他游客，以及那些同我一样远途跋涉而来的朝圣者。他们也都静静地闲散坐在不起眼的角落，看着这世间喧嚣。我换了双干净的便鞋，稍作整饰，便出发去找前一天先到的朋友们了。

一路上其实有很多朝圣者客栈，公立者收费极低，但都是上下铺多人间；私立者条件要好，收费也稍多些，但十分合理划算。我自己还背着一个帐篷，有时会在海边悬崖上露宿，在巨大的海浪声里安然入眠。仲夏的夜晚温凉，我已不知我思考了些什么，或者什么也没有想，只静静地等待夕阳落下、皓月当空，然后睡下。但我确定的是，在那荒原上无论我已夜宿荒野多少次，心里还是幽幽地感到孤独，那种远离人类的美妙孤独。

在路上看见山谷里晨间的雾，就像是黑塞和里尔克的诗，是安哲罗普洛斯的电影。有时走出山岭却豁然望见苍翠冷峻的远山，看见在西班牙难以想象的松杉林，又好像是加州太平洋脊道，是阿拉斯加的寒冬。人在一处，所见却触动人念及他所，“生活在别处”，诚不欺我。

我的护照上生日写的 8 月 4 号，但实际是每年的农历八月初十，西历则每年都不一样，我自己都不知道是哪天。8 月 3 号那晚住进朝圣者之家，不讲英文的大姑娘用西语叽里呱啦讲了一大堆后，和周边一堆西班牙人对我唱起生日歌，我被这突然而至的祝福弄得哭笑不得，但也只能大方接受。随后，我把这事好好解释给路上认识的同伴听，等到 4 号晚上，在餐桌上，他们其中一人敲了酒杯，互相使了眼色后，突然给我唱起生日歌，引得一屋子人都随着唱起来，随后，一个个来贴面祝寿，我尴尬却不能拒绝，一一感谢，朋友们看我的囧样几乎笑翻。后来接着几日，在餐桌上，他们都会奸笑着说，雄，祝你生日快乐啊？吓得我赶紧按住他们求饶，他们却是哈哈傻乐。

路上多数时候都单调平静，但是下午到达下一个住宿点时，总能遇到先前路上遇到的两三同伴。这时的重聚是最为简单纯粹的快乐，老少男女，都会像孩子一样拥抱互问安好。偶尔也会遇到成群结队、哄吵热闹到甚至让人生烦的意大利人，还有传奇般总是瓶不离手的德国酒徒（与别人谈论起来，好像大家都遇到过这么一个）。很难忘的是路途第三天，我厌倦了走平坦四通的大道，转而进入海岸边的高山荒原，一路风景极美，偶尔也会看到一两个行路人。但我却低估了这趟路程的体力消耗，水和食物都没带够，我本来低血糖，一旦稍饿过了，就开始手脚蜷缩伸展不开，四肢冰凉无力，血液都集中供给大脑。在下山路上，我已经无法顺利行走，并开始不自主地落泪，同时又坚定地告诉自己要坚持。最后一个缓坡处，我毫无意识地就地瘫坐，浑身轻微发抖，呼吸也颇急促，心里十分恐慌。

几分钟后，一对年长者经过，急忙上来询问，知道情况后给了我巧克力、香蕉和一瓶可乐，并建议陪我走下去。我婉谢再三，只说自己可以的。看着他们走下坡时一步一回头的背影，我几乎落泪。吃喝完，基本就缓和过来，便一点一点挪步下山。

路途结束，转途马德里，深夜回到巴黎时，从圣恩谷教堂前那巍峨的金顶和它的巴洛克式立面前走过，平日汩汩不歇的喷泉业已停歇，街巷阔旷寂静如空城，不染人间烟火。我沿着圣雅克大街北行，经过同名教区，在街口右转上坡去先贤祠，8 月的巴黎夜晚已凉爽如初秋，先贤祠的脚灯照得周身的罗马柱极美，不着奢华的质朴。我继续走圣热内妮亚弗图书馆右侧道，抬眼便见圣母院，清婉寂寥。巴黎以家的旧样貌将我拥入怀。离开北京时，不舍。离开巴黎，还是不舍，它的夜晚如此迷人。朋友说我可以爱上任何城市，我不置可否。不管哪里都有可爱之处，只是，远游再远，都是为了更好地回来。

《致圣雅克》

亲爱的

我困住在通往爱你的路上

我无法前进也无法后退

每一束阳光都像严苛的栅栏

和风轻轻推我

也于事无补

痛苦在每个事物间发芽

它们彼此冲撞

以为能早就密集的幸福

我的眼睛已无法容忍任何细微的季节

一只狗横冲直撞般

夺走了我最后一克灵魂

我的忧愁 由内而外而神形俱备

它似有似无 似乎可以名状

就像西天边的最后一抹秘色霞

像自欺可以永久隐藏的秘密

我将像骑士一样出发

消失在荒芜的路上

我要去寻求宝实的无花果和葡萄

这是我和西班牙夏天的共同约定

就像上帝饱含果蜜的应许

我不需要任何信仰

只想要拜倒在你的脚下

和尚枯荣

胡 卉

据有关数据，目前中国有庙宇和寺院一万六千多座，僧尼二十余万人。一个普通的僧尼，他（她）本人怎样看待自己的选择，面临什么处境和麻烦，思考什么人生议题，在过一种怎样的现世生活？

我跟一位年轻的和尚聊了聊。和尚枯荣刚满 26 岁，出家八年。枯荣身形高大结实，国字脸，浓眉大眼，鼻直口方，相貌放在诸多柔和沉静的东方佛教和尚里面，有种罕见的格外阳刚的男性气概。说话也不像其他和尚那样拘谨，多虑，慢条斯理，相反，他答什么都很快，反应快，语速也飞快。他喜欢质疑你，否定你，惯用反问句，而且逻辑能力较强，像个辩手。同时，他也非常友善，不希望自己的坦诚刺伤别人，所以说着说着，他总爱发出一连串让人摸不着头脑的“嚯嚯嚯嚯”的魔性笑声。

枯荣正是这样矛盾的一个人：说到内心深处的信仰，他变得严肃寡言，充满深情。写起夫妻之情的短文，他变得文绉细腻，流露向往。他一方面觉得出家真好，一方面又嫌当和尚太穷，一面劝人“少欲无为，轻安自在”，一面自己又为房贷、收入和对父母的责任焦头烂额……

他在众多寺庙与更加繁杂的世俗社会中行走，对和尚这个身份有诸多感慨和思索。他跑到社交网络上给陌生人解释基本的佛学知识，讲述自己作为一个和尚的追求，同为一具“凡夫肉身”的烦恼，希望能改变人们对出家人的刻板印象，赢得平等与尊重。

以下是枯荣的口述：

为何出家

我为什么出家？每个人出家的因缘不一样，我从小就想出家，但是为什么出家，你问我？我不知道。

我问过许多佛学院的同学和寺院的法师，你们为什么出家？大多是从小就想出家，莫名地想出家。为什么想？准确原因，说不上来。也许就像佛教里讲的：宿世因缘成就，现世善根成熟。

我家在佛法非常贫瘠的地方，广西红河边上一个地级市，全市只有一个小小的寺院，建设好还是近几年的事，在我出家之后。我出家八年了。

我今年26岁，小时候的事情好像都离得很近，记得清清楚楚。那时，一家人住在镇上，更没机会去接触寺院和佛法。和尚，只在电视剧里见过，他们须眉皆白，武功高强，自称“老衲”。我和姐姐打闹时，扯上被单当袈裟，挥拳舞脚，感觉自己战无不胜。

有次爸妈吵架，我用粉笔头在桌子上写：“如果你们再吵，我就离家出走，去当和尚。”写完跑回房间装睡。妈妈拿衣架拍打我，没好气地说：“要是等我晾完衣服，你还没把桌子擦干净，你就等着挨打。”我最爱我的妈妈，在她面前，我没有骨气地认了怂。

我读小学时，镇上来了一辆载满和尚的大巴车。他们都光头，穿黄衣服，胖的很胖，瘦的很瘦，长相奇形怪状。在红河边的空旷地带，和尚们搭起帐篷，圈起围场，既表演杂技，胸口碎大石，赤膊睡玻璃碴，身缠蟒蛇驯服狗熊，也走街串巷，卖万能膏药和大力丸，像一个流动的马戏团。每场表演开始前，和尚们游街似的，敲锣打鼓大肆宣传，有一次，我跟着他们走了好多条街，眼睛盯着他们身上的黄衣服，打心底里觉得好看。出家后，我才知道那些都是人们讲的“假和尚”。不过我不喜欢“假和尚”这个说法，和尚就是和尚，骗子就是骗子。

一个奇热的暑假，我和姐姐在院子里玩抛石子的游戏，大门敞开着，正对笔直延伸的街道。我远远见到街头一个身披金色袈裟的大和尚笑眯眯地朝我走来。我和姐姐忽然很害怕，撒腿往楼顶跑，我家的楼房一共五层，楼顶开阔，放了鸡笼养鸡，我们跑啊跑，跑得口干舌燥，满头大汗，跑到顶楼，发现再无处可去。

姐姐躲在门后，我钻进臭烘烘的鸡笼，一抬头却见大和尚蹲在鸡笼外边，定定地看着我。他拽起我的领子，胳臂粗得像个木桩，拎我出笼，跟拎只鸡似的。他笑眯眯地说："你跟我去当和尚。"这话一下子就把我吓醒了。这个梦我记得清清楚楚。

上初中后，我算不得一个好学生。每天最期待的事就是天黑后，三四个同学一起蹲在茂密的灌木丛里轮流抽一根烟，等喜欢的女孩路过，用手电筒晃她。看她们躲闪、发嗲、谩骂，夹着腿小跑离开，我们会笑得在地上打滚，压倒灌木一片。我们引吭高歌，认定谁将来一定是谁的媳妇儿。我当年用手电筒晃过的人，如今都生二胎了。

我自然没有考上高中。家里托奶奶娘家的关系，奉上两只肥鸡，拿到一个校址设在乱葬岗、正在逐个清理坟头的学校的名额。9 月入学，天气炎热，我第一天去顶楼的集体宿舍，发现空间之逼仄，人人只能螃蟹似的侧身行走。为了省电省钱，学校也不让开风扇。我只好找班主任反映情况："不开风扇，我睡不着。"

"你是来学习的，还是来享受的？"班主任反问道。她是个刚从师范大学毕业的年轻姑娘，一开口却像久经历练，说辞一套一套的。

我不懂这种逻辑，开个风扇就算享受吗？要享受我来这享受啊？我的不快都挂在脸上了。

后来，班主任晓之以理："现在吃苦，是为了以后不吃苦。我在这里读了六年，也没嫌弃这里。"

这话可叫我暗暗吃惊，高中只有三年，她怎么读了六年？复读三年才考上师范？可见这所乱葬岗高中的教学质量有多差。我去小卖部打电话叫我爸接我回家。高中只上一天便告结束。

2008年，举国欢庆的北京奥运会刚结束，我过完15岁生日，进入社会，学着为生计而奔忙。我卖烧烤，做大排档，当保安，做销售，但是仍惦记着出家。有次我跟我爸说，我想出家。我爸吐着烟圈告诉我，你已经长大了，可以去做你想做的事，别说出家，你去贩卖军火我也不管啊。说完他露出"我儿子才不会出家"的自信笑容。

18岁那年，我在工作日因为醉酒睡了两天，醒来看到很多店里来的未接电话，床头呆坐片刻，收拾收拾东西就搭火车去浙江，找师父出家了。

一年后，我回家看父母。我爸来车站接我，看到我第一眼，先是高兴，然后是无奈、失落。他轻轻地说了一句，上车吧。一路无话。

寺庙生活

我在浙江、福建、南京、北京的寺庙都待过。我在佛学上精进，既学习佛法典籍，也四处云游增长见识，一晃8年已过，大体可说满足快乐。如果你问我究竟在哪里获益，这个问题会像“你为什么出家”一样，没有明确的答案。只能说，我这么走自己的路，比一直待在故乡小城过下去，人生要轻便和开阔，也更值得深思和回味，如果这也算于自身有所裨益的话。

出家前，我一直以为和尚既然遁入空门，不问俗务，那日子一定过得清闲散淡，喝喝茶，诵诵经，敲敲木鱼，乃至会闲散到不知干啥。在浙江出家后，我开始按自己的理解过寺院生活。那时，寺院正在修缮，师父每天四点起床，和水泥，搬砖头，挑沙石，忙到晚上九点睡觉，天天如此，只为省一点人工。师父是个非常典型的中国和尚的形象，两件衣服、两双鞋、一个斗笠、三衣钵具，就是他安身立命的全部。

我呢，一开始每天睡到自然醒。没多久，师父忍不住对我说：“你啥也不干，是来庙里做佛的啊？我庙里不养闲人！”于是，我也四点即起，跟师父一起当民工。可人没办法用苦力取代苦思，身体累极也阻挡不了脑子跑马似的活动。过了小半年，我跟师父说：“我要去上学。”我以为师父会挽留，说辞都想好了。可是师父一听就说：“你走吧。有句话叫‘三不留’，还俗不留，受戒不留，参学不留，你走吧。”

告别师父，我南下到福建一所千年古刹。庙与庙，里里外外的差异很大，就像不同学校、不同医院、不同小区，差异可以非常大。这所庙规制庞大精美，僧侣和信众都很多。从派别来说，这是一所丛林制度下的禅宗寺院。没有师父关照和疼爱，不可耍脾气偷懒，只能跟着常住，叫“随众”，也就是随着众僧，别人干吗你干吗。春夏秋冬，日复一日。丛林生活时间表的流程如同时间的流逝本身一样，不容任何挑战和偏移，哪怕你病倒卧床，也不容任何商量：

4：30 起床

5：00-6：00 早殿

6：00-6：30 早饭

6：30-7：30 打扫寺院（寺院占地三万多平方米）

8：00-11：00 上课

11：00-14：00 午饭，劳作

14：00-16：00 上课

16：00-17：00 晚殿

17：00-18：00 晚饭，散散步

18：00-20：30 晚研习

21：30 熄灯睡觉

这所寺庙有“禅农并重”的传统，开荒种菜，实现部分自给。然而，在山上种菜，再悉心照料成活率也比较低。和尚们都挑着自己的粪去浇菜，没人考虑到粪是脏的，因为粪浇出来的菜，又绿又香。

一位法老跟我们说：“这是大地的恩德，大地的贡献很大，大地承载万物，从不怨言，大地滋养万物，也不要回报，大地含有宝藏，也从不骄傲，大地净化万物，也从不嫌弃。做人啊，要像大地一样。”

法老九十多岁，当了七十多年的和尚。他的同学里，有卸任的佛协会长，已故的副会长，全国重点寺院的方丈和主持，还有众多佛学界领袖。法老却没有任职，只在一些无人问津的文物研究和梵文研讨会相关的佛教新闻里出现过几次。但是对于我们来说，没有任职的法老接近起来也没有距离。我们喜欢找法老聊聊历史。法老是石经的权威，但也没什么头衔。他很想出一本梵文字典，但是没有钱，出不了。又没有人愿意跟他学梵文。料想自己一生的研究会随着将来生命的结束而泯灭，法老不开心了。有次他跟我们讲：“我的同学都死得差不多了。”

法老越老越瘦，背也驼了，走路很慢很慢，他的手里经常拿着一截红布包的水管子，边走边捶背。天冷下雨，他就戴上一顶小黄帽，外加一件大褂，在寺院里散步。我在远处看着他，从他身上看到僧人的气度，那种我从未在自己身上发觉的气度。

相反，我从自己身上发觉了别的。那时，算是当和尚不久，去了寺庙，一切劳作安排，我都唯唯诺诺答应着，施行着，并把这当作“修行”。我发现自己开始像很多早年出家的年轻和尚，目光游离，答应一切：

不许用手机

不许出山门

不许吃零食

桌面上不许有东西

垃圾桶不许有垃圾

不许跟法师顶嘴

法师没有错，永远是自己的错

两年后，我从这所寺院离开。

同道中人

出家以来，我的思维方式、观念和心态变化很大，个中缘由，自然与自己所见的其他和尚分不开。譬如，生死观。我之前对死亡怀有恐惧，怎么想也想不清楚，感觉死是一件非常沉重、恐怖又悲伤的事，需要人费尽心力去应对。但佛家思想、寺院生活和其他和尚，一点点瓦解了我的这些想法和感受。

有一年四月初八，佛陀圣诞，法源寺要举办盛大的浴佛典礼，信众云集，非常热闹。早晨，打板的和尚照常打板上殿，所有人看得真真的。他大概四十岁，干瘦如柴，下巴上有颗比戒疤还大的黑痦子。我们都不知道这个和尚叫什么，提到他时，就叫他“打板的”。迎面当然也叫“师兄”。每天天一亮，打板的用小木槌敲击檀板，游走于大殿和禅房，以错落有致的板声唤醒大家。等到寺院有重大活动，自然也少不了打板的。打板的站在大雄宝殿释迦牟尼佛脚边，非常醒目。他面色庄重，左手提着檀板，檀板上写着偈语：“谨白大众，生死事大，无常迅速，各宜醒觉，慎勿放逸。”

我记得浴佛下来，阳光灿烂，人潮涌动，大家都很兴奋。这时，有人来通知常住：“有人往生了，要安排助念。”人群里开始议论纷纷。

“谁死了？”

“怎么那么会挑日子。”

一个细细的声音说：“打板的，是打板的死了。”

“刚才不是还打板上殿吗？”

“可不就是！”

我们进了打板的房间，准备助念。房间是很明显的职工式摆设，床，桌子，桌上摆着茶杯、闹钟、眼镜和一份卷起的报纸。我突然想，如果我死了，我那些茶叶怎么办？我还有那么多舍不得的东西，舍不得的人，我一定会比床上这个人死得痛苦百倍、千倍。可是，他眉头很舒展，嘴角似乎在微笑，那表情表示他走时很平静，自自然然。

和尚圆寂，寺庙要举行荼毗仪式。打板的并不位尊身贵，他的仪式也和众多僧侣一般简单。这项工作主要由烧死人的和尚来操作。每个和尚在庙里总有事干，看殿的叫香灯，烧火的叫火头，看门的叫门头，打板的叫打板的，烧死人的，就叫烧死人的。

烧死人的手上烧过的怎么也有两位数了。烧人是个技术活，如果柴火不够干燥，如果木柴搭得不稳，如果不注意观察风向，火烧到一半灭了，那未免尴尬。这个和尚烧人，总能烧得一干二净。

我们把打板的尸体抬上化身窑时，烧死人的早已经等得不耐烦了。他高高地坐在上面，肤色黯黑如一堆木炭。他正在百无聊赖地剥花生吃，吃完一把，花生壳扬手一撒，纷纷落在打板的尸体上。他用口音很重的普通话指挥我们怎么摆放尸体。等我们把经念完，他从旁人手里接过火把，塞进化身窑，不一会儿就是熊熊大火，死人烧得噼噼啪啪响。

烧死人的缄默地盯着窑口，面无表情。当火烧得分外红旺时，他才微微点点头，脸上露出某种认可自己的满意的神色。

我从没见烧死人的和尚笑过。

但是有一个和尚，动不动就大笑，高兴或发怒都伴随着一连串雄浑爽朗的笑声："哈哈哈哈哈……"往往别人都不知道他在笑什么。他是天王殿的"香灯"，负责照看殿堂香火，香烛快燃尽时，点上新的，预示佛法命脉像香火这样绵延不绝。香灯长得胖，圆脸，牙齿齐整洁白，看上去很像他照看的天王殿里的大肚弥勒。

即便是寒风彻骨的冬天，香灯也从不穿鞋，外号“赤脚大仙”。有次我问他：“你不冷吗？”

“冷啊。”说完他配音似的，牙齿发出打战的咯嘣声。

“那你不穿鞋？”

“哈哈哈哈哈……”

有信徒见到香灯，如见弥勒，跪地顶礼，香灯厉声怒斥：“有佛不拜你拜鬼！”也有信徒背地对香灯指指点点：“现在和尚这么胖，都是吃肉的。”“要你管，我吃你家的肉啦！”说完总是一顿狂放莫名的大笑。我有时忍不住想，如果弥勒开口，说不定也正是像香灯这样笑的。

和尚们各个不同。我花了很多时间讲他们，拍他们的日常，把他们存在电脑硬盘里，或者发布到社交网络。在给网友们普及有点枯燥的佛学基本知识时，我也插入讲讲这些大活人。2016年，我在网上有过一段比较风光的时期，累积了两三万粉丝。有广告商找到我，让我给他们写软广，我本来很高兴，终于可以挣一份收入了，但一听说是写“纸尿裤”的广告，我就迷茫了。我熟悉和尚怎样生死，但不懂婴儿怎样排泄。

因为在社交网上挺活跃，也有些人骂我，说我不像个和尚，和尚应该怎样怎样，不应该怎样。我觉得很搞笑，做和尚这我专业呀，你一个道途听说的人来教我怎么做和尚，这不荒唐吗？

世俗社会

和尚出门，接触世俗社会接触在家人，就会感到比较无奈。社会上的人对和尚充满不解、好奇和偏见，以至言语不友善、不尊重、爱挑衅，都很常见。大概是因为根深中国几千年的正统是儒家思想，儒家注重现实和现世，这与佛文化必然存在很多的冲突，不像一些亚洲其他国家，在我们国家当一个普通的和尚，你往往还得不到与普通公民一样平等的尊重。

有一次，我在一趟从广西老家回北京的火车上，买了一份 15 块的盒饭，在周围人的注视下，慢慢下咽。我剩了鸡肉在饭盒里，吃完正起身去扔掉时，一位相当肥胖的中年男子探头探脑地看过来，似笑非笑地问："你们不是能吃肉吗？"

我说："不能。"

中年男子点点头，脸上露出胜券在握的笑容，说道："那你们也不能浪费吧。"

"是的。"

"啊，那你这个，"中年男子提高音量，像是突然发现了什么真理，又惊又喜地反问我，"肉不吃，是不是要扔掉？扔掉是不是浪费？浪费是不是不行？你们佛教，很矛盾嘛！"

我想反问他，你买瓜子吃皮吗？买榴梿吃皮吗？但我没有说话。不是我吵不过你，和尚熟读的《中论》《百论》《十二门论》

你知道吗，里面都是印度祖师跟别人吵架的逻辑和艺术。

因为我的沉默，中年男子冷嘲道："哟，现在的和尚老牛了。"说完围观的人们都跟着笑了。有个妇女嗑着瓜子说："别介意，这都是假和尚。"

我转头看向窗外。火车正呼呼穿过一个山洞，外面黑魆魆的，什么也没有。我只能看见车窗玻璃上自己的脸，它像我此时的处境一般孤独冷傲。

一个人从出家，到受戒，成为真正意义上的僧人，最短也要两年。首先，要满足出家的硬性条件：信仰纯正、单身、健康、无官司债务缠身、非犯罪在逃人员，年龄六十岁以下，生活能自理。然后，到寺院找客堂，说明来意。寺院会安排你留下，为寺院无偿工作一年以上，并潜心学习课诵，这叫"净人"，即预备的出家人。学习期满，师父择日给你剃度，成为"沙弥"。沙弥再学习至少一年，掌握基本佛学知识和寺院规矩后，申请去戒场受戒，那是极庄严又极痛苦的一个月。受戒完，国家宗教局发给你一个戒牒，这相当于一个证明。有了戒牒，你才成为真正的和尚。

还俗，相比出家的漫长繁复的流程，则十分简单，把戒牒往上一交，就行了。

有次在北京搭出租车，司机问我："你们现在都可以还俗是吧？"

我说是的。

我看到司机从后视镜里貌似很懂地瞥了我一眼，瘪瘪嘴说：“那你们当几年，钱捞够了，还俗不就完了？”

我有点反感这副腔调，但还是耐心打了个比方，帮助他去了解。我说我们出家，就意味着不结婚，这个选择是慎重的，跟你们结婚一样慎重。我们还俗，也跟你们选择离婚一样慎重。我问司机：“你会随便结婚又随便离婚吗？”

我觉得情感和婚恋是世俗生活中最动人又最负累的一块。前阵子我跑去青岛玩，见了少年时代的一个好朋友，我们在沙滩上吹着清爽的海风，聊着天，非常高兴。我问他，你现在谈的对象怎么样？他反过来问我，你呢，啥时候谈对象？他跟我抱怨说，现在谈的这个对象啊，多么多么不懂事。我就开导他，你看我虽然很懂事，但是我并不喜欢你啊。

有朋友推荐我看金基德的电影《春夏秋冬又一春》，讲人的情欲，世间的轮回。一个单纯的年轻和尚爱上一个姑娘，发生情欲，又出山追逐情欲，因情欲而行凶犯罪，后又回归寺庙，潜心修行。朋友坏笑着问我，一个人命里到底有那么一段俗缘好，还是什么也没经历过好？

我什么也没经历过，情感空白。但我能跟她说什么呢。“因缘没有好不好吧，佛陀讲的，每个人的业报不一样而已。”

我每天黎明去上早殿，每天开始的第一件事就是去礼拜佛陀。我从心底敬仰佛陀，因为佛陀一直带给我一种神秘的力量。我日夜礼拜，我知道我礼拜的是佛陀。我绕佛，诵读，能感觉得到佛陀在听。

父母、房贷与炒币

我有时候想，如果有钱，后方夯实，出家当和尚真是一种不错的选择。纯粹去追求一种富足从容的精神生活且无后顾之忧，难道不是很理想吗？一个人没有宗教生活，对我来说，很难想象，很难想象。

这也许是我一厢情愿。因为即便是一个池子里的青蛙，个体差异也很大。我们班，像我这种穷人呢，我应该是最穷的那个了，生活上就等着每个月发钱。虽然只有一千块，但很珍惜，很开心。

我还喜欢"皮"，这和生长环境有关，我们那里的人都喜欢开玩笑，土话叫"癫"。皮确实很快乐。有天我经过寺庙一个荒僻的墙角，见铁门那边，地上放着两尊别人扔掉的破损的财神像。我觉得财神很可怜，富贵诚可贵，自由价更高。我跟财神说："我放你出来，你保佑我发财。同意晚上托个梦。"

讲起钱，有些电视剧台词也很有意思。

"张工，这，这可是掉脑袋的事儿。"

张工意味深长地点点头："富贵险中求。就看你有没有这胆儿了。"

还有人说："只要给够加班费，当牛做马无所谓，我出来打工，我不惦记钱，我惦记什么。"

我截了这些图，发到朋友圈，有人说我掉钱眼儿了，有人说我出世入世都大大方方，很有趣。其实也没有人真的了解和关心我，因为大家都有自己的一份生活要过。当然了，我也不在乎，就是自嘲玩玩。好玩的东西很多啊。

和尚中有钱的不少，家里有开公司的，开海洋馆的，为了满足父母的宗教寄托，被送来"修行"几年，再还俗，回去继承家业。你问我他们平常做什么？谈恋爱呗。有钱，能做的事情就多了。

我的负担要重一些。我在帮父母供养一套房子。我父母离开镇上的老家，去城市打工，在一所快捷酒店做保洁，包吃住。买这套房子之前，他们在城里没有住房。我妈拿所有积蓄，付了十万块首付，我每个月还两千房贷。这是一笔很大的开销。我说了我当和尚每个月领一千块，和尚挣点外快，很难。北京城又那么大，好不容易有个三百块的生意要谈，你得公交转地铁，在交通上折腾四个小时。想想算了，受不了这种罪。好好待在那儿，别出状况就行，有次我得了场硬是熬不过去的重感冒，买了药，半个月工资就没了。我没有医保和社保。

我们有个很幽默的英语老师，前阵子病逝了（西方好去，愿生安养），才四十多岁。他很有才华，还去中南海给领导人上过英语课，但个人生活比较潦倒，多年讲课都是走穴，算课时费，没有编制。我记得最清楚了，他说他股票涨的时候没卖，现在扔那儿不管了。我问他为什么股票涨的时候不卖？他说，早知道尿炕不就睡筛子了吗？

去年比特币、区块链这些虚拟币不是很火吗？有关系好的居士告诉我怎么炒币。有个两百万的机会我没把握住，我现在跟你提起，都想抽死我自己。我跟老师一样，也只能扔那儿不管了。

有人觉得炒币、炒股这些事，和尚做不得。其实戒律中并没有明确的规定，所以严格讲不算犯戒。和尚不是古代人，总要和现代社会同步吧。贫穷不是一种美德，如果能摆脱贫穷，我为什么还要忍受它呢。

我的师父们对我影响比较大，更像父亲。

我不想提我爸，提起我就有气。我爸嗜赌，累死累活挣点小钱，都在牌桌上赌掉了。苏大强你看过吗？我爸就是那种人。还是因为嗜赌，想方设法从我这里诈钱。有次我回老家看望他们，还没说上几句话呢，他忽然抽风似的倒在地上，嗷嗷叫，说不行了不行了，要送急诊。他住进急诊，医生看不出什么毛病，只好来个全身检查，从头到脚 CT 扫描一遍，还是没有发现什么问题，只好安排他住院。第二天醒来，病床上不见人，您猜怎么着？我在麻将桌上找到了他，人好好地坐那儿搓牌呢。那一晚，花了我四千多块。四千多块啊！你知道我心里有多难受吗？

真正好的情感生活是稀缺的，不是按需分配。我爸我妈吵了一辈子，打了一辈子，我很庆幸当了和尚，不用结婚。你觉得爱情和婚姻很好，你问我，不恋不婚会有遗憾吗？那我问你，我觉得出家很好，你不出家，不感到遗憾吗？

跟你讲这些，现在我后悔了。你们引以为傲的东西，比如帮父母买房，很可能是我们的羞耻，应该避而不谈的。佛教有三不谈，其一就是家庭。但我们也要履行自己的责任，对父母的责任，这与信仰是一致的。出家做和尚，不是做神仙，都是凡夫，我们不是活在唐代，所作所为也不能与时代脱节，与社会脱节，更不能泯灭人性。

经过多年学习，如今，我知道自己该怎样做好一个和尚，在学修上也有一定的进步，终归没让自己失望，没让教育我的法师失望，应该也没让菩萨失望，这就够了。少欲无为，轻安自在，阿弥陀佛。

留学生的面包与梦想

杰希咖

一

平日空旷的学生中心会议厅整齐地排满了长桌，桌上是各个美国公司、组织的名牌。招聘方代表在桌边或倚或站，一边与面前的人交流着，一边用余光瞟着来往的年轻面孔。我的耳里充斥着简单的英语寒暄，擦肩而过的都是西装革履手捧简历的学生，视线扫过身侧被人群遮挡而一眼看不到头的长桌，望向大厅另一头，有几张亚洲面孔带着几分迷茫四处张望，大约就是我现在的样子。

“抱歉，我们目前不录用国际学生，感谢你对我们公司的兴趣。”招聘代表从未收起微笑，客气的口吻里却带着些许疏离。

我停住脚步，这里似乎没有我感兴趣的公司，就算有，多半也不招收国际生。犹豫了几秒钟，我转身向出口走去，虽然三分钟前，我才刚刚走进会场。

“啊，Jessica！你要走了吗？”David 叫住我，这个亚裔男生是在美国南方长大的二代移民，我们原本约好一起逛招聘会。

我一边继续往出口挪动，一边回答："嗯，没有看到什么感兴趣的，我就先撤啦。"颇有些落荒而逃的狼狈。

"好吧，那祝你下次好运！"David 朝我咧嘴一笑，迈着南方式的豪迈步伐走进会场。我望着他的背影，心想，大概没有下次了。

那时我才大二，第一次去招聘会。像这样的招聘会学校每个学期都会举办不下四五次，然而我真的再也没有去过。

二

当 Christine 问我，有没有熟识的朋友在咨询行业实习或者工作，能否给她一些求职建议时，我很惊讶。这个植物生物学专业的姑娘原本一心想着毕业后去研究生院继续研究植物的，怎么突然决定要进咨询行业了？

"在实验室待得越久，越觉得自己不适合实验室，所以就决定不走研究生、博士的学术路线，先找工作试试。听说我们这个专业做环境类咨询还蛮有前途的，毕业以后起码要养活自己吧，"她头头是道地分析说。

对于国际学生来说，如果不是电脑大神或是商学院精英，而且专业还和数据、经济没什么关系的话，本科生在美国找工作就是很难的一件事。来美国读大学三四年了，我们心知肚明。

接下来的几周，Christine 与我一墙之隔的卧室里经常传出经济学视频课程的声音。她在亚马逊上买了《咨询公司面试的秘诀》，刚到货一天就读了 60 多页，说是要为了晚上的咨询社团见面会“临时抱佛脚”。她会清晨六点起床跟大洋彼岸的父母通电话，征询他们的意见，讨论要不要找职业介绍公司，或者接下来的暑假是不是不回家了、去某个咨询公司实习。

Christine 今年大三，离毕业还有一年。我们认识两年有余，成为室友一个月不到。

其实刚认识她的时候，我总觉得“焦虑”“求职难”这类词汇都不会与她有什么联系。毕竟，这个姑娘的房顶种着青菜萝卜、窗边摆着绿萝，虽然和别的留学生一样在教室和图书馆之间来回穿梭，但她心里想着的，是该给楼下的多肉浇水了。即使身在竞争激烈、人人都步履匆匆的名牌大学，她依然把生活过成了岁月静好的样子。

我们两个都是学校年鉴编辑部里有名的“吃货”，刚一熟络起来就惺惺相惜、相见恨晚。在年鉴的编辑部会议上，我常看见她用外套裹着刚刚从路边捡来的松果、多肉种子，一脸喜色，喋喋不休地计划着要试着种几盆多肉放在天台或是要用干花装饰客厅的白墙。

那年春节，我们和十几个中国同学租了一套厨房宽阔的公寓，一起做年夜饭，度过又一个异国他乡的年。说是“一起”做年夜饭，其实是 Christine 在我们各种“帮倒忙”的干扰之下，一个人做了一桌菜。

我靠在厨房门边，望着她貌似沉着的背影，右手给粉蒸肉粘粉、左手搅动着刚下进锅的蛋饺，突然回头，让我把先前在家做好的卤味装盘拿上桌，我突然意识到一直以来我都想错了——所谓“岁月静好”的样子既源于她热爱生活的态度，也基于她胜人一筹的生活能力。

Christine 融入美国文化的能力也令人佩服。她在学校管理着一个专注于研究美食的社团，主要对象是加州当地美食。作为社团里为数不多的非加州本地人，她凭着对美食的执着热爱非但没有格格不入，还在半年前成了副社长。她会给附近有名的星级大厨、食品业创业者发邮件，邀请他们来与社员分享他们关于美食的故事，也会带着社员们去米其林餐厅的后厨、甜点作坊的烘焙室参观，甚至争取到帮厨的机会。

有次我跟着她的社团去参观一家意大利家庭餐馆，主厨爷爷一边筛着晾意大利面的框子，一边用口音浓重的英语抱怨，美国厨师总爱往意大利面上堆大块的肉和浓厚酱汁，“糟蹋”了原本自带谷物清香且有益健康的意大利面。

Christine 开着玩笑回应，“是啊，我们中国人和你们意大利人都爱吃面，但我们吃得都很健康，只有到了美国人手里，面才成了高热量的垃圾食品。”

主厨爷爷高兴得拊掌拍腿，相见恨晚般拉着她说个不停。

但这样看似惬意的生活从未远离过现实生活的压力。美国大学的学业很紧张，名牌大学更甚，美国的生活方式也与中国大不相同。我们跨越大洋来到一个陌生的地方，要学着面对更激烈的竞争，学着为自己的生活负责。

很多时候，在好好学习和好好生活之间，我们大都只能选择一样，而临近毕业，在连年付出高昂的学费之后，求职成了另一把悬在头顶的刀。

三

Christine 的外公外婆是高知，母亲作为家里最小的女儿，从小便在双亲和兄姊的羽翼下几乎不知愁滋味地长大。

“所以（母亲）很‘佛系’，不去争去抢，也不要求我出类拔萃。” Christine 这样描述母亲。母亲儿时曾住在农场，自幼就喜欢亲近大自然，也喜欢钻研厨艺和其他一切能给平淡生活增添滋味的事物。

踏入社会后不久，Christine 的母亲就遇见了一个年轻有为的帅小伙子，在深圳最早的一波发展大潮中白手起家。婚后，母亲用美食布置餐桌，父亲在外打拼，共同为一双儿女支起一个温暖稳固的家，为其遮风挡雨，也任其展翅飞翔。

从还不太记事的时候开始，Christine 就会和父母一起，周末去郊外踏青，假期去农场拔菜——“别人家的小孩在玩洋娃娃、模型车的时候，我在玩泥巴”，她这样描述自己的童年，或许就是那时，她心里埋下了爱好植物的种子。

长大一些，Christine 想跳芭蕾、弹钢琴，便都去尝试了，虽然只有钢琴练到现在，但古典浪漫的细胞大概还一直存活在她的血液里。偶尔，她会塞给我一只耳机，说要我听一首她最近特别喜欢的曲子：“叫《云雀》，俄罗斯民谣改编的钢琴曲，去年圣诞回家的时候试着弹过，还没来得及好好练。”

附近城市的歌舞剧院里，著名的芭蕾舞团、交响乐团来得频繁，但我们几乎从来没去看过，票价太贵，来往一次也费时间。

“你说，我们把这些课本给卖个好价钱，是不是就能攒够票钱？”Christine 拍着一沓厚重的生物学教科书开玩笑地问我。我们确实会把旧课本卖掉，可卖二手书的钱大概只够去那个经常排队的冰淇淋店吃两份圣代。直到我开始给学校的剧院做平面设计，时常可以拿到免费的门票，我们才会在周六晚上精心打扮，去看一场 Alvin Ailey（美国著名舞团）的现代芭蕾。

四

关于留学圈的讨论里经常出现两种人：家境贫寒但极其优秀，拿着全额奖学金，出国就读名校；或是所谓的“富二代”，家境富裕到完全不用担心未来的出路，留学对于他们来说只是一场延期旅游。然而事实上，这两种人都只占了留学生圈子极有限的一小部分。

大多数人就像 Christine，家境确实不错，父母愿意拿出一大部分积蓄让孩子出国“开眼界、长见识”。他们或许不会经历十分缺钱的状况，却也必须面对现实的压力。他们希望自己是优秀的，对得起父母的付出和希望，也希望自己毕业后能够在异国他乡立住脚跟，起码赚到“几桶金”再回国，让父母觉得对自己的培养是“值得”的。

然而，我们或许深谙美国大学的申请套路，或许早就把自己沉浸在美国的影视、音乐、文学中，练出了美式口音，但在初来乍到时，还是多少低估了国际生在美国求职的困难程度。为了能够申请工作签证，我们的工作必须是对口大学专业的，并且要有足够的理由证明，我们“无法被其他任何一名美国公民替代”。这通常更倾向于需求量大的科学、技术、工程、数学等领域。

对于人文学科专业（如历史、媒体、文学），以及像 Christine 这样选了较为冷门、招聘需求量不大的专业的本科生而言，如此标准却几乎封住了在美国毕业就职的路，引来“回不了本”的焦虑和怀疑。

刚来美国读大学的我们当年也未必对此现状一无所知，只是带着 90 后与生俱来的自信和不服输的倔脾气，不愿为了求职容易而放弃自己的个性喜好。“当时为什么选了植物生物学呢？就是喜欢吧，从小喜欢莳花弄草的。也没有考虑过求职的时候会很难之类的。”Christine 说着叹了口气。

原以为削尖脑袋考进美国名校，就可以脱离应试体系和功利攀比，自由自在地追寻自己的爱好，到了临近就业的时候才发现，身边许多美国同学同样在助学贷款的重压和华尔街招牌的诱惑下，一股脑儿地扎进投行、咨询公司传统却稍显无聊的套路里。而对于我们这些外来者，毫无顾忌地追求梦想更是一种奢侈，就连那些模式化的“常规”道路，都存在重重障碍。

半年前，我在做一个关于留学生求职的电台专访时，有个在实习申请中屡屡碰壁的中国姑娘告诉我，父母其实没有要求她一定得在美国找工作，“他们说，在美国找不到工作就回家，回家也很好”。

“可我就是觉得很不公平，”姑娘说这话的时候目光氤氲，“跟身边的美国同学比起来，我上着更难的课程、拿着更优秀的成绩，这两年来白天上课、晚上赶去各种交流会、招聘会，努力参加各种相关社团丰富自己的简历，可是现在没怎么努力的他们（美国人）轻轻松松就可以拿到实习和工作，而我却碰了一鼻子灰。”

“其实，美国对国际生的工作签证缩紧发放是可以理解的，毕竟这是他们的国家，要保护自己国民的就业利益。可心里还是会难过，会不服气，那些美国同学，他们要是比我努力也就罢了。”泪水在姑娘的眼眶里打着转，到最后也没有流下来。

五

距离我第一次去招聘会已经有两年多了，我还有四个月就要毕业。比我早一年毕业的 David 如今在一家知名游戏公司的市场部做着一份与他专业没什么关系的文书工作，时常邀请我去他的公司玩，说是可以蹭公司食堂美味的午餐。他是在毕业前一个月定下的工作，熟人介绍，没费太大功夫。

跟我一样即将毕业的中国同学们，大致都确定了毕业后的方向，一大半申请了研究生学院，在象牙塔里继续埋头，暂时躲开求职这件事；一些人趁着放假回国参与了各种招聘、面试，在国内找到一份体面的工作。

另外为数不多的一群人则成功地拿到了美国公司的聘书，他们会留下来工作至少一两年，再然后就不得而知。当然，我们之中也有一些人，至今还迷茫纠结着，不知道四个月后自己会在哪里。

我拿出手机给 David 发短信，说明天中午去他公司蹭饭，至今还没有去看过，以后也不知道有没有机会了。David 回了我一段他在办公室逗狗的视频，说，工作好无聊，你快来找我玩吧。

抬眼看见 Christine 坐在餐桌前边吃着昨晚我们一起做好的午餐便当，边盯着电脑屏幕上自己未完成的简历思索着。

“会做饭能不能写进简历呀？”Christine苦恼地敲着键盘，写了又删，删了又写，突然想到了什么，抬头笑着对我说，“实在找不到工作，以后我们就一起做跨国美食博主，然后开一家餐馆。”

是啊，总能找到出路的。我和她一起咯咯地笑开了，觉得这似乎是个不错的主意。

悬浮青年

就是要把日子过得慢一点，最终过成什么样，我已经不去在乎也不去规划了。从出生到现在，我们跑得太急了。

“我爱北京，但北京真的太大了”

杜　梨

一

2017年初的冬日，深夜3点多。25岁的颜星顶着一头有些油、掺杂着白发的头发，合上了公司的电脑，客户要的广告文案刚刚写完初稿。他在滴滴上叫了车，等了15分钟，还是没有人接单。紧邻王府井的深夜东四金宝街，这里打车的人很多。他在微信上给好友小胡发消息，“下班了，我排到30多位，什么时候能回家？”

在他看来，只有十年的好友小胡能理解“下班了”这三个字后面的痛苦和无奈，没过多久，小胡发来一句话，“赶紧辞吧”。

“我辞了能去哪儿呢？”颜星穿好羽绒服下楼，扑面而来的冷空气让他打了寒战。夜晚车少，只要20多分钟就能回到白堆子地铁站边的老小区，白堆子地铁站位于甘家口，颜星在那里花2500元每月租了个10平方米的单间，跟三个人合租。

他的房间里，立柜紧挨着铺着小花床单的单人床，单人床对面是书桌，桌子上凌乱地摆放着电脑和小音响，堆着一些文学和社科书籍。墙上贴着他从家里带来的摇滚乐海报，床头的夹缝里立着漱口水、洗衣液、发胶、喷雾和治痘的护肤品，床边靠着一把大学时买的木吉他。满屋只有床上和椅子两处地方可坐。颜星长得像松鼠，小胡戏称他的出租屋为“耗子窝”。

面对朋友的奚落，颜星安慰自己——甘家口浴池曾经出现在中国第一部情景喜剧《我爱我家》里。如此说来，我住的小区也算是名门正派。

颜星家在北京六环郊区，从家到公司单程五十多公里，公交车换乘两次，全程需要两个小时。2017 年初，房山线的延长线燕山线还没有修好，如果他选择坐地铁，需要先坐 30~40 分钟的公交到房山线终点站，再从房山线换乘几次地铁，也需要两小时。如果他选择开车，需要经过京港澳高速，大概一个半小时。他的工作单位紧邻王府井，停车费每小时 10 元，对经常工作 12 小时以上的颜星来说并不合算，加之晚上经常加班到深夜，在市里租房成了他唯一的选择。

颜星家里的车是河北牌照，已经摇号三年，依旧没摇到京牌。为了方便颜星母亲进城看病，家人只能去河北涿州买了车牌号。颜星对此评价道：“别记着自己在摇号就完事了。”

他计算了很久，才舍得在租房的小区里以每月 450 元的价格租了个停车位。不料，到了 2019 年元旦，街道实施电子收费以后要求三证合一，也就是说，要求租车位人的房产证、户口本、身份证的地址都必须在白堆子老小区。颜星达不到续租条件，无法自由用车，回家频率也从一周一次改成一个月一次。

颜星在一家著名的广告公司做文案，由于日常接近中午 12 点才吃早饭，晚上 12 点以后下班，他由一百零几斤长到 120 多斤，白发肉眼可见地增多，尖脸变得圆润，甚至有了双下巴，脸上的痘和痘印也不曾间断。

每天，他从白堆子到金宝街需要倒两趟地铁，过程大约 50 分钟，起初他还能在地铁上举着 kindle 看书，现在只能闭着眼睛听歌。经过白堆子地铁口唯一的早点摊，他加快了步伐，他在那买过几回早餐，发现油条嚼起来死面，豆腐脑充满石灰粉的味道，这让他上班的坏情绪都有了宣泄的出口。

"我真的是不明白，为什么他们能把早点做得那么难吃？"这大概是他对生活的唯一反击。多数情况下，他都忍着饥饿走到公司，在便利柜里刷出一个五块钱的面包，再接一杯公司免费的纯黑咖啡当作早午餐，如果咖啡太苦，就再买包牛奶自己兑进去。

颜星性格温柔敦厚，是难得的好脾气，在他大学同学口中，四年里没有看见颜星生过一次气。工作上受了委屈，压力过大时，他也闷声不吭地继续做事。

有天颜星刚到公司，就被大领导紧急召到办公室，和自己的组长一起被训话。大领导怒斥他们的文案写得极差，并要求他 2

小时之内提供一版新的。他低着头，余光瞥见旁边一声不吭的组长。

前一天，组长给他排了很多工作，他一直忙到晚上 11 点才有时间写文案。当时组长先回了家，“你不能因为自己效率低，就拉着别人陪你一起加班”。

颜星赔着笑脸抱歉。午夜，组长驳回了颜星加班完成的文案，并让他换成组长自己写的一版文案提交，当时他非常感激组长的解围，却没有想到自己成了组长的背锅工具。

看见房山区大片沉寂的楼盘和办公楼，颜星都皱起眉头：“几年过去了，怎么还在招商？”

颜星的父母是燕山石化的工人，计划经济时代工作收入稳定、单位福利丰富，有时年末发米面粮油和半扇羊排。燕山石化不仅盖家属楼解决职工住房，还专门开设了燕山直通前门的公交车，车票只需要几毛钱。当时燕化职工流行一句戏言，“我们燕化除了媳妇儿，什么都发”。

20 世纪末，燕山石化规划在房山区阎村镇辟建家属楼燕化星城。颜星当时刚上小学二年级，一套房子只需几万块，但有的工人嫌弃燕化星城较远，不愿意掏钱，捏着鼻子冷嘲热讽。“我们老房山人，用得着买楼吗？星城那一片庄稼地，谁去住啊？”

又过了几年，人们有的去市区里找工作，有的拿钱买断了工龄，还有的依然在工厂里当工人。

21 世纪后，经济走高。前几年没有买房的燕化工人，到现在也没有房子；在市里买了房子的，房屋市值比星城高很多倍。颜星的父亲升职成为工段长，每天穿着深蓝的工作服，戴上手套，夹着公文包，坐一小时公交去燕化上班；颜星的母亲买断了工龄，在家卖过微商产品、理财推销和家养品种猫等，想赚些小钱，最终都因身体状况作罢。

研究生毕业后，考虑到家里的情况，颜星不打算在学术领域发展。他认为，如果跟着前辈踏实做几年文案，做出属于自己的风格，在这个领域就会得到不错的年薪待遇。

家里为他在房山贷款买了套小产权房，本来是预备做他和前女友的婚房，但后来两人分手。从长阳坐地铁去市里需要一个半小时，且长阳的上班族很多，早高峰挤地铁也很艰难。多方权衡之下，父母把那套房子租了出去，补贴家用。

颜星每次回家，父母都会去菜市场买新鲜的鸡鸭鱼肉和蔬菜，做上满桌佳肴，顺便旁敲侧击地说些相亲的事情。每次颜星都不耐烦地挥挥手，他还是希望通过工作和社交来认识志同道合的人。然而，广告公司高压的工作节奏，让他几乎没有时间社交。

每当颜星陷入自我怀疑，小胡便会揶揄调侃：“你家两套房呢，你有什么可愁的?”

“我那两套房都在老房山，离城区这么远，怎么跟市里比呢？”他打算工作几年，找机会卖掉旧房子，在市里买套房子。“再怎么说，我也得在五环里买房吧。我可不愿意在耗子窝里租一辈子。”

办公室里有位湖南同事打算攒钱在长沙买房，他问对方，为什么不在北京买房。同事瞪大了眼睛，语调上扬，以一种湖南卫视综艺节目常用的口吻对他说：“在北京买房，你太天真了！谁现在在北京还买得起啊？”

颜星惊觉，外省的同事们哪天厌倦了北京，完全可以回老家。而北京本地的普通人是没有退路的。北京大部分普通人没办法也不愿离开北京，只能想办法在自己的家乡买房、摇号、买外省牌照的车代步、给孩子拼学校。

下了车，租住的房子楼下有只流浪猫咪，这个深夜，它又来迎颜星。他每次都会去逗，但没办法把它带回家。他摸进老旧的家属楼道，低矮的楼道，水泥砌的台阶和陈旧的灰尘味让他紧绷的神经舒缓下来。回到了“耗子窝”，他简单地洗漱后，倒在床上就睡，床单已经有几周没有换过了，躺下时还能闻到沉积的油脂和洗发水味。

二

“我爱北京，但北京真的太大了，真的。”

屏幕的亮光让小胡挤起眼睛，她看着颜星发来的这些话，嘴角撇了撇，对着屏幕翻了个白眼。这样的对话每周要发生两到三次，重复而丧气的回答让她疲于应对。

她闭上眼睛，明天早晨6点半，她要从海淀区的西四环外去朝阳区东北五环外的望京东上班，单程30多公里。

小胡留学读研回来后，找工作一直不太顺利。在招聘软件上找的第一份正式工作是在酒店里为一款原创酸梅汤写文案，不料刚做了两周，酸梅汤秘方就被前员工卖给了竞争对手，公司倒闭了；接下来她去了一家国企，距离家单程40分钟，但每月工资只有4000元；吃了半年国企食堂后，她接到一份小私企的offer，在北京城东侧的CBD，距家单程一小时，刚做了一个月，却出于一些原因不得不离职。

后来，她被朋友内推，得到一份新媒体编辑的职位。这家互联网公司在望京，每天朝九晚六。直到第一次面试之前，在海淀区长大的小胡从未去过望京。她所认识的在北京城八区长大的孩子，除非有搬家、看展、上学等特殊原因，大部分人都从未涉足过望京。一位家住南二环的朋友，只要在招聘软件上看见地点为望京的公司一律屏蔽。

但对于找工作频频失利的小胡来说，这个工作机会十分难得，小胡不想放弃。

小胡家的另一套房子在朝阳区，离望京更近，一直处于出租状态，要说服父母把房子腾出来，方便她上班住，他们是不会答应的。她试着向家里提出了租房的请求，父母强烈反对。母亲多次对她发脾气，给她发来一大段的微信留言——

“我年轻时就知道起早贪黑上班，累死累活想多挣点钱，以后能使孩子过好点，家里的日子过好点，有病手术也不舍得休病假，一瘸一拐地去上班。手术后的那一周，无法步行走到公交车站，一身虚汗、腿也软，才舍得打个三轮去车站。过了些日子，感觉自己有了些力气，就早点出门。天还是黑的，路灯都没开，我在大雪天的冰地上小心翼翼地走着，为了给自己壮胆，好走的地方我再跑一段。那时候，只有天上的星星照着我去车站，我在车站左右跺着脚，数着数，盼公交车早点来。回家下班，一次北京突然下大雪，北京交通全部瘫痪，我就从数码大厦走到公主坟，坐 1 号线到终点站倒公交车，等回到家都凌晨两三点了，睡了两小时，早上又走了。”

小胡父母都是每天按时上下班的土木工程师，他们把钱捏得很紧。

“你现在这四小时通勤算什么？你为什么不能像我年轻时那样，学习吃苦？”如果小胡再辩，父母就会提高音量，挥舞着拳头。“你有本事你出去租房啊！把钱都给外人才好！”

工作琐碎而繁忙，小胡只能把写小说挤压进通勤时间，有时她会选择坐地铁，在手机上就着地铁灯光，打上 200 字。但如果坐地铁，她还需要从家骑车三公里去最近的 6 号线起点站，换乘两次，全程近两个小时，顶着早高峰的人流压力。

不写小说时，小胡便骑三公里的自行车赶到公司班车的发车点。

从2013年起，小胡就期盼家门口的6号线西延线能开通，可直到2017年，蓝色金属围栏还在施工区稳稳地伫立着，渣土车的轰鸣依旧响彻十字路口。2017年初的小胡还不知道，家门口的地铁站开通要等到2018年底，要再等整整两年。

清晨6点半的闹铃醒了，她摁掉，又眯了20分钟。接近7点，她终于从床上下来，冲到洗手间洗漱，顺手点开共享单车APP，搜查并预约好附近一辆单车，拿上奶奶准备的午饭，在7点18分左右冲出家门，骑车猛冲出小区，目的是赶上7点30分在三公里外的定慧桥下发出的班车。

这三公里位于通往海淀五路居地铁的田村路，道路很窄，路况拥堵严重，坐公交甚至能堵30分钟以上，小胡只能选择骑车。但有些机动车会违规占用辅路的自行车道，接送孩子的电动车速度比较快，小胡不得不在公交车倾斜地进站前像一发子弹猛冲出去，任何延迟都会让她与班车擦肩而过。

“有时候我会拜托车上的同事让司机大姐为我停留几十秒，但是绝对不能过7点31分，否则司机就可能会受举报或责罚。我在马路这边，看着班车开走的瞬间，恨不得起身飞夺定慧桥。”小胡的圆眼睛下挂着两个明显发青的眼圈，让她的脸色看上去有些憔悴，喝了口公司咖啡厅 13 块的拿铁，她用双手揉了揉脸。

她上班从来不化妆，戴着框架眼镜，很好地隐藏住了她清秀的脸，每天早晨的狂飙像是青春励志电影，可电影的基色却是灰色。她没时间去健身，早晨的高速骑行权当无氧运动。

三公里的路程，小胡骑得浑身发热，可手会被北风“割”成冰棍，如果碰上有故障的车，则更需要发挥臀大肌和股直肌的想象力。她念初中时，要走 15~20 分钟的路去公交站，再坐五十多分钟的公交车上学。学校禁止迟到，有次她为了追那辆已经被乘客压得倾斜的公交，背着沉重的书包加速前奔，不小心被地面绊倒，牙齿用力撞在石阶上，她感觉到自己的颅骨似乎晃了两下。趴了两秒后，她站起来，拖着发麻的身体掉头往回走，一进家门就放声大哭，她看见父亲的脸第一次被惊慌扭曲，“怎么了！谁欺负你了？”

再后来，她选择骑车去学校，沿着永定河骑车过去只需要四十多分钟。十多年过去，通勤的艰辛似乎从未变过，但冬天她还是常常忘记戴手套。

如果仅仅是通勤，那也可以忍受。可小胡也遭遇了和颜星同样的职场恶意，有次她的上级领导 A 定的文章标题被点名严批，部门总监老李不知情，直接批评了她，本该承担责任的 A 没有做出任何解释，在微信群中消失。

除此之外，她每次的日常更新都会被 A 吹毛求疵，绩效考核也两次都被评为C，这也就意味着比他人少1万~2万元的年终奖。直到她问了另一个频道的同事杨一帆，才知道对方部门的“C”是轮流背的，而小胡所在频道的“C”却一直是她承受的。

每天中午，小胡拿出奶奶给她带的饭盒，和同事杨一帆到休息区的微波炉里热饭。她们的工资都在税前6000~7500元区间，中午如果点外卖超过20元，两人都会觉得非常心疼。有一次，老李带她们出去吃饭，言语间提起外卖的价格，没想到老李一本正经地看着她们，“你们不是北京本地人吗，不至于这样吧？”

一次周末，总监老李在部门的微信群开玩笑地问，是谁把会所卡片不小心带进了他的车里，被他妻子发现了。大家纷纷否认，小胡的上级领导A突然冷不丁来了一句：“我知道了，是小胡发剩下的。”

小胡的愤怒无法抑制，但为了工作，她尽量维持着礼貌，回复，“A老师，你说什么呢？”

好心同事默默帮她解围，发出一张“吸猫会所”的图片，“想必A老师说的是这种卡片吧。”

A打着哈哈过去了，可这种莫名其妙的羞辱却远远没有结束。一天中午，她和另一个女同事在午休，A中午到了办公室后，就在微信后台更新了一条题文无关的推文，起名为“妓女们都睡着了”。

小胡至今都记得她看见微信后台那条标题时的愤怒，血涌上了脸，手不停地发抖，抑制着拍案而起的冲动。她当即截图了A所有劣行的证据，存上了云盘。但是整个公司都对A的行为采取绥靖态度，她觉得举报也无用。

最后一段冲刺，小胡大步把车推上台阶，关锁，公司的班车正好驶来停稳，她迈上车，笑着和司机大姐打招呼。坐定，羽绒服上端的热气蒸上脸，整个人有些发蒙，看着下面刚刚骑过的自行车，总感觉自己有什么东西落下了，好像是她灵魂的一部分被扔掉了，班车向前驶去，它还在疯狂追赶着她的肉体。

班车大姐能够在早高峰的四环上熟练地并线加速，只要能搭上这辆班车，就能在8点40分左右抵达公司。其他人都在车上补觉，但她在连贯的刹车和密闭的车厢中，只能戴着耳机、闭着眼睛度过这不断前倾的一小时。

手机响了，小胡看见微信上的三人家庭小群里，她的父亲发来消息，“刚才我在公交上，看见咱们家小胡骑车过去了。她骑得特别快，我都没来得及拍照，但是我为她这种执着的精神所感动!”

小胡笑笑，发过去一张猫咪流泪的表情包。

三

“虽然故宫角楼的灯已经五年没亮了，但我依然爱北京。”

杨一帆负责网站的早晨更新，她要比小胡早到十分钟左右。

她脸色发灰、戴着眼镜、嘴唇泛白，一双大眼睛在眼镜片后眨了眨。两人轻声问对方，吃了吗。

2017年，杨一帆22岁，大学毕业考研失败后进了这家互联网公司工作。大部分时间做基础的编辑工作，除此之外还有活动联络，给嘉宾订车等琐碎小活。她对面坐着她的领导，她不敢表现出什么情绪。

今天早晨，她在拥挤的14号线地铁车厢里被人踩掉了脚上的帆布鞋，直到到站她才趿拉着鞋被人流裹着挤出去。她扶着大理石柱子提上了自己的鞋，快步地走向出站口。《格林童话》中，灰姑娘丢掉了水晶鞋，会有王子捡起来，去追她给她穿上。现实生活中，杨一帆只能自己提鞋。

不久前，英国留学刚半年、和她恋爱快满5年的男友毫无征兆地对她提出了分手，并在微信上对她大加责备。她尝试挽回，对方却拒绝了。当晚，她哭到凌晨1点，但想到第二天早晨7点还要起床从市中心赶到望京上班，她立刻洗漱后钻进被窝。

她工作后，男友家因为买不起市里的新房，只能卖掉海淀的一套老房子，换了西郊门头沟三室一厅的新房。那时，他跟她说："以后咱俩一下班，叔叔给咱俩做饭，阿姨给咱俩带孩子，多好。"

杨一帆的姥姥是满清后裔，她年幼时，从城中心七进七出的大宅子里搬出来后，一直住在东城区，只有年轻时去过门头沟当小学老师。一听到外孙女的男友搬到了门头沟，她立刻皱起眉头：“如果你嫁到门头沟，我就拒绝出席你的婚礼。”

可这些都拦不住杨一帆总跑到门头沟找男友的热情。为了尽可能多见面，她每天下班都去门头沟找他，从望京直接打车到门头沟，单程车费在150~200元不等。有时，大山子路口一堵就是半小时，她得先坐地铁到市中心，再打车到门头沟。隔天早晨5点多再从门头沟打车，8点多刚好到公司，保证不迟到。

有时等地铁，她会在车站看线路图发呆。位于西六环的门头沟并没有出现在图上，到了1号线终点站，地铁线就不再往西画了。第一次去找男友，司机师傅按导航走一路畅通，但快到终点时显示前面堵车。等他们到了才发现，前面是座山，山下是公交总站，堵车是因为停满了公交车。

一下车，能嗅到混着牛粪味的空气，共享单车骑不上坡，要走20分钟山路，才能到有“京西美居”之称的住宅区。

“他出国前一天，下了班我就往门头沟赶。堵车快三个小时，我在出租车里哭了，我心想北京太大了，再不到我就见不着男朋友了。”

翌日凌晨5点多起床送别男友，她又坐机场快轨回到公司。

男友提出分手后，把杨一帆的微信删了。她压抑住心中的难过，匆匆洗漱去上班。既然分手了，她也想保持一个北京姑娘应有的体面，不想大闹。

她穿着优衣库的上班族毛衣和圆领衬衫，笔直地坐在电脑前，运行头脑风暴，想一个能够吸睛的标题，小心地填进网页后端操作台的小细框里。可内心想着前男友可能正在和别的女孩一块过情人节；而自己每天都要从沙尘暴里穿行到公司，公司周围是一片尘土飞扬的碎石荒地，施工修路一年多也不见动静。

领导看见杨一帆神色不太正常，把她叫到会议室谈话，说她工作中缺乏野心。面对领导的诘问，杨一帆觉得委屈，自己每天都做基础的机械工作，哪儿有机会施展野心。

杨一帆出生在一个高级知识分子家庭，姥爷是一位著名教授，在国内外颇有声望。姥爷的工作单位分房子，20 世纪 80 年代，他们从西城的平房搬到了东城的楼房，那是周围唯一有电梯的 10 层塔楼，从客厅向西看，不远处就是景山。

杨一帆念的幼儿园就在王府井教堂旁边，教堂最初被一家百货商场包围，后来商场拆了，教堂自然也就成了小朋友放学后的乐园。偶尔姥姥会奖励她，带她溜达到王府井吃一顿肯德基。周末时，姥姥就带她去景山、北海、陶然亭、中山公园玩，过着京城市区 90 后小朋友的典型童年。

杨一帆家在北京有三套房，但没有一套房子位于望京，她每天依旧花很长时间通勤。上班越久，越不敢和周围非京籍同事聊关于房子和房租的问题，她怕她一说出口，对方只会觉得矫情。

隔壁部门的同事有时会问她，“你家有几套房？”“你家里的房租能够覆盖每月工资吗？”

她迟疑了一下，决定照实回答，“三套，能吧。”

对方眉毛往上扬了扬：“哇，那你为什么还要上班呢？”

她打着哈哈带过去。上班工作是成年人的本分，有房租就不去上班绝无可能。家里人在她上班第一年就叮嘱她，新人要学会吃苦。

杨一帆对母亲说，她想在望京附近租一个单间。公司不少人都把房子租在顺义区，那里不仅可以坐 14 号线直达公司，房租也更便宜。母亲不放心她一个人住在郊区顺义，便出钱为她在可地铁直达望京的金台路租了一套两居室，能节省不少通勤时间。月租 6000 元，比杨一帆的工资还要高。

住进去才发现，那套房子被浓浓的装修味所包裹，熏得令人头疼，但已经交了整整一年的房租，退租会有大量违约金。为了健康着想，母女二人只偶尔去住。如果在那里住，杨一帆的起床时间便可以从 7 点推迟到 7 点 40 分，如果来得及，她还会化个妆，涂上粉色眼影，希望给自己招一些桃花。

四

时间过得很快，转眼到了 2019 年末。

通勤压力加上不友好的职场环境，最终促使小胡辞职回家，全职写作。在地铁上完成的小说出版了，她还获得了一个写作项目的奖金，现在，她靠着为数不多的稿费养活自己。辞职后，她与家里人的矛盾激化，小胡只能到郊区的工厂附近租了套 28 平方米的 loft。月租 2300 元，这个价格也只有在郊区的厂房才能实现。

颜星的组长因为工作能力不佳被大领导辞退。他的工作依然很累，但随着工作调动，工资升到一万，已经可以去便利店买任何想吃的盒饭，不用再像刚工作时那样精打细算怎么叠加优惠券更合适。但，依旧没有存款。

一天，得知隔壁组的同事比他的薪水高一倍，做的却是同样的工作后，他决定年后找机会跳槽。

失恋后过了三个月，杨一帆通过家人介绍，结识了一位家境殷实的男生。这次，王子拾到了灰姑娘被踩掉的帆布鞋。领导给杨一帆描绘的蓝图从未落实一角，她无法再忍受琐碎的工作，决定辞职去留学。现在的她和男友稳定地生活在一起，逢年过节回北京探亲访友，和小胡去雍和宫许愿。

每次他们经过老舍茶馆，都会觉得老舍写的那些北京人就是自己，时隔多年的那份儿艰难和漫天的黄沙依然打在他们脸上，格子间的青年正是当代的骆驼祥子，脊背磨驼了，近视了发胖了，也就踏实了。

穿过大半个城市去“搬砖”

顾　斌

3：00

入冬的上海气温有些放飞自我的意思，时而像是对晚秋恋恋不舍，时而又像是对隆冬迫不及待。在遍布上海的封闭式办公楼里，一道道厚实的玻璃幕墙，一排排勤勉的空调风口，把里外两个世界隔绝开来。

陈长安检查了一遍刚完工的主视觉海报和几个延伸设计，随即合并图层保存好，打包发给了跟他一起加班的项目经理钱力。在甲方修改意见没有反馈过来之前，陈长安就是自由的，只是这自由不知道会持续多久。几小时前，钱力跟他说甲方今晚通宵等提案，会用最快速度回复。

瞥了一眼邮件发送时间，陈长安发现已经过了凌晨三点。揉了揉有点酸胀的双眼，他觉得那酸胀又逃窜到了右手手腕里。他站起来走到窗边，眺望离自己办公楼不远的 1 号线汶水路站，思忖着这个时间点就算还有地铁，他也不会花一个小时回到 2 号线创新中路站附近租住的小区。合租那套三室一厅的两个江西老表跟陈长安只是点头之交，他们不会因为他彻夜不归而睡不踏实。

1998 年，陈长安出生在江西抚州。大专毕业前，他除了江西，去过次数最多的地方就是浙江义乌。陈长安的父母在他小时候就去了义乌一家生产饰品的工厂打工，每年放暑假他都会去那边刷新一下对父母淡漠的记忆。

他并不觉得父母从小不在身边有什么不妥当，至少他们不像有些同学的父母那样会约束孩子，他想做什么事情他们也几乎都不干涉。比如他刚毕业时去深圳工作了半年，本来是一帮同学一起去闯深圳，结果很快就四散到全国各地。

现在回想起来，在深圳那家公司的工作最让陈长安难以接受的恐怕就是孤独。大专读互动设计的陈长安在那家公司做平面设计工作，说起来都是设计，其实区别就像广东话和江西话。

深圳公司老板曾经鼓励他学白话，说白话很有意思的。陈长安没有觉得白话多有意思，倒是感受到了不学白话多没意思。每次老板请大家吃饭聊天，他们说着陈长安完全抓不住笑点的段子，这让本来就内向的他更加无所适从，只能埋头吃肠粉。

半年后，陈长安被大专室友小王召唤到上海，找到了现在这份在公关公司做平面设计的工作。面试一轮就过关的陈长安觉得自己很幸运。当时，设计总监老大哥很坦率地说，陈长安刚工作没多久，公司不看重他的经验，只要愿意去学就行了。

陈长安要学的内容不光是 PS、AI 的操作运用，还得学会随时随地等甲方的指令。在他 2019 年 5 月入职后，几个月的时间，设计部原本 4：2 的男女比例已经熬成了 6：0。

女生一直熬夜受不了，陈长安知道，还有一个原因是他们这批新手设计税后收入不过 5000 多元钱。刨去 1200 元的房租和 4000 元左右的日用花销，哪里还有钱够“敷最贵的面膜”呢？

好在陈长安不敷面膜，他也没有交到需要他买面膜敷的姑娘。他得赶紧在公司的三人沙发上躺躺，到上午 10 点上班打卡前还有六个多小时，希望甲方说的“最快速度回复意见”，跟他们的审美水准一样言过其实。

8：00

早上六点出头，住在 6 号线博兴路站附近的童欣怡就要蹑手蹑脚地起床洗漱了。跟她合租三室两厅的还有三个差不多年纪的姑娘，其中两个合租一间比较大的卧室，一个住在从客厅隔断出来的小卧室里。

那三个姑娘在搬入现在这套房子之前也是合租室友，关系自然更加密切。这对童欣怡来说也没什么，她在一家工作压力不大的国有财经媒体网站做编辑，上班时间是八点到十六点和十六点到二十四点两个班次，日常能跟她们打照面的机会实在有限。

现在这份工作是童欣怡 2016 年从上海外贸学院新闻学专业毕业后找到的第一份工作。刚毕业时，她和大学室友以及室友的两个朋友合租在博兴路站附近的另一个小区里，四个人分享两个卧室。本来和知根知底的大学室友住一间卧室、睡一张大床不至于有什么问题，可是问题就出在童欣怡的工作时间上。

上早班的时候，童欣怡早起会吵醒室友；上晚班的时候，童欣怡晚睡还是会吵醒室友。同样，正常时间上下班的室友，早上上班也会打扰到上晚班回家还在睡觉的童欣怡。

于是她们换到了现在租住的房子里，还是一个卧室，分了两张小床，卧室挤是挤了一点儿，睡眠质量多多少少提高了。毕竟为了每人1000元的房租，刚工作一年多的她们还是愿意稍微牺牲一点舒适和私密的。

童欣怡知道“天下没有不散的室友”，可是她没想到才换到新住处一年，室友就要跟她分道扬镳了。说起原因，童欣怡有点五味杂陈。那时候室友找到了一份在银行的工作，收入一下子从跟她差不多的五六千元，涨到了一万元左右。

室友告诉她，自己准备搬到工作地点浦电路附近，步行10分钟就能到银行，再也不用在上下班高峰去挤比春运火车好不了多少的6号线了。

除了拥挤，室友还曾经在夏天的6号线上遭遇过几次“咸猪手”。要是换了自己可能也会做出一样的选择吧，童欣怡想。

可是浦电路的一室一厅租金4000元，如果童欣怡去合租需要承担2000元。当时博兴路站这边的房子，一个卧室的租金也是

2000 元。室友走后，童欣怡跟房东谈了谈价钱，降到 1700 元。

这个价钱要比之前跟室友分享卧室的租金涨了 700 元，可毕竟自由些，房间里不用再放两张单人床，也宽敞了不少。

童欣怡上班的南京西路比她室友的浦电路繁华得多，当她每天早上不到八点走出 2 号线南京西路站时，那些高档百货公司离开门迎客还早。童欣怡匆匆经过陈列着奢侈品的橱窗，里面标价相当于她几个月甚至十几个月收入的包包，跟她似乎并不属于同一个次元。

也许也不能那么武断，童欣怡心想，母亲给她推荐了不少在上海工作的宁波同乡，基本条件都是工作稳定、有房有车。每次她拒绝母亲的“好意”，就会换来母亲的絮絮叨叨，说她在国有媒体工作，虽然收入不高，但是工作稳定，而且外形出众，在婚恋市场上还是很有竞争力的。再过几年，等到 30 岁挑选余地就没那么大了。

童欣怡对母亲的话心知肚明，只是她心里藏着一个秘密，不知道该不该说出来。

9：30

尚鹤楠最近刚换了工作，把住处从 2 号线娄山关路站附近搬到川沙站附近，这样一来，她花在通勤上的单程时间就从 50 分钟增加到 60 分钟。早上八点半她会准时离开川沙的家，九点半到达位于九江路的互联网金融公司上班。

2015 年从北京师范大学企业管理系毕业的尚鹤楠，来到上海工作已经四年了，她在上海的第一个住处就位于川沙。那时公司在张江，她和亲生姐姐以及闺密，三个人一起住在川沙一个老小区里。

尚鹤楠觉得那套房子的装修就是 80 年代的风格，也许 1993 年出生的她并不清楚 80 年代的风格到底是什么风格。不过她们一致认为，那套两室一厅的房子只要 2000 元的租金，已经低到无所谓装修风格的地步了。

这次换工作前，尚鹤楠在一家生鲜电商公司和一家互联网餐饮公司工作了三年。那段时间，她搬到离公司比较近的娄山关路站附近，跟两个女同事合租一套两室一厅的房子。那套房子租金 4300 元，尚鹤楠和其中一位同事小杨分享一个次卧，每人负担 1000 元租金。可是前不久，住主卧的同事被裁员 10 个月后终于在家乡杭州找到新工作，所以决定退租回杭州；而跟尚鹤楠分享次卧的小杨也结婚了，要搬到丈夫买好的婚房去住。

小杨的丈夫在张江工作，房子买在临港新城，通勤需要将近一个半小时。而在真北路金沙江路路口的近铁城市广场上班的小杨，从临港新城出发坐地铁上班单程要两个半小时。这让小杨陷入了两难的境地：不住到临港新城去吧，刚结婚就分居显然不合适；想换个近点的地方上班吧，现在这份工作还不满一年，仓促间也未必能换到合适的。

尚鹤楠和小杨之前共事的公司规定，加班到二十一点半以后打车回家可以报销。小杨倒是宁愿加班打车回家，不过340元左右的单程车费几乎就是她的一天工资，这样的报销单让领导签批，小杨都要先做一下心理建设。

小杨告诉尚鹤楠，有的网约车司机甚至跟她抱怨，要不是这天生意实在不好，这个单子是不想接的。别看是长途单，可从临港新城开回市区基本都是空驶，司机有时候还担心晚上开到那么偏僻的地方，会不会有危险。

跟遥远的临港新城比起来，川沙近得简直就像天堂。前两年，尚鹤楠的姐姐和闺密也搬了一次家，从马路这边的小区搬到马路对面的小区。房东是川沙本地人，租给她们的这套本来是自住的，装修很好，后来房东在附近又买了新房子就搬走了。

这位房东一来不差钱，二来觉得尚鹤楠的姐姐和闺密租房子不给他添麻烦，就一直没涨房租。她姐姐去附近中介打听过，小区里她们这套同样两室一厅房型的租金要将近5000元，而房东只收了她们3600元。尚鹤楠搬回川沙，分摊1200元就可以。

即便尚鹤楠工作以来在房租上一直没花多少钱，几次跳槽后收入涨到两万元出头，可是几乎没能存下钱来。年初父亲的一场病，让尚鹤楠惊觉这些年漫无目的的潇洒生活可能得终结了。

16：00

岑栋梁和童欣怡是一个部门的同事，在正常情况下，他们一天只会见一次面，那就是下午四点早班同事和晚班同事交接班的时候。这个月童欣怡轮到早班，岑栋梁轮到晚班。

童欣怡心里对这位江西宜春的男同事有两个疑问：从“985”高校华东师范大学毕业的岑栋梁已经在这里做网站编辑三年了，跟自己一样拿着五六千元的薪水，为什么还不跳槽？不是说“爱在华师大”吗？可是27岁的岑栋梁好像至今还是单身，即便有一次被同事们撞见带了个姑娘在公司食堂吃饭，他也矢口否认那是他女朋友。

岑栋梁在华师大学的是一个冷门的文科专业，这让他毕业找工作经历了不少波折。也许是对上海就业竞争压力有心理准备，他在2015年毕业那年回到宜春，寻思着找一份安逸点的工作，然而报考当地乡镇公务员的计划终止在面试环节。岑栋梁不得不面对现实，家乡工作机会本来就少，安逸的工作机会更是少之又少。

留在上海工作的大学同学把岑栋梁从宜春叫了回来，投了不少简历后，他进入一家小型自媒体公司，开始做起编辑。这个自媒体内容偏重公司报道和科技报道，营销导向很明显，让他不太适应。

2016年9月到10月，岑栋梁用两个月时间通过了现在就职的国有财经媒体四轮筛选。第一轮笔试，第二轮部门主编、副主编面试，第三轮总编辑面试，第四轮 CEO 面试。当时岑栋梁有点受宠若惊，一个社招的基层岗位竟然要面试到 CEO。这让他在拿到 offer 时深信，网站编辑在公司里是一个有挑战、有发展的好岗位。

不过最初的挑战，其实来自于那份只相当于本科应届毕业生水平的起薪，这让岑栋梁只能留在远离南京西路的唐镇居住。唐镇的房子是岑栋梁刚来上海时找的，距离张江的自媒体公司很近，三室一厅中一个卧室的租金是 1600 元，这笔房租占了他收入的近 1/3。

2018 年 9 月，岑栋梁终于搬家了，从 2 号线唐镇地铁站附近搬到 8 号线芦恒路地铁站附近。如果把南京西路地铁站作为原点，岑栋梁上班路线的轨迹就像是时针从 3 点走到了 6 点。虽然这两个地方到他公司的距离几乎不相上下，但是这次搬家却为他省了每个月 600 元的房租。

这还要归功于岑栋梁的另一个大学同学小张。在浦东一家事业单位上班的小张了解到，只要同时符合“持有上海市居住证达到两年以上，在上海连续缴纳社会保险金一年以上，与本市单位签订一年以上劳动合同”等条件，就有资格申请公租房。

于是小张作为主申请人，跟岑栋梁一起申请了公租房。由于申请公租房需要工作单位提供各种文件证明，小张费了九牛二虎之力搞定所有需要的材料。现在，他们位于芦恒路地铁站附近合租的这套两室一厅公租房，每月租金只要2000元。

这个月上晚班的岑栋梁下午两点五十五出门，下午四点就能准时坐到办公室的电脑前。那些动辄涉及上亿美元的全球财经资讯伴随着他敲击键盘的“咔咔”声被发布出去，然而仿佛只存在于虚拟世界的资金却解决不了他在现实中的困境。

18：00

下午下班的时候，南京西路比上午热闹得多，童欣怡要趁晚高峰还没到来前赶回博兴路站，然后去家附近的健身房上一节傍晚的瑜伽课。

通常这种在正常下班时间前开始的瑜伽课，主力都是五六十岁的阿姨们，间或有几个像童欣怡那样的年轻人。上课次数多了，也会有脸熟的阿姨跟童欣怡打个招呼。童欣怡不知道这些跟她母亲年纪差不多的阿姨是不是也会积极地给子女安排相亲。

童欣怡并不喜欢以这种生硬的方式去认识陌生人，这需要耗费性格内向的她很大精力，而拒绝相亲最主要的原因来自她心里那个迟早要曝光的秘密——她已经有男朋友了。

男朋友曹勖是山东人，1985年出生，比童欣怡大了八岁，是她在毕业前的实习单位认识的。曹勖做人力资源的招聘工作，沟通能力非常强，业余时间喜欢拿着单反拍建筑。认识童欣怡后，曹勖照片里最美的风景就不再只有建筑了。

当童欣怡在电话里跟逼着她相亲的母亲摊牌时，却引来了父母一致的反对。他们嫌弃曹勖年纪大，又不能提供给她优渥的生活条件，而且还是北方人。自从童欣怡被前一任黑龙江男朋友劈腿后，她父母对北方男人就始终抱有成见。

僵持了几天，母亲又给童欣怡推荐了一个精挑细选的优质对象。她不愿意跟强势的母亲再发生正面冲突，心想要不然就去看看，反正回头说不合适就行，也不用让曹勖知道了担心。

这个相亲对象是宁波人，上海一所“985”高校毕业，工作也是在这所高校下属的公司，在这里有房有户口。童欣怡和对方见面前，她母亲已经将这些信息打听得一清二楚。至于对方的相貌、性格如何，母亲只字未提。童欣怡加了对方微信，也没有看到照片。

等到约了见面吃饭，童欣怡才知道这个身高一米八的工科男，体重超过 180 斤。即便童欣怡是上海外贸学院毕业，不是“外貌学院”毕业，这个外形还是让她有点心存芥蒂。更尴尬的是对方也不善言辞，对话都要靠童欣怡主动发问。这次不算成功的见面后，对方父母反馈觉得童欣怡各方面条件都很好，跟他们儿子蛮配的。

也许是为了给双方父母面子，童欣怡瞒着曹勖和对方又吃了几次饭，最后还是不了了之。童欣怡觉得对方可能跟自己是一样的感觉，双方外在条件还算比较匹配，可是并没有一见钟情，甚至连有共同语言也谈不上。

童欣怡的父母就是相亲认识的，在这个独生女的记忆里，父母为家庭琐事的争吵冲突要多过相亲相爱。她之所以高考填报志愿时不愿意留在浙江，就是想要逃避家庭的不睦。而对于自己要组建的家庭，她早就有了自己的想法。

对于父母反对她跟曹勖谈恋爱的意见，她并非完全不能接受。她会跟曹勖交往，是因为他们在一起感到“很轻松很开心”。如果两人要步入婚姻的殿堂，不可避免需要考虑经济上的压力，抚养孩子、赡养父母都不是“很轻松很开心”的议题。

“贫贱夫妻百事哀”的道理童欣怡明白，她无意追求奢侈生活，只希望两个人里至少有一个能养家，至于是曹勖还是自己，童欣怡并不计较。

在瑜伽课尾声的大休息时，童欣怡躺在瑜伽垫上想着心事，课前她查询了10月CPA考试成绩，报考的两门过了一门。她不想把父母的人生再重演一遍，也许CPA能帮她跟曹勖走得更远。

19：00

已经过了下班时间的陈长安在办公室里叫了一份外卖，准备吃了晚饭避开晚高峰再坐地铁回家。

到上海半年，陈长安依旧没有习惯这里的饮食。办公室楼下就有几家小吃店，可是没有一家让他满意。他最不能理解的是为什么上海到处都是桂林米粉店，却找不到一家抚州泡粉。同样是米粉，味道却有天壤之别。陈长安说不上来为什么喜欢泡粉，可一想到浸在猪骨汤里热腾腾的泡粉，再加上几块鲜嫩的猪肺，就不由得舌下生津。

吃完外卖，陈长安也不急着回家。跟他同住一个小区的大专室友小王已经出差快一个月了，等小王回来，他们得去看一场电影放松一下。

在别人看来，两个 90 后小伙子结伴去电影院看电影似乎有点别扭。陈长安却认为这再正常不过了。平时久坐不动的他，其实除了看电影本身，更享受跟小王从小区散步到电影院的路上无拘无束聊天的过程。聊天的话题也许是自己刚给手游里的角色氪金换了新皮肤，也许是另一个大专室友也准备搬进他们住的小区，聊到兴起打电话约他一起吃饭。

陈长安跟小王似乎有聊不完的话题，即便有时候两人都不出声，各自做各自的事情，也会觉得心里特别踏实。这是他在读大专谈恋爱时也未曾感受过的。

陈长安的恋爱平淡无奇，女朋友是从小学到高中的同学，读大专时他们确立了恋爱关系，毕业工作时这段恋情画上了句号。他至今也说不清分手的确切原因，也许只是各自感受不到想要的。至于想要的是什么，他至今也没想明白。

小王和其他几个大专同学跟陈长安一样，对谈恋爱敬而远之，他们都觉得现在谈恋爱还为时尚早，尤其是来了大城市工作，谈恋爱更像是一种负担。

陈长安现在的首要目标就是“能够在上海存活下去”，至于未来，也许他会如愿成为一位自由设计师，就像少年站在抚州的吉和塔顶层眺望远方那么自由，毕竟那时的陈长安，还不识愁滋味。

21：00

“再美的花朵盛开过就凋落，再亮眼的星一闪过就坠落，爱本是泡沫，如果能够看破，有什么难过。”尚鹤楠哼着邓紫棋的《泡沫》收拾了一下办公桌，穿上外套、拿了手机，下楼去等网约车。

经过一楼大堂，她瞥见旁边健身房里一群年轻人在跳着姿势奇特的舞蹈。

尚鹤楠业余时间从不去健身，几乎全都花在约朋友吃饭唱歌上，早几年至少每周一次。用她自己的话说，浪了这些年以后，她似乎什么也没留下，除了一身肉，就是支付宝、信用卡积分。

她觉得这么过一辈子也没什么不对，直到2019年2月她父亲的眼睛出问题，才改变了她的想法。刚开始，家里人以为她父亲就是年纪大了、视力退化，可是没几个月，情况越来越严重。

尚鹤楠和姐姐在6月把父亲从河南商丘老家接来上海，去五官科医院做了检查。检查结果是眼角膜、眼球、眼底都没有问题。医生再做进一步检查发现她父亲是象限盲，也就是视野里某一个区域看不见。五官科医院的医生说这应该是神经受损导致的，让他们去综合性医院再看看。

他们挂了综合性医院神经内科的号，做了四次核磁共振。医生最终确认尚鹤楠父亲的眼疾是脑梗导致压迫视神经引起的，而病人自己都不知道什么时候发生过脑梗。医生说，时间隔得太久，病灶周围神经已经坏死了，只能靠药物维持现状。

听到医生的诊断，尚鹤楠心里"咯噔"一下，她怎么也没想到父亲会遇到这么严重的疾病。

同一时期，尚鹤楠的同龄好友告诉她，自己母亲得了胆囊腺癌，发现时已经是晚期，按照医生的说法五年存活率也就是个位数。

尚鹤楠突然感到汹涌而来的"90后危机"，她得为父母养老未雨绸缪了。如果家里要用钱，自己还是只有支付宝、信用卡积分，那该怎么办？

可是尚鹤楠也意识到，自己大手大脚花钱的习惯一时半会儿也难以完全改掉，最近几个月已经把吃饭唱歌的活动频次降到一个月一次，除此以外她还想出更狠的办法——买房。

尚鹤楠没有上海户口，在这里买不了房，她就琢磨着在商丘市中心睢阳区给父母买套商品房。她托商丘的朋友帮她物色了一个不错的小区，2021 年交付的期房，每平方米一万多元。她算了算，买个 100 平方米左右的房子，首付加上税费大概 40 万元，她只要能凑出首付，后面 20 年的商业贷款，以现在的收入来看还贷没什么压力。

至于首付，尚鹤楠除了手头有几万元的现金，从父母、姐姐和朋友那里凑一点钱，再加上她还有低息网贷的额度，基本就能凑齐了。

不过尚鹤楠的一个上海朋友提醒她，商丘不是人口流入型的城市，这个房价是支撑不住的，建议她要买房的话还是考虑上海周边地区。

摩拳擦掌打算在商丘买房的尚鹤楠又开始犹豫不决，如果商丘的房子真的不能保值增值怎么办？如果在上海周边买房，父母不愿意离开商丘怎么办？如果在还贷的 20 年里，自己遭遇失业怎么办？

有人说“上帝使人疯狂，必先让其买房”，现在的尚鹤楠并没有疯狂，她只是觉得该认真规划一下未来了。

22：00

岑栋梁公司的早班编辑和晚班编辑各有四个人，每个月会轮换班次。为了节约成本，这个编辑部区域的工位就只有四个。

每晚十点后，晚班编辑需要编辑发布的信息就很少了，所以他们会提前下班，轮流由一个编辑回家再更新财经资讯到午夜零时。

这天轮到岑栋梁站最后一班岗，三个编辑同事陆续下班，偌大的办公室里只剩下他。百无聊赖的失落感悄然而生，他不甘心在这个没有多少工作压力的岗位长做，没有压力也代表着没有发展空间。跟他共事的几个 90 后编辑工作表现相差无几，年底加薪也差强人意。

有时他会想，那个跟他拿差不多薪资，却在新天地附近租房的同事是不是家里有矿？可是他知道自己家里没矿，他想要有美好的未来只能靠自己打拼。

岑栋梁计划 30 岁结婚，对他来说还有三年的准备时间，然而现在连女朋友的影子也没见到，这个计划的可行性似乎不容乐观。

2019 年春节回宜春的时候，家里给岑栋梁介绍了一个相亲对象，是他舅妈朋友的女儿。舅妈在他面前猛夸了姑娘一番，但凡能想到的方面没有不好的。这些夸赞岑栋梁一时也难辨真伪，不过舅妈拿来的照片中人倒蛮漂亮，岑栋梁难免有点心动。

可是这姑娘平时在广州工作，如果真的和她恋爱，要么岑栋梁去广州，要么姑娘来上海，要么小两口双双把家还。可是岑栋梁好不容易在上海浅浅地扎下根，他是说什么也不会现在离开的；而姑娘为了一个素不相识的相亲对象，从广州到上海找工作也并不现实；两个人都回到宜春结婚生子，则是岑栋梁最不想要的选择。还是不见为好，岑栋梁把想法告诉了舅妈和父母，这件事情也只能作罢。

相亲这种事情，就像赶地铁，这班没赶上，那就过去了，只能再等下一班。要回家继续工作的岑栋梁坐在 8 号线空空荡荡的车厢里，掏出手机打开股票交易软件，看了看他重仓的一只股票当天的收盘价。其实收盘价他在下午上班路上已经看过了，当天的涨幅还不错，不过要把之前另外一只股票割肉的损失补回来，可能还要假以时日。

如果炒股也能像他在家里玩《英雄联盟》时操纵英雄盖伦那样该多好，皮实易用、简单粗暴，几乎“脸滚键盘”就能决胜沙场。

跟岑栋梁一样喜欢英雄盖伦的玩家也许并不在少数，他想起前些天读过的文章，结尾就用了英雄盖伦的经典口号“人在塔在”。岑栋梁知道自己的“塔”就在上海，他的“人”绝不会轻易撤离战场。

载着岑栋梁驶向芦恒路站的 8 号线列车在苍茫的夜色中飞驰，窗外远处点缀着稀疏的灯光，再过一个多小时，崭新的明天又会按时报到。

吃饭按摩瑜伽密室，了解一下？

顾　斌

“歌后徐莺音” 的幕后生活

“你跟我说清楚，这是怎么回事？”刚闯进这间旧上海风格卧室里的几个男人中，领头的那个“凶神恶煞”地威问徐莺音。

在名利场上早就见惯了魑魅魍魉的徐莺音气定神闲，柔中带刚地开腔道：“哎哟，各位军爷，这大晚上的，你们一闯进来就这么大呼小叫，恐怕不太合适吧！音音好歹也是上海滩大名鼎鼎的歌后，这个点给你们开门是看了严掌柜的薄面。你们要是再这样，音音可得送客了。”“歌后徐莺音”的香闺并不在寸土寸金的“法租界”，而是坐落在轨道交通 7 号线和 12 号线的龙华中路站 5 号出口处。这个杜撰的人物是某沉浸式主题游戏馆的主题游戏《红色》中的一位 NPC（Non-Player Character，非玩家角色），公开身份是 20 世纪三四十年代的上海滩歌后。饰演这位“歌后徐莺音”的姑娘叫范雨彤，1995 年出生在距离市中心更远的崇明岛。

2019 年 10 月，范雨彤第一次来到 GIR 面试 NPC 的职位。当时让她饰演的 NPC 并不是《红色》里的徐莺音，而是另一个主题游戏《返校 · 台南旧案》里的 NPC 李纪美。

拿着李纪美的台本，范雨彤照着念了一遍，念到动情之处一大颗眼泪夺眶而出，可算是声情并茂。面试毫无悬念地通过了，让范雨彤出乎意料的是 GIR 徐汇馆负责人 Gino 告诉她，最适合她的角色不是内心压抑的李纪美，而是收放自如的徐莺音。

沉浸式主题游戏中的 NPC 除了剧情设置的“标准言行”，更要考验演员的临场应变能力。这对于想要演活说话八面玲珑、做事滴水不漏的“歌后徐莺音”的范雨彤来说，是个不小的挑战。

“音音小姐，你妈妈叫什么？”在范雨彤刚接下徐莺音的角色进行演练时，导演以玩家身份问她。

范雨彤当时就愣住了，拼命想着怎么回答这个问题，是临时编一个名字，还是假装没听见玩家的问题？

导演看出范雨彤的窘迫，就教她可以这样说，音音小姐是妈妈一个人带大的，跟着妈妈姓徐，至于妈妈的名字与这个案子没有任何关系，各位也就不必深究了。

当导演和现场其他同事被范雨彤的窘迫逗笑的时候，有那么一瞬间，范雨彤想到自己的身世，她与徐莺音恰恰相反，从小就“没有”妈妈。

范雨彤的妈妈是安徽人，1994 年在上海打工时认识了爸爸。

两个人决定结婚就辞去上海市区的工作，一起回到崇明生活。然而好景不长，由于农村生活条件的落差和随之而来的家庭矛盾，父母在她出生没多久就离婚了。随后，她母亲改嫁到崇明当地另一户人家。

范雨彤从小到大都是跟着爷爷、奶奶、爸爸一起生活。有时候她会问奶奶，自己的妈妈在哪里？奶奶只是安慰她，不用去想妈妈，妈妈要是想她，就会回来看她。

范雨彤记得她五六岁时，爸爸总是借酒浇愁，有时甚至酒后跟人打架，以此来发泄对生活的不满。范雨彤渐渐长大，她也渐渐越发难以原谅那个狠心抛弃她的妈妈。

2008 年，在初中上体校的范雨彤获得了全国青年赛艇锦标赛女子单人双桨两公里决赛亚军的成绩，本来计划在 2010 年参加上海市第 14 届运动会的赛艇比赛，如果获得前三名就有机会进国家队。

可是就在距离比赛还有两周的时候，范雨彤的爸爸不幸因病离世。15 岁的姑娘一时无法从巨大的痛苦中抽离，退赛成了无可奈何的选择。通向职业运动员生涯的大门就这么关上了。

范雨彤爸爸离世的前一年，她的爷爷也因病去世。这时候，她身边的亲人只剩下奶奶，她们还不得不面对两位亲人因为治病欠下的将近 50 万元的债务。走投无路下，奶奶只好以不到 20 万的价格卖掉了崇明农村的房子，归还了部分债务。

初中毕业的范雨彤考进上海某中职学校读商务英语专业。为了减轻奶奶的负担，她从刚进学校没多久就开始勤工俭学，先是在学校附近莲花路立交桥上摆摊卖洋娃娃，没赚到什么钱，后来又去做过礼仪模特、化妆品柜台促销员、电视综艺节目拍手观众。

给东方卫视“百里挑一”节目做拍手观众时，范雨彤结识了一个嘉宾姐姐。得知范雨彤的身世之后，对方推荐她去参加东方卫视的另一档节目“我心唱响”。

2012年4月播出的那期“我心唱响”节目中，范雨彤演唱了一首《心疼》献给她“唯一”的亲人奶奶。出人意料的是，节目组把她的另一个“亲人”——妈妈接到现场。这是范雨彤记事以来，第一次看到自己的妈妈。

然而这次相见丝毫没有久别重逢的喜悦与温馨，妈妈认为那段失败的婚姻都是公公婆婆的错，并且告诫女儿不要再打扰她现在的生活。听到妈妈说的这些话，范雨彤失望透顶，心里发狠道，她才不想再见这个女人。

虽然这期节目没能让母女和解，但是却为范雨彤打开了通向演艺道路的大门。2013年，她从上海西南工程学校转入上海戏剧学院附属戏曲学校。

奶奶当时并不赞成她转校，觉得像她们这种穷得在村里都被看不起的家庭，要后台没后台，要背景没背景，要钱也没有钱，去了能有什么前途？不如在原来学校读到毕业，找一份安稳的工作。

范雨彤可不想再失去这次难得的机会，她向奶奶保证，给她一年时间，看自己能不能负担学习生活费用。如果试过了不行，那就听奶奶的，放弃她的演艺梦想。

2013 年 9 月，范雨彤进入上海戏剧学院附属戏曲学校开始学习影视表演，每周五下午没课她就到处试镜，有时候一下午会从浦东赶到嘉定，又从嘉定赶到松江，往往一个剧组都不要她。

现在回想起那段处处碰壁的日子，范雨彤才知道刚刚起步的艰辛跟从高处跌落下来的困苦比起来根本算不了什么，用她读过的《活着》里面的一句话说，“绝望是不存在的”。

2018 年 10 月，在跟自己毕业后签约的经纪公司解约一年多之后，范雨彤经不起演艺界朋友的鼓动，去北京开了自己的公司。当时的范雨彤已经参加过不少全国各地卫视的综艺节目，也主演过一些影视剧作品，谈不上大红大紫，不过靠这几年工作的收入，她帮家里还清了债务，并且还有了盈余。

有点“膨胀”的范雨彤没想到的是，她的公司接连两个项目，都因为她不谙世事，在合作方式、合同条款上吃了亏，结果不但没赚到钱，还把自己手头十多万积蓄赔光了。

再次一贫如洗的范雨彤变成“歌后徐莺音”，每天七点半起床，从奉贤租住的房子花两个小时赶到龙华中路站上班，晚上到家基本都在11点以后，每个月休息的六天她还要到处去试镜，忙得就像是赶通告的“歌后”。

对于孙女现在的状态，奶奶却感到高兴，每天都有事做，有一份5000元左右的收入，再能找到一个合适的对象那就别无所求了。

不过奶奶不知道，其实孙女心里的演艺梦想并没有破灭，她现在只是蛰伏着，等待一个合适的机会出现，就像“歌后徐莺音”蛰伏在灯红酒绿的上海滩。

日料餐厅服务员

1990年出生在民歌大省云南的佘俏俏特别喜欢唱歌，她喜欢唱的并不是云南民歌，而是粤语歌，比如Twins的《死性不改》、刘德华的《17岁》，都是她歌单里百唱不厌的保留曲目。

本来初中毕业后她想去职校学习声乐，即便不可能成为“徐莺音”那样的歌后，至少唱歌能帮她抵御生活的乏味。可是上天跟她开了个玩笑，当年那所职校报考声乐专业的只有她一个人，结果她不得不转到旅游管理专业。

转去旅游管理专业，她想做个导游也不错，游山玩水、自由自在，可是没想到课程偏重酒店管理。这家职校跟上海工商信息学院联合办学，佘俏俏在毕业前到上海的酒店实习了两个月。

19岁的佘俏俏在人生地不熟的上海待不住，毕业之后就回了文山，在当地酒店干了三年前厅接待和收银的工作。干得没意思，她又去亲戚家开的网吧做了三年收银员。

之后，她在当地一个摄影工作室学化妆，做化妆助理。做化妆师多好呀，工作环境好，又比以前的工作轻松自由，唯一的缺点就是每月1000多元的收入实在有点说不过去。于是佘俏俏就琢磨着自己开一个化妆工作室，筹划了半天父母也拿不出本钱来支持她，她想想还是算了吧，就像当年学不成音乐，人生不如意事常八九嘛。

佘俏俏工作七八年没挣多少钱，不过手头宽裕的话，她还是喜欢游山玩水。2017年10月，她来上海找妈妈朋友的女儿玩，本来玩一个星期就该收心回家了。可她准备要走的时候，对方劝她别离开："你不留在这边打工回去干吗？回去化妆那点工资能干什么？不如就在这里找个包食宿的公司，每个月还能赚几千块钱。"

她想想觉得这话有道理，不如在上海找工作试试看。通过老家在外打工的朋友，她打听到静安寺108美食广场有家日料餐厅招聘服务员，就去应聘了。

那家店包吃包住，工资3800元，过三个月可以涨到4200元，对佘俏俏的唯一要求就是勤快。她心想自己没有做餐厅服务员的经验，不过勤快是没问题的，要知道毕业工作以来她还从来没赚过那么多钱。

这家店没有专门的上岗培训，佘俏俏就跟着店里服务员学点菜、上菜，闲的时候研究菜单熟悉菜品。她记得女店长人挺凶的，据说考过日语等级，工资比她们服务员高得多。每天下午休息的时候，店长会教大家日语，一共12句日常用语，让服务员在小本子上记下拼音，旁边再标注翻译出来的汉字。比如“yi la xi ya yi ma si”旁边，佘俏俏就会记下“欢迎光临”这几个汉字。

光临的客人太多，佘俏俏就有点欢迎不过来了，毕竟她们这家能够容纳几十位顾客的餐厅，全职服务员就只有两个人，外加三个兼职服务员。除了连轴转的忙碌，她也难免受些窝囊气。有的客人要添水加菜，叫了几次其他服务员都被敷衍过去，等到佘俏俏上去服务，正好撞在火山口上被训斥了一顿。她一转头，眼泪就止不住掉下来，想要不还是回家得了。

2018年4月，在上海做了半年餐厅服务员的佘俏俏回到文山，又开始有一搭没一搭做起了摄影工作室的化妆师，工资降回1000多元。没多久，佘俏俏发现在上海养成的“高收入高消费”习惯的“戒断反应”来了，化妆师那点工资很难满足她对生活的要求。

2019年2月，她找到现在这份工作，静安寺晶品一家主打日式鳗鱼饭餐厅的服务员，每天10：30到14：30忙午市，16：30到22：00忙晚市，每周休息一天，餐厅包食宿，每月能到手4400元薪水，比她上一份在上海的工作又多了200元。

面试那天，佘俏俏跟副店长很谈得来，副店长和她同年，比她大几个月。下午面试，当天晚市佘俏俏就留下来帮忙。直到晚上打烊，副店长拖着佘俏俏的拉杆箱带她去餐厅附近的员工宿舍。佘俏俏在副店长身上仿佛看到自己姐姐的影子。

有了之前的经验，佘俏俏在这家店的工作很快就得心应手，只是待她像妹妹一样的副店长因为生病，没过几个月就辞职离开了。佘俏俏和室友也因为一些不值得提起的小事结下了梁子，在之后的工作中难免针锋相对、借题发挥。

其实，佘俏俏对打工遇到的种种委屈已经看开了不少，这次来上海打工，她本来也没有打算长期待下去，2020 年也许是她打工的最后一年。

她计划去学做奶茶，希望能回文山开个奶茶铺，也希望家乡的男朋友信守承诺娶她回家，这两件大事最好都在她 30 岁这年完成。每当休息日骑着共享单车去外滩散心，佘俏俏面对开阔的黄浦江就忍不住憧憬未来，她相信“计划没有变化快”，不过也相信“船到桥头自然直”。

怀揣摄影梦的 SPA 技师

在佘俏俏从外滩眺望浦东陆家嘴“三件套”的时候，与外滩隔江相望的滨江大道上有个跟佘俏俏一样曾经学过化妆的姑娘，捧着一台崭新的索尼 α73 单反相机拍摄着两岸的风景。

姑娘叫戴梅，她手里这台相机是2019年11月购置的，机身、镜头、稳定器加上其他一些杂七杂八的配件价值2.7万元，由于是网贷买的，这些装备连本带利一共花了三万元。

相机摄影爱好者圈子里有句调侃的话叫“摄影穷三代，单反毁一生”，即便如此，戴梅买下这人生中的第一台单反相机也无怨无悔，这是实现她人生梦想的关键一步。

1995年12月，戴梅出生在冰天雪地的黑龙江，她的家乡距离哈尔滨不远。从六岁开始就在寄宿学校读书的戴梅很有自己的主见。读书读到高一，她决定退学。

戴梅家在农村，经济条件并不好，每每学校收取费用时，她爸爸就会骂人。这让戴梅下定决心自力更生，尽早摆脱家庭束缚。

退学之后的2012年，戴梅去沈阳学彩妆，学了有半年光景，她爸爸又不愿意出学费了。她只好去哈尔滨打工，把学彩妆剩下的学费交了。

当时，戴梅在哈尔滨一个不太出名的明星开的自助烤肉店里做服务员。每天工作12小时，沾了满头满脑的烟火气，一个月工资也才2200元。

好不容易学完彩妆课程，戴梅开始在沈阳一些影楼找化妆助理的工作，可是一看条件，月薪800元左右，还不提供食宿，这让她根本无法生存。无奈之下，只能转行去东北最热门的洗浴行业做浴场收银员。

戴梅在大连工作的那家浴场，收银员工作一天休息一天，月薪3000元左右，乍一看还不错。可是那工作的一天是真正的一天24小时，戴梅仗着年纪轻熬了几年，也终究熬不住了。

在网上看招聘信息时，戴梅发现上海SPA技师收入高，能有6000~8000元，还不用24小时上班。2016年底，戴梅抱着试试看的心态告别了有暖气的东北，带着5000元积蓄来到在室内都不敢脱外套的上海。

她应聘的第一家SPA馆，让她学习了半个月还迟迟不准上岗，眼看着手头积蓄就要耗尽，她赶紧换了另一家，培训一周左右就上岗了。

所谓“看人挑担不吃力”，戴梅真的成了SPA技师之后，才发现干这行并不比之前的工作轻松多少。每天工作时间也要12个小时，没有底薪，完全靠按摩时长提成。客人多的时候，给客人按摩完，客人是轻松了，自己累得半死；客人少的时候，得在技师休息室里待着，除了玩手机外无所事事；而有些轻佻放肆的客人，最让她敢怒不敢言。

戴梅一度很委屈，为什么要干这样一份工作，除了累还不被人尊重。就连她父母也被蒙在鼓里，以为她在上海还是做着浴场收银员的工作。不过看着储蓄账户里数字的增长，她又会安慰自己，“路是自己走的，就没必要后悔，看前面就好了”。

戴梅有一个大目标，那就是买房。对于很多90后月光族来说，靠自己几年的工资收入买房简直是痴人说梦。可是戴梅在上海工作不到三年时间，就靠自己的收入在家乡县城买了房。

2019年3月，戴梅用六万元全款买了这套58平方米一室一厅的二楼商品房，她尤其喜欢朝南的大阳台。

即便在县城买了房，戴梅也没打算将来回去生活。买房只是她激励自己努力工作的一个目标而已。

对于网络上热炒的全国各地居民去鹤岗买房这件事情她很费解，不明白那些人怎么能习惯在东北生活。而她这个地道的黑龙江人最喜欢的东北城市，却是最不像东北城市的大连。

戴梅的下一个大目标就在大连。要说起这个目标，源于她去无锡游玩时拍摄的一套汉服写真。给她拍写真的是个跟她年纪差不多的姑娘，在家里支持下开了摄影工作室。平时就喜欢用手机拍照的戴梅突然想到，自己学过彩妆，又对摄影有兴趣，为什么不去尝试开个摄影工作室呢？上海生活成本太高，不太适合她的计划，大连生活成本较低而且也洋气，也许正是她实现创业梦想的地方。

当她跟上海结识的闺密谈起这个想法，闺密举双手支持她：“人就活这一辈子，想要做什么现在就去做，不要等到七老八十了还没做，这一辈子就白活了。”

戴梅开始系统学习PS（Photoshop图像处理软件）、PR（Premiere PRO 视频制作软件）的网络课程，2019 年 7 月，又花 5000 元买了一台华为笔记本电脑用来处理图片、视频。

那之后的几个月，浦东八佰伴商圈一栋商务楼的 SPA 馆不到两平方米的技师休息室里，戴梅会趁着没有客人的间歇听网课、记笔记，有时候回家还会剪辑几段片子上传网站，常常不知不觉忙到凌晨三四点。

2019 年 11 月，戴梅决定买个单反相机。她想，如果买个几千块钱的相机，未来自己开摄影工作室的时候还要更新换代，不如直接买个适用的。于是，趁着“双十一”她下定决心购入。当初买房都没申请贷款，这次买了单反相机倒开始每月还贷了。看着每月的账单，戴梅就在心里给自己鼓劲，“人生总得有点事情做，要不然赚钱也没动力了”。

春节过后，戴梅跳槽去了另一家待遇更好的 SPA 馆，她还有很多事情想要尝试，比如按摩时跟客人聊天聊到能够“以弱胜强”的巴西柔术，还有“无拘无束”的空中瑜伽。

瑜伽馆教练

修炼瑜伽能不能让人“无拘无束”，盘腿坐在瑜伽教室里的程阿飞根本无暇思考。

就在五分钟前，程阿飞的师傅让他代上这节流瑜伽课，“按照我教给你的，能上到哪儿就上到哪儿，不要管会员，你就拿着本子去上”。

面对表情微妙的八九个会员，程阿飞硬着头皮开始自我介绍。其实他不介绍，那几个老会员也知道他是谁，这小屁孩不就是这家瑜伽馆老板的学徒吗？平时她们来上课，程阿飞不过是给她们端茶送水的。

要不是上这节流瑜伽课的老师临时来不了，自己师傅又正好有一节私教课，程阿飞是不可能在学瑜伽还不到一个月时间就被赶鸭子上架的。

这节课还没上到一半，有五六个老会员就开始无声地抗议了。程阿飞喊的是“战士第一式”的口令，她们自己做起了“战士第二式”。他也不敢去纠正，只能盯着放在瑜伽垫旁边的本子照本宣科。

这节在青岛崂山区一家小瑜伽馆里的流瑜伽课，是程阿飞作为瑜伽老师给别人上的第一节课，那年他 15 岁。课后师傅并没有批评心情沮丧的程阿飞，反倒说他第一次上课，能坚持下来已经很不错了。

1999 年出生在安徽阜阳的程阿飞，从小跟爷爷、奶奶一起过日子。他的父母带着弟弟在温州打工。程阿飞 11 岁的时候被送到定居青岛的小姨家，在青岛读完了初中。

在青岛读大学并留下来工作的小姨当时已经是一名瑜伽老师，她看程阿飞读到高一很费劲，就想不如送他去学瑜伽，今后可以在自己开的瑜伽馆里授课。于是2014年，程阿飞被送到青岛崂山区的瑜伽馆，跟随去国外进修过的瑜伽馆老板学习。同时辍学的阿飞弟弟，也被小姨送到青岛另一家瑜伽馆学习。

经历了第一次上课的打击后，程阿飞愈加努力学习体式、口令和授课需要注意的各项要点，随着学徒期多次义务授课，几个月后，他已经能顺畅地完成一节流瑜伽课了。

当初小姨送程阿飞去学瑜伽，帮他垫付了8000元学费，程阿飞去其他瑜伽馆带课赚了钱，就要把这笔学费慢慢还上。

2014年前后，青岛的瑜伽老师上一节课的课时费一般是60元，可就是这60元的课时费，对程阿飞来说也不那么好赚。他去其他瑜伽馆面试，大馆看他没有认证证书直接拒绝他；小馆课时费更低，而且也排不了多少课。

有一次，他去一家小馆面试，女店长问他多大年纪，想到如果照实说对方大有可能不录取他，他便谎报自己20岁。关于年龄，女店长睁一只眼闭一只眼没有拆穿他，让他试教一节40分钟的流瑜伽课。试教看着还不错，就同意给他排点课。

程阿飞在青岛四处走穴上课将近一年，每个月的收入也不过1000多元，刨去交通成本，没有赚到多少钱。

2016年，程阿飞17岁。他决定去进修RYT（Registered Yoga Teacher 全美瑜伽联盟注册教师）200小时的阿努萨拉瑜伽认证课程。

课程是北京朝阳区的一个瑜伽教培机构开设的，学费需要两万元。程阿飞自己只有一万元积蓄，就问小姨借了一万元。到了北京，他一想要是把两万元都交了，他后面这一个月的吃住费用怎么办？于是他跟教培机构的人商量，能不能先交一万六，剩下的4000元等毕业出去授课赚钱了再补上。那人居然答应了程阿飞的请求。

这次培训请来的老师一共有四位，其中最有名的就是来自美国的阿努萨拉瑜伽导师Benjamin Finnerty，这次培训让程阿飞不仅在体式上得到了提升，也打开了瑜伽修炼的视野。

培训过程中，程阿飞的同学里有个大他十岁的贵州姑娘，结业后去宁波担任了一家瑜伽馆的店长，把程阿飞也叫了过去。可是那家瑜伽馆生意不太好，贵州姑娘回到家乡遵义，开了一家中医养生和瑜伽结合的会馆。这个项目尝试了一年，终以亏损而夭折。

程阿飞在遵义待了一年，他想还是应该去大城市找机会。遵义的同学也支持他，建议他去连锁型瑜伽会馆做老师，这依然需要参加培训。

2018年底，程阿飞踏上新一轮培训旅程。程阿飞之前已经有了几年教学经验，也曾经接受过RYT200小时的认证，只学了一个月就当上了每月3000元工资的助教。

培训地点位于山区，生活充实而规律，要不是考虑到家庭的经济状况，他更愿意无拘无束地多待些日子。

程阿飞家在安徽阜阳的农村，整个家庭的收入来源主要靠他妈妈一个人。在读书时，每年放暑假，程阿飞都会去温州。他亲眼见证妈妈每天操劳十几个小时，清晨摆摊熬豆浆卖早点，白天卖水、卖冷饮、卖西瓜，一直到晚上做完夜宵生意才收摊。而爸爸在程阿飞眼里则是个不肯勤勤恳恳赚钱的人，不但不帮妈妈的忙，还要问她要钱搞各种华而不实的事情。那几年程阿飞见到他都不愿意叫爸爸，而是直呼其名。

对程阿飞来说，他赚的钱越多，妈妈的负担就越小。2019 年 10 月，程阿飞来到距离他家乡最近的一线大城市——上海。

程阿飞在连锁瑜伽馆的两个分店上阿斯汤伽瑜伽和腰膝理疗，每周有 20 节课，月收入 7000 多元。虽然收入在同行业内并不算高，不过新人工作前几个月可以免费住公司宿舍，程阿飞暂时还没有太大的经济压力。

不过程阿飞知道，做瑜伽老师是个“高危职业”，倒不是说练习时容易受伤，而是行业竞争非常激烈。状态不好、会员不喜欢教学风格，报课的人就会减少，馆里也会减少排课，直接影响收入。“瑜伽老师必须得有实打实的东西，要不断学习，不然很难在瑜伽馆获得上课机会。”

为了保持竞争力，程阿飞打算在 2020 年春节以后重拾英语，让他能在参加外籍瑜伽导师培训时更好地领会其中精髓，他也计划在两三年里通过阿斯汤伽瑜伽二级的认证，为之后挑战最高难度的阿斯汤伽瑜伽三级认证打好基础。

在自己的瑜伽之路慢慢步入正轨的同时，更让程阿飞感到宽慰的是，妈妈跟着二姨去了一家温州的鞋厂打工，每天工作时间规律，不用那么操劳了。而爸爸回到阜阳做起小生意，不再向妈妈伸手要钱。程阿飞自己也交了女朋友，是馆里的瑜伽老师。

对于未来，程阿飞并没有太多物质上的规划，他只想把握当下平平淡淡、简单惬意的生活。有了家人的陪伴和支持，哪怕只是开着电瓶车赶去上课，他内心也能获得平静喜乐。

霓虹下的清冷

陆　愉

宇娜2016年从东南沿海的小镇来到上海，背着一张硕士录取通知书和百万元家庭债务。2018年毕业，因男友要考老家公务员而分手。2019年，还完读研的学费，还剩几十万元家庭债务。2020年，她遇到一个适合结婚的男生，犹豫着是否要开启一段不那么快乐的恋爱。

她不敢恋爱，习惯了一个人处理所有问题，甚至男生主动请她吃饭都有些别扭。她不时想起春节总是一个人拖着滑板，疾驰在沿海小镇杳无人烟的街道上。空气和暖，飘浮感格外真实，真实到她不禁问自己，漂泊于大城市，是否只是在追求一种虚妄的精致生活。

被命运拉动的成长

“欠债还钱天经地义！”

“这是你的工作，你不要找我，你干这行的自己想办法完成它。”

“父债子还！你这个不孝子！”

“我是不孝，关你屁事！”

当室友问起宇娜为什么她总是早出晚归，为什么要做那么多兼职，那些谁也听不懂的方言电话到底在讲什么，她总是如鲠在喉。

家里出事之前，宇娜从来没有过“没钱”的概念，她一向是生活的小镇里比较有钱的那个。她出生在福建省一个群山环绕的小县城，工厂密集，老式低层住宅楼像20世纪日本乡下电影中的景象。除了公务员，大部分人在工厂里做事。

镇子里的三所小学按学区划分，宇娜是农村户口，分到了当地一所贫穷的小学，从没听说过哪家孩子有钢琴舞蹈这样的才艺，她对同学们最清晰的辨别方式是父母的单位——在哪个厂子里做工。她从未对外面的世界产生过好奇或羡慕，因为她没有走出过这个镇子，“根本不知道城市是什么样的”。

而对于宇娜的父母，从农村走向城镇，已经是他们能够奋斗的极限。宇娜小时候在渔村生活，妈妈在工厂做陶瓷女工，爸爸在建筑工地搬砖。爸爸初中文化，话少、腼腆，但比所有工人都勤奋，一步步被提拔为小工头、大工头，最后独立承包一些盖楼、修路的工程。宇娜五岁时，妈妈生下弟弟，做了几年全职太太，又回到工厂继续做工。

宇娜上小学时，家中买了电脑。学校里的电脑课都是两个学生共用一台操作，宇娜的同桌报告老师，宇娜不用练习了，因为他们家有电脑。宇娜火气一下子蹿上来，又迅速冷却，想着家里确实有电脑，在家庭收入普遍较低的同学中间，他们居然“有房有车”——自购的商品房和送货的卡车，这让她很满足，甚至有些骄傲。

高一时，她第一次走出小镇；高二时，坐飞机来上海看世博会。宇娜涌进外滩和世博园密密麻麻的人群，还第一次坐了地铁。看了地铁车厢内纵横交错的线路图几秒，“我那时意识不到上海的十几条地铁线和我们家一条公交线有什么分别，主要不会对眼前这座城市有任何非分之想……毕竟，我只是来旅游的”。

“我一直觉得我的成长是落后于同龄人的。选专业，选工作，我都不知道哪个是好的，做什么是赚钱的，没有人和我交流过这些。”高考后开始报志愿，她才知道，除了清华北大之外，一本院校也是有等级的。她一条一条对照招考宝典，对自己填报的“广播电视新闻学”的概念就是在网上查到的“培养广播电视新闻行业高端人才”，她抱着宝典和爸爸解释，爸爸听得也懵懵的，淡淡地回了句，“报什么都行，别离家太远就好”。

大学时，她卖过房，卖过车位，最自豪的是她因为车位卖得好被领导提拔去卖房，这充分证明了自己在社会的打拼能力。大三结束时，她在北京找了份实习，给妈妈打了电话，想要点钱付房租。妈妈没有正面回答，只是说，家里可能真的没钱了。

“哦”，她应了一声，沉默了。她隐隐约约想到家里可能出事了，但家人间总是话很少，相互隐瞒和尊重隐瞒是一贯的沟通习惯。犹豫了一下，她还是决定告诉妈妈，自己保研了，是连续几年以班里前三名的成绩争取到的。妈妈听到竟有些错愕：“保研？什么是保研？”

这个消息宇娜一度不知道怎么开口，爸妈时常过问自己要找什么样的工作，大概也是希望自己能尽快赚钱贴补家用的吧。妈妈打来电话，告诉她无论怎样他们都支持，当然，也没有什么金钱可以支持。

宇娜面试的第一站选了上海的 A 大，学校当天通知她被录取，“我真的要感恩那么快出结果，因为我根本没有钱去跑下一场面试”。

直到保研后回家，宇娜才从弟弟那里知道了个大概。爸爸承包的一个工程，上游老板跑路了，现在工人完工，找不到老板，都去找爸爸催债，大约加起来要 100 万。家里白天黑夜都有人上门逼债，积蓄全部拿出来还是远远不够，爸爸去找那些曾经喝酒谈朋友的叔叔，一家家敲开门借钱，人家都躲得远远的。

宇娜瘫在家里，完全不相信这是发生在自己身上的事，家人间依然心平气和地说话吃饭，亲戚串门也只字不提。大伯上门，和爸爸一阵寒暄后，看到沙发上的宇娜，叹了口气，“宇娜，你干脆出去找个工作好了”。临走前，大伯还是掏出 500 块，叮嘱她拿这个钱可以补贴一些学费，宇娜把大伯送出门，一阵来来回回地推搡，终于推掉了这笔钱。“我知道他不支持我读研，500又不是5000，对我来说又没什么用，那我也不想承这个情。”

就在这个暑假，一家四口被迫搬去了隔壁的Z县。离开，对于宇娜父母来说是思量已久的决定，生意早就停摆，所有时间都忙着借钱和打官司，加上暴力催债，除了出走别无选择。即便如此，爸爸还是拿小本子记下了欠每个人的债款，下狠心一年后这本子上所有的东西都要抹去。

好在家里之前有小打小闹地在Z县做加工包装盒的生意。就在这个暑热的晚上，她和弟弟不情愿地被推上了开往异乡的货车。车上，姐弟俩都沉默着，“我们都知道说什么都没用”。她仔细想了很久，也没想起那天晚上还发生了什么事，“哎，我们全家都有一种很好的能力，就是不愉快的事情，可以完全忘记。”

Z县租住的地方简陋许多，原本是个仓库的两层平房，二楼被改造出来当临时居所。坑坑洼洼的外墙，暗沉沉、光秃秃的墙壁，大小家具随意散落。机器在一楼轰鸣，暑气在二楼蒸腾，因为立式空调费电，全家也很少用空调。宇娜一整个夏天都被烦躁的情绪挤压着——自己马上要交近三万的研一学费和住宿费，本来成绩就不好的弟弟又要转去完全陌生的中学。

开学的第一个月，宇娜就四处询问有没有人申请助学贷款，要不要一起走流程。眼看着一起申请的同学材料都已经准备好，她却迟迟没有把自己的寄出去。宇娜解释，申请需要他们村委会开证明盖章。“村里就这么点地方，我一盖章，全村也就知道了我们家是贫困户。我爸这么好面的人，我们还是村里第一家买上电脑的人，我不愿意盖这个章，会伤害我爸的自尊。”还有一个原因，她现在都搞不清当时为什么会那样想，她觉得自己是有能力赚钱的，那应该有比她更需要这笔钱的人。

开学没多久，宇娜就告诉父母，自己找到了一个“有钱的朋友”，可以向她借钱。这位“朋友”是花呗，自己的额度加上找朋友凑的一万多的额度，基本抵上第一年的学费，但也意味着每个月都要还2000多元。

她要设法让打工的钱覆盖掉每月的还款额，最好还覆盖掉生活费。第一个为她提供工作的，是一家偏重理科辅导的家教中心——这份工作只占用晚上的时间，白天可以去糕点店兼职。幸运的是，她很快从摆糕点的小妹被提升为店长助理。很快，她又找到了一周去做三天的带薪实习。最难的时候，这三份她同时做。

当她拿到一份兼职的工资，会开心地请室友们吃甜点，钱揣在兜里没焐热，就要忍痛去还一个朋友的花呗，并在等待下一份兼职工资到账中节衣缩食地度日。当然，也有一些时候，钱没赚够，只能拆东墙补西墙，借下个月还这个月。遥远的家乡，父母也在加班加点疯狂工作，赚了点钱也会给她贴补。这时，她的生活品质也会有短暂提升。常常窝在被子里看美妆短视频的她，终于能买一支喜欢的口红。

她特别不屑于别人说她“真能吃苦”这样的夸奖，“没有人想选择这样的生活。但是事情发生了，你只能去解决它。我的想法就是：A. 我去兼职；B. 我再兼一份职；或者 AB 都选。每个人都有自己的生活，我只是该干吗就去干吗。”

一年半的时间，宇娜父母挣了近 30 万，加上以前的积蓄和借款，基本还完了劳工工资，准备撤回老家。宇娜想父母之所以能这么快赚到钱，是因为自己的勤劳和他们比根本不值一提。家里的包装厂像个废弃仓库，除了爸妈，只有两个老妈子帮工。爸爸承担了厂里最重的活计，妈妈是厂里最勤劳的女工。有一次，爸爸将原材料运回仓库，为了省钱，没有请搬运工，独自将沉重的木板拖下车。一个没留心，猛地摔倒在地，当场晕了过去。救护车开到医院后，妈妈颤抖着声音对宇娜说，好担心爸爸半身不遂。医生的诊断是腿骨断裂，要求卧床静养。第二天，工厂继续运转，爸爸拄着拐杖出现在作业现场。

远方的隔阂

宇娜换了离公司更近的房子，押一付三后沮丧地对追她的男生说，手里可支配的钱只有两三千了。男生讶异地问，你工作这么久怎么能没有存款呢？宇娜有些错愕，不禁反问，没有存款是一件很不正常的事情吗？她一直觉得存钱对自己来说毫无意义，2019年年中才刚刚把借同学的花呗还完，靠存款买房堪比赤手摘星，不如让生活过得稍微好些，如果能剩下一点小钱，就买买理财产品。

2020年1月，过年回家这事儿，想，也不想。宇娜记忆里的家乡，山峦起起伏伏、一条小河贯穿全城，连接着外观趋同的低矮建筑。1路公交车缓缓行进，去哪儿都不算方便，但路走得安心。如今，最高层建筑已经拔到30多层，商业区四处林立，原本大城市才有的影视购物城也纳入了建设规划。“我生活20年的地方，现在要开导航。”

同班同学的富足或安心，好像都离她很远了。有男生卖家乡工艺品创业成功，兴奋地谈论着自己和千万级老板的饭局；有闺密考上了法院，现在已经升了法官；有同学考上市区的公务员，清闲又稳定。他们都有房子——自己买的或者父母买的。但宇娜还是喜欢上海不那么安稳的工作，和虽然是租住但可以布置得很漂亮的小窝。

班委组织的大型同学聚会，她时常觉得尴尬。有同学夸赞她衣服好看，问她是什么牌子，她回答是优衣库，立即引来同学的羡慕，“哇，你看在上海的人才能穿优衣库。”宇娜苦笑了一下，她很想告诉同学，优衣库的T恤打折时才四十几块，穿打折优衣库的她，其实在上海混得很差。

班级微信群里，她是为数不多的活跃分子，婚恋是常聊常high的话题。有次，有个男同学@她，“宇娜，你很好嫁哦，因为你有个弟弟”。宇娜尴尬地附和着，心里冷笑了一下，“难道我好嫁只是因为有个弟弟？”

宇娜生活的县城，很多家长有着根深蒂固的婚育观：对象可以换，老祖先的根基不能断。二胎政策落地前，如果家里只有一个女儿，往往要找个可以“联姻”的男生，生下来的孩子随女生姓，入女生家的族谱。政策落地后，就要提前立好规矩，一胎跟谁姓，二胎跟谁姓，两家先挑好，不保险可以去公证处公证。妈妈时常和宇娜絮叨着，你看你多好，有个弟弟，要不然也得去联姻呢！你看别家谁谁谁，头胎是女孩，结果二胎生了男孩，就算公证过该跟谁姓，对方（得了女娃的那家）也要去医院抢孩子呢。

宇娜读大学时，表姐有了心仪的对象，那时二胎政策还未开放，表姐是方家独生女，对象是吴家独生子，不能“联姻”，分分合合好多次。表姐深夜痛哭流涕时，宇娜就睡在她旁边，沉默地陪着表姐，想着这事根本无解，其实是无从安慰的。

宇娜想，像表姐一样的年轻人，铁了心想留在家乡工作，是不可能私奔去开始一场得不到父母祝福的婚姻的。表姐的母亲曾经哭着对女儿说，是她没办法再生一个男孩，才让女儿承担了这一切。表姐面对落泪的母亲，再也讲不出任何“叛逆”的话。

时间果然能带来魔法，二胎政策放开了，一段被放置近十年的婚姻终于提上日程，坚决不让步的两家人也坐到一起，讨论着选头胎还是二胎。表姐很快结了婚，怀了孕，辞了工作养胎。因为在两个孩子落地前，她没办法规划职业发展。

2019 年春节，宇娜回家，两家像从前的争吵从未发生过一样，一家抱着一个可爱的娃娃，各自入各自的族谱。表姐再也不会深夜痛哭，她的脸上溢满着掩饰不住的幸福神色。每个人都看起来无比幸福，而宇娜还是在这样和乐的氛围中感到一丝悲伤。

“你看你表姐，现在可真好啊，真好。”每次从表姐家回来，宇娜妈妈都像被幸福传染了一样，眉飞色舞地向宇娜形容着表姐的近况。宇娜虽然反感弟弟给她带来了别人印象中的“婚姻便利”，但也不得不庆幸，自己有个弟弟还真是挺好的。

“亲情是有压力的，就像一座山压在你的身上，哪怕你知道这座山不科学，你也只能接受，只能被压。”宇娜叹气，“我想，结婚是一件好事，遇到合适的当然好，但如果我能一直维持在上海生活的现状，上班下班回家看剧，它对我来说也就不是必要的。”

疏离与独居

宇娜的朋友珊珊告诉她，有次她在老家的街头习惯性地拿出一支烟来抽，经过的几个人都侧目盯了她一眼，嘴里咕咕哝哝着什么。“我觉得他们看我的眼神仿佛在说，一个姑娘家竟然在抽烟？我在上海的大街上抽烟，没人看我。”这件事宇娜记了很久，她特别理解这样的感受，“上海既包容又有一种疏离感，但我喜欢这种疏离感”。

她想起每年回家，亲戚总会反复试探揣测她的薪水，“有没有两万？有没有一万五？”她总是僵住表情，回答一句，“没有。”这种隐私打探在她看来是没有礼貌的行为，但愤怒之余又有一丝忧伤，“我觉得还是因为我混得不好，所以开不了口”。她最近沉迷于《都挺好》，很不满意女主苏明玉最后回归家庭的结局，她希望有一天自己能像苏明玉一样，带着充满荣光的头衔与薪水回到家乡，在这样的宴席便可以无所畏惧地微微一笑。

苏明玉的年薪遥不可及，家里倒是多了一笔几十万元的债务，宇娜爸爸又找小型借贷公司贷了一笔钱回农村老家盖房。叶落归根，村里人皆是如此。爸爸想，他还可以顺便搞养殖业，这样房子盖好，贷款也能还清。

爸爸给别人盖了一辈子房子，终于建起了自己理想中的家：一楼停车，二楼泡茶，三楼是卧室，四楼是大平台，所有的细节都是他亲自设计，似乎没有任何风雨的日子近在咫尺。

养殖业终究是破产了，本金也没有了，爸爸不愿回到A县，宁愿一个人守着只装修了一层的房子，也要待在自己出生长大的乡下。宇娜想，爸爸终究是无法面对A县那些或同情或恶意的眼神。

如果要回家，究竟是回哪个家呢？妈妈和弟弟在老家县城，爸爸独自居住在陌生的村庄，弟弟曾萎靡了很久，十几岁辍学在家打了一年游戏，好在终于愿意跟着一个老师傅学做手工艺赚点钱。宇娜觉得找不到家了，也累了，最大的期盼是弟弟快点成长，帮她挑起家里的担子。毕竟，家里还有一笔盖房的欠款需要还上。

宇娜觉得，自己的父母都是很好、很爱她的父母，可她的现状放在婚姻市场终究处于劣势，那么也许她将长期保持单身独居状态。如果预设了这个未来，就应该尽可能把无聊的生活过得丰富、精致一点。

她会给闺密买时尚的耳饰和香水，毫不掩饰地批评她土气的书包和肥大的裤子。她对亲人出手更加阔绰，妈妈生日那天，毫不犹豫地给她发了5000元的大红包，尽管彼时她的月均收入只有7000元左右。她换了更高薪的工作和月租4000元的大开间，恋爱对象说，你真有钱。她有些生气，气过之后又陷入了迷茫和自责，一个收入并不高的单身女生过这样的生活，是不是真的太过“奢靡”。

手机屏幕一亮，提示条隐隐约约闪出男生告白的短信，她紧张了很久迟迟不敢点开。上一次恋爱，她用偷来的时间和异地恋的男友打电话，主动安排他们每一次难得的团聚和旅行。如今却要反复在心里确认，他看上了我哪点？

孤独时常会侵袭她的神经，一个越来越显著的变化是，自己的倾诉欲越来越低，遇到不顺的事情，不会再去诉说，而是强行忘记。但一个人住之后，又发现房间里一人、一猫才是合适的，多一个生命都会变得拥挤。有时懒懒地躺在换洗好的地毯上，等着这只蓝白英短小猫跳上桌子打翻刚洗好的水果，等着她愤怒地和它大吵一架，再把它搂进怀里，似乎已经实现了她在毕业之前一直渴望的生活。

北漂编剧的拼杀与代价

王食欲

一

在我们电影行业里，有不少非科班出身的“门外汉”。他们中的很多人都梦想当导演、写可以“最终被拍出来”的剧本。他们总是用自己失败的人生哭诉着：“我初中就辍学去写作”“我虽然四次落考北电，可我还有个导演梦”“我虽然没读过什么书，但我的剧本却是塔可夫斯基式的”……

我在做制片人时，最讨厌遇到这样的编剧或者导演，总觉得他们中大部分写出的剧本的确只能算是“文学爱好者水平”。偶尔碰见一两个有才能的，却总是有些臭毛病：恃才傲物，不愿意面对市场，只会写自己擅长的题材，或者严重拖稿。可能因为我自认为是出身“正统学院教育”的专业影视工作者，在看待那些求学失败的落考者时，那没什么了不起的优越感常让我戴上傲慢的有色眼镜。而这些标点符号都写不对的剧本看得多了，偏见也更深了。

打破我这种偏见的，是一位名叫曹笑天的编剧。

2016 年底，我正在筹备一部小成本的剧情片《山城》（化名）。这是一部成本不高，但却十分“难产”的项目。前任资方的几度干预让核心创作团队的人选一换再换，前前后后忙活到 2017 年，剧组账户上却不见一点动静。即使换了一次资方，拍摄时也是困难重重。演员变更、场地跳票、制片组因熬夜拍摄和摄影组发生冲突……目前虽已制作完成，但仍没有发行上映。这个片子处处都充满了我对自己的怀疑和谴责，唯一让我满意的，只有它的剧本了。

这个剧本，就是曹笑天写的。

在换掉第一个资方后，我急需一个愿意接受我们有限稿酬的靠谱编剧来帮忙整理被改得面目全非的大纲。演员朋友小瑞向我推荐了曹笑天。他告诉我，这个编剧是他在不出名的演员们都爱去的夜店“V 家”喝酒时认识的。往往，喝酒时认识的人脉，我都默认为无效社交。但那时我已经走投无路了，只能寄希望于这个“天天”力挽狂澜，把我们破碎不堪的剧本整合干净。

第一次见到天天时，我心里挺绝望的——他太年轻了，小圆脸、大眼睛，像韩国小男孩一样的棕色娃娃头，穿得很年轻，就像高中生——他能行吗？年龄歧视在各行各业都很严重，在我们这种竞争激烈的行业里，这种歧视更加被放大了，于是越年轻的人越不愿意表现出青涩。一方面，90 后们已经开始有能力进入剧组工作，但却不愿意被年长的同行“不尊重地指手画脚”。我们中的大部分会把自己穿得“很老”“很成熟”“一身奢侈品精英范”，甚至一些女性为了避开骚扰，还会给自己的无名指戴上个假钻石的戒指。另一方面，70后和80后倒是穿得越来越显小，资方喜欢懂得90后观众群的创作者，于是他们纷纷脱下昂贵的套装，穿上ACG文化衫和快销时尚品。

就这样，我们的青春一方面被从市场层面上认可，一方面又被年长者甚至同龄人所排挤。我打量着穿得这么“符合年龄”的天天，心中有些担忧。

然而，当拉开椅子坐下，透过昏暗的光线再仔细看向他时，他似乎也没有看起来那么年轻。他的韩式娃娃头并没有打理得像周围的演员、艺人那样精致有型，反而像是某个理发店Tony的一次失败尝试，他的衣服也残留着晾衣架的折痕，大眼睛下面是深深的黑眼圈。

天天见到我们走来，他站起身，揉了揉自己的小圆脸，说：“刚写完一部剧，胖了十斤。但我今天为了见你们，特意洗了头。”

我们两个20岁出头的年轻人，装模作样地握了握手。

事实证明，天天是能够胜任这份工作的。不仅如此，我认为当时仅有24岁的他，已经超越这份工作的要求了。他想法很多、写作速度快，每当导演给出意见，他都会马上记下来，并根据自己的想法迅速地给我们反馈。更重要的是，与已经入行多年、早已油滑的编剧们比起来，他尚存创作的热忱。

我一直不能理解，一个从未接受过系统训练的年轻男孩，是如何把这份对专业素养要求极高的工作给承担起来的。曹笑天曾经历过什么、学习过什么、遇到过什么人，这些都成为他身上萦绕不散的谜。如今，每次回想他的勤奋和认真，我都感到愧疚——《山城》拍完已有两年，但因发行原因至今仍未上线。而我目前在伦敦生活，后期相关事宜令我鞭长莫及。

二

2019 年 1 月，《山城》的演员陈老师辞世了。陈老师的儿子陈导是我们这部戏的导演，他的妻子郭老师也在片中出演一个重要角色。剧组里的人对这两位世家老戏骨十分尊重。当郭老师在微信上给我们发来讣告时，很多工作人员都来问我这是否是真的，没人相信向来健康的陈老师会走得这么突然。1 月底，我从伦敦飞回北京，和天天一起前往郭老师家祭拜陈老师。

再次见到曹笑天的那个下午，北京很阴沉，咖啡馆外飘着鹅毛大雪。天天胖了很多，他不过 26 岁，看起来却憔悴而衰老。这一年来，天天的工作压力极大，有时深夜需要服用激素类药物才能入眠。我本来开玩笑地给他从伦敦带了罐防脱发的精华液，天天倒是十分珍重地给收了起来，表示这是他当下的刚需。

2019年这个春节，天天休息的时间很短。案头积攒的剧本未竟，他又和父亲吵了一架，早早从老家返回北京。

“每年都吵架，”天天说，“他觉得就我一个儿子，年年在北京漂着，没在他身旁伺候他。要不是为了我妈，我都不想回去。”

在天天眼中，他的父亲脾气很暴躁。他小时候经常会因为一些芝麻粒大的错误而挨打，直到成人后，他看父亲的眼神都有着一丝忌惮。为了早日能经济独立，离开受控制的家庭，天天从小就不停地想办法挣钱。

2009年，高中一年级的天天成了中国第一批“微商”的一员。顶着夏日的酷暑，他从老家当地的小商品批发市场进了一批化妆品，便开始在自己的QQ空间上出售。销量令他诧异地好。从高一到高二的两年时间里，他陆续卖过美瞳、假发、口红甚至女装，一个高中男孩，靠这样的办法居然攒下了十几万元的存款，直到学校的老师发现了他的行为，勒令他从这所当地的重点中学退学。

除了一顿打骂，天天攒下的存款也被父亲悉数没收，失学的他只能跟随父母来到位于北京南四环的花乡二手车市场学做汽车生意。

“说是要教我做生意，其实就是想少雇一个洗车工。”回想起在二手车市场的那段生活，天天神色有些黯然，“花乡划了两片区域，一片是简陋的矮房，开店用的；另一片是停车场，停了成百上千辆二手车，我们管这个地儿叫‘大坑’。我爸每天在店里吹空调，而我在‘大坑’里工作，不管风吹日晒，每天给我家的二手车做清洁。如果赶上头一天下雨，有时候我一天要洗二三十辆车，洗完还要打蜡。有时候我偷懒躺在车顶看书，活儿没完成，我爸就又要对我发火。我爱看电影，但经常在坐公交车去电影院的路上，被他叫回去，要我洗早上已经洗过一次的车。我每天在网上写写东西，他对此嗤之以鼻。他好像就见不得我好。”

天天的父亲似乎看不太起儿子的那些文学创作。上小学时，天天就很喜欢看武侠小说，但他的父亲却没有在这方面支持过他。后来父亲因工作繁忙，将天天寄宿在邻居家。邻居家的阿姨有大量外国名著藏书，天天也就此接触了更多的文学著作。之后，他开始尝试自己写小说，从小到大的书稿有不下百万字，这为他成为编剧打下了良好的基础。可这一切，天天的父亲都不以为然，认为这是小丫头才爱干的事情，而男人就得承担家里的“力气活儿”，如果天天反抗他，他便会对儿子火冒三丈。

我们这一代人身上聚集了很多矛盾。当我们知道家暴是错误的时候，我们的父母却不一定知道；当我们见识过什么是良好的家庭教育的时候，我们的父母却不一定见识过；当我们读了书识了字，拥有了柔软的内心时，我们的父母却仍在忙于奔命，试图追赶在过去二三十年中与同代人拉开的差距。这种与父辈之间巨大的鸿沟可能是前几代人都没有过的，我们也无法指责时代造就的父辈。只是，作为独生子女的一代，90后看起来是那么的不被理解与孤独。

这样的日子天天忍受了一年。直到有一天回家，他看见父亲歪躺在沙发上、对着电视机里的低俗小品哈哈大笑。他突然意识到，自己不能再这么活下去了。那天晚上，他收拾起行囊离开了家，在北四环以每个月六百块钱的租金租下了一间地下室。然后，他找了份在凯德 Mall 卖奶茶的工作，一干就是一年，卖了几万杯奶茶给那些在写字楼里和他一样过着北漂生活的异乡客。

三

“那是我最快乐的日子了。虽然一个月就挣2000多块钱，但每天晚上下了班，骑着个破自行车穿梭在北京的夜色里，晃到电影院看个半价午夜场。活得再苦，我也有成就感，因为我自由了。”天天说。

一年以后，一个常来买奶茶的女孩给他介绍了一份工作：在一家影视题材的公众号做运营。工资从2800元翻到5200元，天天搬出他住了一年的地下室，终于住进有洗手间的出租屋。为了能让公司老板认可没有足够教育资历的自己，他几乎每天都在超额完成工作，甚至在不告诉老板的情况下，周六也跑到公司加班。

在这家公司里，天天了解到许多影视行业的工作流程，也学习了很多专业知识。他知道了什么电影是高级的，什么电影是低级趣味的；什么电影是通俗的，什么电影是曲高和寡的。逐渐地，天天开始自己练习写剧本，先从剧本大纲开始，再到人物小传和分集梗概，他就这么一点一滴地往前学着，把自己脑海中天马行空的想象转换成文字，输入进电脑屏幕闪烁的光标前。

又过了十几个月，他正式跳槽到一家影视公司做策划。2015年，中国网络影视如日中天，以腾讯、阿里和百度（BAT）为首的三家影视公司——腾讯视频、优酷土豆和爱奇艺不惜一切割据势力、扩大IP收购量，将手中攥有的版权一口气囤到几年甚至十几年后。在这样疯狂的行业氛围中，北京朝阳区的每一个咖啡馆里都在讨论接下来的影视项目，拉开每一扇日料店的推拉门，都能碰见一两个同行。IP狂潮席卷了电影行业，似乎只要手里握着个几十页的PPT项目书，就能从BAT里“骗”出几百万。BAT也不在意，版权合同如雪片儿一般纷至沓来，外行制片人也趁机捞了个盆满钵满。

天天所在的这家影视公司也不甘落后，老板突然要求策划们在一天之内每人上交两个项目书。天天赶忙将自己几年前就开始构想的《屏里狐》剧本大纲交了上去。那一次，这家公司给优酷土豆提交了四十几个项目，而优酷土豆只看中了《屏里狐》。

“在那之前，男狐仙题材从来都没人拍过。”天天告诉我，“优土很喜欢我的作品，马上就要和我们签合同。我老板就觉得既然优土看得上，别的公司也能，他想卖高价，就直接回绝了他们，把《屏里狐》又送到了企鹅影业。企鹅的确给钱更高，但他们提出，希望有创作经验的编剧来完成剧本。”

老板找天天约谈，希望给他一个策划署名，让他将自己的心血 IP 出让给公司里的签约编剧团队。

“这种事儿在咱们行业里太常见了。年轻编剧有多少都受过这种委屈!”天天说，“即使现在我已经有点知名度了，我的作品照样还会被人剽窃。”二十岁出头的年纪，别人都在校园里谈恋爱，而曹笑天却每日为了版权纠纷辗转于法院与律师事务所。

被老板约谈后，天天气恼得全身发抖，他几夜不眠，加速写出了《屏里狐》的前三集剧本，自己私下直接送到了搜狐视频。拿到剧本后不到 24 个小时，搜狐视频立即联系了曹笑天的老板，表示他们愿意花费比企鹅影业更高的价格购买《屏里狐》项目，剧本就请曹笑天执笔。

这部制作成本并不算太高的网剧很快就上映了，以小搏大的制片概念立刻得到了高收益的回报。这部 2016 年在搜狐独网播出的网剧已获得了 3.9 亿的播放量。一部戏，曹笑天就推开了行业的大门。

窗外雪停了。我和天天起身离开咖啡馆，驱车前往陈老师家。

四

在拍完《山城》后，陈老师又接了几部电视剧，每日飞来飞去，在剧组间穿梭。2019 年 1 月 11 日的那天下午，他感到胸口发闷，以为这只是一次小感冒，还自己溜达到社区医院开了点感冒药，殊不知在那时，他的心脏已经有 60% 的面积发生了梗塞。12 日的清晨，陈老师开始发高烧，爱人郭老师马上还要飞往马来西亚拍摄，她吩咐儿子将陈老师送到医院。即将登机时，郭老师接到儿子的电话，说爸爸可能过不去今天了。当郭老师冲到医院时，陈老师拉着她说的最后一句话是："你不去拍戏啦？戏比天大，别耽误了组里的进度。"

从进医院到医生宣布死亡，只过了三个半小时，陈老师今年只有 63 岁，直到坐儿子的车去医院的路上，他还在手机上背诵下部戏的剧本，他完完全全地将自己献给了电影事业。

我和天天在小祠龛里给陈老师上了香，陈老师生前总叫我来他家玩，他要做手擀面给我们吃，可我总以工作繁忙为借口，一次都没有去过。陈老师爱吃面点，我便从伦敦带了些点心给他摆在了案上。

郭老师告诉我和天天："人这一辈子赤条条来，赤条条走，你拿快乐和命去换的那些金钱啊荣誉啊，这些最终都带不走。你们两个要少熬夜，少在睡觉前侧躺着玩手机。现在得心梗的人年纪越来越小了，你们年轻人不要太拼了啊！”

天天默默地坐在沙发上抽着烟。不管是电影行业还是其他行业，年轻人都越来越累。当加班和超负荷工作成为常态，又有谁能逃得过亚健康呢？没有兄弟姐妹，一对90后夫妇在未来可能要赡养四个老人、抚养两个孩子。如果不以命相拼，又怎么能照顾好自己的家人呢？

并且，90后的“拼”是从小训练出来的，从那些琳琅满目的钢琴课与奥数班里训练出来的。当我们尚在童稚时便扬起脸问长辈，为什么我们要那么累？长辈会千篇一律地回答：那是为了不输在起跑线上。殊不知，很多家庭条件优越的孩子早就出生在了我们人生的“终点”上。这几十年来，科技飞速进步、社会地位的不断解构重组，让每一个成年人都相信，自家唯一的孩子一定会把握住自己未能把握的机遇。于是，当年幼的90后梦想道：我想做科学家、我要当作家、我要当大老板时，我们的父母与老师都会充满希望地、坚信地说：“只要你努力就可以。”

但是，能做到像天天一样20岁出头就有资格主笔一部网剧的90后，又有几个呢？即使是他，也仍需要用加倍的努力去站稳脚跟。而我们中的大部分，纵使拼尽了全力，也根本实现不了梦想——难怪“丧”和“佛系”会常常被我们挂在嘴边。

离开郭老师家的路上，天天告诉我，他想停笔一段时间，去电影学院进修一下。大量的约稿让他有些熬干了，他想找个地方系统地学习一下专业知识，给自己充充电。行业的大萧条让天天的稿酬直线下降了。谁也不知道，如今的萧条是影视行业对前几年爆发式增长的一次短期的泡沫挤压，还是一次永久性的行业经济大衰退。但不管是哪一种，垂头丧气的神情都已经逐渐出现在从业者的脸上。当年在咖啡馆与日料店里的谈笑纵横，此刻全部尘埃落定。传言铺天盖地，没人知道未来会走向何方。

“父母辈不懂我们的辛苦，他们觉得当编剧在家里写写字，不需要上班还挺轻松呢。郭老师说得没错，我们不能把自己给累死了。”天天托着腮看着春节过后拥堵的进城车流，天色已经暗下去了，城市的灯火照映在他年轻而疲惫的脸上。今年的天天只有26岁，却拥有了很多年长者都不见得经历过的人生。在他身上的任何一件事如果发生在了我身上，恐怕我早已对生活放弃了。可他却时常不以为然地说，文章憎命达，过好日子的人写不出好故事，他这是在给自己积累写作素材。一个人对着电脑荧幕就算再孤独，只要想到他创造出的那些角色与他想通过故事所做的自我表达，天天就总觉得日子还能继续过下去。

“就是要把日子过得慢一点，”90后的天天似乎已经看通透了，“最终过成什么样，我已经不去在乎也不去规划了。从出生到现在，我们跑得太急了。”

人生必答题

正是生产和养育后代让我们这种平凡、平庸的人从生之虚妄中解脱出来，找到了信仰。

切掉那颗“棒棒糖”

言小希

很小的时候，小燕儿就梦想着，长大后能在白色玻璃教堂举办婚礼。丈夫牵着她的手，在神父前起誓。

28 岁，梦想变成现实。巴厘岛的一栋玻璃教堂里，她缓慢穿过长廊和水台，两位印尼姑娘撒着花瓣，印尼小伙撑着伞。白色玫瑰花道铺展开来，花道尽头，站着相恋七年的男友。他表情庄重，凝视着她，身后是一望无垠的蓝色大海。

她一步步走近，挽起他的手。两人互诉誓言，交换婚戒，在结婚证书上签字，拥抱。之后到海滩边，在燃起的篝火旁跳舞，在灯光环绕的纱幔亭中，听着印尼民乐就餐。

一切都仿若童话世界中的公主。

这个出身农村的女孩，靠着自身努力，给自己办了一场梦幻婚礼。

看到她婚礼照片时，我有些吃惊。身边朋友大多在酒店或家中，循着近乎模式化的流程举办婚礼。她是唯一一个在教堂结婚的女孩。

记忆中，她从来都是有想法就会去努力实现。小燕儿个头娇小、爱笑，脸有些歪斜。

一颗像棒棒糖一样的肿瘤，从青春期开始，在她的下颌骨中生根、膨胀，此后16年，缠绕着她，让她深陷苦痛边缘，那是绝大多数同龄人未曾经历过的。也是这份苦痛，让她多年后涅槃重生，凌空高飞。

“你怎么含着一个糖？”

我和小燕儿相识于2007年春天。高一下学期，我们被分到同一个文科班，坐在教室中间第二排，中间隔着一个女生。

小燕儿是典型的好学生：成绩是年级前几名，学习很拼；能说会道，课上经常主动发言，很有想法和见解；她喜爱写作，是学校文学社团的副社长。

生活中的她爱说爱笑，喜欢斜梳马尾辫，戴蝴蝶结发卡，穿粉色可爱风格的衣服。

经常有人问她，“你怎么含着一个糖？”

“我这边长了个东西。”她指了指右脸下巴，那儿微微鼓起，像含着一个棒棒糖。吃东西时，她只能用左边牙齿咀嚼。

“糖”出现于2003年她读初一的时候。那时她在镇中学住读，有一次放假回家，母亲发现她右脸有些肿。一摸，硬邦邦的，有个圆形的硬块，以为是骨质增生。

父亲骑摩托车载她去一公里外的村卫生室。一位34岁的男医生摸了摸硬块，想着是不是下巴脱臼，便将她下巴往上一抬，她疼得叫出声来。医生建议她去镇医院拍片子。

拍完片子后，年轻医生指着不是很清晰的X线片子说，可能是囊肿，要打开看一下。一听要把肿起的部分切开，她吓得大哭。

那一场40分钟的半麻手术，麻醉药药性不强，她清晰地感受到手术刀探入嘴中的冷冽，疼痛一阵阵袭来，血丝在齿间游走，煎熬到骨子里。

白布遮住了她的眼睛，她抓着父亲的手，不断问“好了没”，父亲说“好了好了”。

手术后，父亲骑摩托车载她回家。她右脸又肿又痛，打了几天消炎针。硬块似乎在加速膨胀，右脸开始慢慢变形。父亲说，还是要去市医院看一下。

两周后，她在市医院接受了两小时的全麻手术。医生切开硬块，发现肿瘤已经扎根骨头，四处蔓延，无法轻易摘除。

手术中途，他出来告诉小燕儿父母，情况不太好，最好把肿瘤样本送到武汉的医院化验下。父亲连夜赶最后一趟大巴，去了武汉口腔医院。

几天后，化验结果出来，是骨化性纤维瘤——一种常发于青少年的良性肿瘤，病因不清，肿瘤生长缓慢，不会危及生命。但她的长在脸右下颌骨，肿瘤增大后会向内挤压其他器官，向外膨胀会导致面部变形。

住院时，班主任来医院看望，带来了同学们的捐款，200 多块，询问要不要全校募捐。小燕儿不想被人同情，没答应。

出院后，她嘴里满是伤口，只能喝奶粉、肉汤、芝麻糊。在家休息一个多月后，她回到学校。临近期末考试，家人劝她不用去了。她不想没有期末成绩，硬是去了。

靠着病床上的自学，70 多人的实验班里，她考了第七名——那是她从小到大最差的成绩。

“我爸妈特别爱我，我想用好成绩回报他们。”小燕儿说，每次取得好成绩，父母都会在亲友面前炫耀一番，脸上是止不住的笑意，这成了她多年来拼命苦学的动力，也是她觉得自己唯一能做的。

“除了再坚强点， 你还有什么选择？”

1990 年，小燕儿出生在湖北一个普通的农村家庭。父母是青梅竹马的表兄妹，母亲年轻时是村妇女主任，生下小燕儿后不久肝脏中毒。之后身体不太好，补药不断，没再工作。

父亲高中毕业后在工厂做会计，之后开粮食加工坊。80 年代电影兴盛时，他自学放电影，开了家私人电影院，几乎场场爆满，他也因此成了镇上第一个买自行车、摩托车的人。电视逐渐普及后，他开酿酒厂，办养殖场，养了几千只鸡。

养殖场行情不好，连着几年亏本。再加上给孩子看病，家里背了债。他不得不卖掉老家的房子，在郊区租房住。

“手术没做好，它（肿瘤）又跑出来了。”第二次手术后没多久，父亲告诉她。

她能感觉到，肿瘤在继续膨胀，像重坨子挂在脸上，不断向内挤压牙齿。

去武汉口腔医院做手术需要三万，家里拿不出那么多钱。听说隔壁村庄的山神庙灵验，父亲带她去求药。算命先生说，她吃了不干净的东西，喝特制的土方药就能好。于是拎回用黄纸叠成的药。

又听说山里一位老中医灵验，父亲带她去看。老中医说鼓起的球像火毒，须化掉，给她开了一个月的中药。

回家时已近天黑，夜色中，摩托车在山间逡巡，她抱着药坐在父亲身后。两人没有说话，酸涩涌上心头。她对自己说，要更努力，考好成绩才行。

到初二下学期时，她的脸依然肿，父亲四处筹钱，带她去武汉口腔医院做了第三次手术。因为年龄太小，医生采取保守治疗，摘除肿瘤后，将患肿瘤的颌骨尽量刮除干净。

三个小时的手术后，她从疼痛中醒来，感觉呼吸困难，有些窒息，鼻子上戴着氧气罩，身上插着三根管子，浑身痛，不能动弹。右边牙齿被拔掉了五颗。

邻床是个武汉大学的女孩，耳朵旁长了肿瘤，做了一个小手术。有一天，整个病房被她的同学围满了，他们捧着花来看望她。

“怎么没人来看我啊？”小燕儿羡慕又难过。

母亲安慰她：“你同学不在这里。你好好努力，以后也考武汉大学。”父亲则用他唯一知道的励志偶像张海迪激励她：“你看人家残疾了坐在轮椅上，人家多坚强。”

医生说，手术很成功，但可能有残余。半年后复查，情况良好。又过了半年再去复查，医生指着片子说：“还是复发了。”

那一瞬，小燕儿感觉有种命运无力掌控之感。“你努力去忍受，觉得一定会有尽头，所有人都告诉你这次就好了，结果却反复失败。除了再坚强点，你还有什么选择？”

医生建议，等长大点、身体发育成熟了再去做切骨手术，现在做，可能会导致两边骨头生长速度不一致。

那时，家里一贫如洗，小燕儿和大她五岁的姐姐在读书，母亲没工作，全靠父亲的养殖场维生。

她顶着那张不太对称的脸，像含着咽不下的毒药，度过了漫长而孤独的青春期。很长一段时间，她不照镜子，害怕看到镜中的自己。内心的郁积无法向父母言说，只能告诉亲近的朋友，但她发现，“没人能真正理解你”。

“你知道未来还有苦痛等在前面，每次一想到，会很恐惧。害怕再次失败，因为看不到尽头。”她强迫自己不去想，拼命苦学，以优异成绩考进市一中，高考时考上了武汉大学。

上大学时，她遇到了一个心仪的男孩。当知道对方喜欢一个很漂亮的女生时，她摸着日渐肿胀的脸，挫败又自卑，想着，若自己是正常女孩，他会不会对自己感觉不一样？若他知道自己的经历，会不会多一分理解？

“我真的痛怕了”

在她第四次手术时，男孩没来看她。

那是2010年9月，含“糖”的第七年。肿瘤还在变大，父母说不能再拖了。手术前，父亲咨询老家市医院的熟人，对方说可以请武汉的专家做，只需一两万，而在武汉口腔医院做，至少需要五六万。

她告诉父亲：“我真的痛怕了，不要回去做，这五六万，我以后还给你。”

手术前，姐姐给她拍了张照片。她穿着蓝色病服、梳着两条麻花辫，对着镜头比“耶”，脸上露出灿烂的笑容。

护士说“你怎么一点都不害怕”，她说，“害怕也没用，你必须去面对啊”。

手术持续了七个多小时。医生将患肿瘤的颌骨切掉，取腰间的髂骨补。右边下排被感染的牙齿，也全部拔掉。

术后，她呼吸困难，心率加快，陷入昏迷。她听到有人不断叫她，同她说话。后来，父亲对她说，“不这样叫你，你醒不过来怎么办？”

“好高兴啊，一切终于结束了。”睁开眼已是两天后，她兴奋地给朋友发消息，发了一两条又晕了过去。再次醒来时，全身插满导血管和输液管，锥心般地疼。

阳光照进病房，窗外喷泉开始跳舞，不断有同学带着鲜花和礼物来探望她，一如几年前她期待的那样。她无法说话，和朋友靠写字交流。

夜里醒来，父亲陪在身侧，隔一阵便往胃管里注射食物。她睡着时，他跑到医院天台上跪下，祈祷女儿手术成功。临睡前，他向女儿道晚安：“小燕儿，你的毅力让爸爸好感动，爸爸永远爱你，晚安。”她说不出话，只是掉泪。

邻床的阿姨经常笑着问她吃饭了没，后来，阿姨确诊为恶性淋巴癌，化疗也没用。她泣不成声，说“这辈子活够了，想好好休息”。小燕儿不知该如何安慰，只觉生命脆弱得不堪承受，活着太不容易，快乐需要特别努力。

一周后，她拿起镜子，发现下颌有道十多厘米的伤口隐隐作痛，嘴里缺了九颗牙齿，说话有些漏风，笑的时候脸依然有些不对称。

补牙需要十万，小燕儿知道，只能靠自己了。她迫切渴望改善家里条件，回报父母，积攒植牙费用。本科毕业后她保送本校读研，研一学完所有课程，研二开始到新加坡工作。

去新加坡，是因为比较近，也认识那边的朋友。她上网搜索关于新加坡工作的帖子，联系作者，询问如何找到那边的工作。之后通过当地官方求职网站投简历。因为不是当地人、没工作经历，投的五六十份简历大多石沉大海。

一家有四五千人的国际学校招聘中国文学老师，教初高中生写作、文学作品评析。小燕儿将创作的散文、参加全国征文比赛的获奖作品发过去，意外获得视频面试机会。之后去新加坡现场面试。凭借扎实的文学积淀，她被录取了。

“要加倍认真地活”

2014 年 10 月，小燕儿飞赴新加坡，成为一名中文老师。

刚去时，实习期一个月工资约 1.5 万元人民币，但消费水平也高，一瓶矿泉水、一把香葱就得十块，一个十平方米的单间月租 5000 元，她不得不与人合租，买东西先看价格，尽量自己做饭。

第一年，她拼命工作，用忙碌对抗独在异国的孤独和不适。

一周上十几节课，学生们下午两三点放学，她通常加班到六七点，甚至九十点，最后一个离开办公室。周末只休息一天，另一天继续工作。

一些学生成绩不太好，她节假日或放学后为他们补课，一补几个小时。学生成绩从 C 升到了 A，家长给校长写感谢信，校长称赞她“有很强的奉献精神”。

工作第二年，她便升职为特职教师——一般人需要两三年。

多元文化的碰撞渗进新加坡校园，学生们来自世界各国，家长们教育理念各异：新加坡华人父母担心孩子成绩落后，欧洲父母注重个性发展和兴趣，日本父母很有礼貌，中国父母对老师有些挑剔……想要获得家长和学生的认可并不容易。

一次，一个学生很调皮，小燕儿说“你这样调皮，你父母也会很烦恼”。学生父母知道后找到她，说“孩子这样挺好，没有给我们带来烦恼”。

也有不懂事的学生模仿她的表情，问她：“老师，为什么你每次讲课，脸是这样的？”她有说不出的心酸。

写毕业论文那段时间，她白天上课，晚上写论文到凌晨两三点。困极了，就习惯性地咬手指、撕手指上的皮，疼痛让她清醒。

这样的生活她不觉得辛苦，反而充实又快活，有种奖梦想握在手心的感觉。工作三年半，她攒下几十万，还完了大学时的助学贷款。她还为父母在县城买的新房付首付，为父亲买了车，还攒了植牙、继续求学的费用。

2017 年 12 月，她回国植牙。医生说，上次手术，她右边接上的髂骨和左边的颌骨不对称，必须先磨骨矫正，再镶嵌牙齿，周期至少得一年。

植牙手术持续了三个多小时。六七针麻醉药被注入牙龈。她紧握着手，手心全是汗。锥子、手术刀在嘴里戳、割，牙龈被切开，血丝溢出。钻头在牙槽骨上“轰隆隆”地钻洞，安装牙钉。

有两次，钻头下去，痛感如触电般强烈，仿佛利刃直插骨髓，锥心刺骨。她痛得跳了起来，浑身抽搐，哭了起来。

医生加了些麻醉药，再次钻洞，她不停地问“好了吗”，医生说“好了好了”，一如 13 岁第一次手术时那样。

植牙前后进行了七次，今年 3 月是最后一期，她知道，又将是场带血的痛。苦痛会结束，她要加倍认真地活。

“痛苦教给我的勇气”

1 月 31 日下午，我在小燕儿家看到了她。她和丈夫刚从新加坡回来，准备办婚宴。

她给我看巴厘岛结婚的视频。原本婚庆公司发来简单拼凑的五分钟画面，她不满意，从两个多小时的素材中，一帧帧挑选画面，配上喜欢的音乐、自己写的诗。

整个婚礼过程，从找婚庆公司到现场策划、视频拍摄、剪辑，她全程参与。教堂婚礼一天花费八万，对农村家庭出身的两人来说并不便宜，但他们想留下一辈子难忘的记忆。

“她有自己的想法，会去追求自己想要的东西。”丈夫萧远（化名）说，小燕儿打动他的，是她的纯真、温暖、认真、投入，想做就会努力去做，充满干劲。

萧远是小燕儿大学时的学长，在学校多功能报告厅做挑战杯项目获奖汇报时，小燕儿对他印象深刻，问工作人员要到他电话，主动联系他。约饭、看电影，相识的第四天，他们在一起了。

萧远毕业后去东莞工作，小燕儿读研、去新加坡工作，异地、跨国，让这段感情备受考验。

在新加坡时，有华人男孩追求她，和他在一起可以很快解决户籍问题，终结漂泊。我们认识的一位朋友就嫁给了大她十岁的新加坡人，很快拿到绿卡。

小燕儿没有走这条捷径。2016 年 6 月，萧远考到南洋理工大学读研，毕业后留在新加坡工作。2019 年 12 月，他们在巴厘岛结婚。

大二时，小燕儿梦想能去留学，为此特意辅修英语。但家里条件不允许，只能搁置心底。2019 年 4 月，她辞去教师工作，成功申请到南洋理工大学的硕士研究生。

申请准备了一年多，她报了五个专业，拿到四个 offer，最终选择了数据科学专业。这对学中文的她来说是个不小的挑战，她的同学多是有工作经验的程序员，而她毫无编程基础，很多作业不会做，只能自学，经常熬到半夜。

“别人说你这个岁数了换行，是很冒险的事情。”小燕儿说，父亲一生干过很多工作，敢闯敢拼、不惧困难，对她影响很大，“我喜欢新鲜的东西，不想老在同一个世界打转。人生很长，我想尝试新的方向。”

我有些感动，在大多同龄人迷惘或满足于岁月安稳的时候，她清醒地知道自己想要的是什么——毕业后从初级数据分析师做起，之后是专业数据分析师，再到数据科学家；和丈夫在新加坡买房、安家；40 岁时，去美国常青藤名校读博；年老后有一座漂亮的房子，院子里种满花。

她知道很难，但“只要一直积累做一件事，有什么不可能实现的？”

她说：“我在初一的时候就觉得生命很苦，活下来好不容易。那么我一定要活下来，只有这样，愿望才有实现的希望。这是痛苦教给我的勇气。”

成为一家之主的那一刻

沈　烈

农历狗年的最后一晚，史正（化名）早早退出游戏关掉电脑，从自家小楼的四层来到三层，爷爷奶奶已经准备好了丰盛的年夜饭。他手揣在兜里，心情还算不错，一边打量着饭菜和年货，一边询问满头白发的奶奶哪里还需要帮忙。

这是他父亲离开后，全家人过的第一个春节。家人们做了简单的祭奠和祈福之后，爷爷招呼大家赶紧开动。红木四方桌边虽然少了一个人，气氛不如往年来得那么热烈，但每个人的脸上都是平静的。

史正在过去一年里经历了很多，那些可预计的、不可预计的变故都在迫使他成长。从富家子弟到一家之主，从 ACG（动画、漫画、游戏的总称）少年到小学老师，这个 90 后少年正学着如何成长为一个真正的男人。

无忧无虑的童年

1992 年，在江苏省常州市一个叫史家村的地方，史正出生了。不要觉得叫××村就真的是农村——史家村位于常州市中心，虽然没有高楼大厦，但都是独栋小楼。

史家村和香火最旺、风水最好的天宁禅寺仅一条运河之隔。也许是出于这个原因，史正从小就是“欧洲人血统”（注：网络用语，“欧洲人”指运气非常好的人）。

我和史正从小就认识，用他父亲的话来说，“你俩是穿一条裤子长大的”。他的爷爷告诉我，史正上学前的一天他突发奇想，让孙子随便写了 100 个数字组合，准备去买彩票。但奶奶劝他不要浪费，所以爷爷只买了 20 组，最后中了 2 万多。更令人惊讶的是，当时奖金数额最大的一个号码，就在史正写的剩下的 80 组里。为了这事，爷爷奶奶还吵了一阵。

后来我问史正这事是不是真的，他说是真的，我毫不犹豫让他也给我写了 100 个。

史正的家，准确地说是楼，两栋共七层，而且地处一个二线城市的市中心，光靠收租，一家五口人也可以过得很好。

所以史正从小就无忧无虑。在他二年级的时候，也是一个春节，在外做生意的父亲回到家带他去买礼物，去了一个叫“亚洲模型”的 ACG 商店，直接让老板拿一个最好的游戏机出来——

时年价值600多元的Game Boy黑白游戏机。

我依稀记得，买了游戏机的史正连家都没回，直接冲到了我家小区，对着六楼的窗户大喊我的名字，看到我探出头后，举着游戏机高兴得蹦起来。

那天我被母亲“关”在家里，史正一口气爬上六楼，隔着防盗门给我展示游戏机是怎么玩的。我当时抠着门上的纱窗，心里只有羡慕的份。

小时候的史正长得极为可爱，椭圆鹅蛋形的脑袋，脸上总是带着快乐的笑容，和同学们在一起总有说不完的笑话，连上课都爱插嘴。当然，他那好像用不完的零花钱也让我印象深刻。

从那台GB之后，史正换游戏机的速度比当代人换手机的频率还高。三年级，他又买了台Game Boy Color（彩色GB），五年级换成了Game Boy Advance，初中又买了PlayStation Portable（简称PSP），还有那些我连型号也说不上的Nintendo Dual Screen（任天堂第三代掌上游戏机，共推出过三款改良机）。

直到今天，其中一台DS还躺在史正的床头，旁边是一台Nintendo Switch（任天堂第九代掌上游戏机）。

长大后，每次我去他家，看到床上摆满了游戏机，我都会问他，你还玩掌机吗？他说会。但我琢磨，又要玩电脑游戏又要玩手机游戏还要玩掌机游戏，他哪来那么多手？

一年级的时候史正家里就买了电脑，还通了网，名副其实的

“全村第一家通网的”。但那会儿还得用电话拨号上网，网上信息也不丰富，对史正来说，电脑充其量就是一台给父母用来玩纸牌的大游戏机。他更乐意和小伙伴们在小霸王和红白机上消磨时间。

我和史正从一年级开始就同班，直到高中才分开。那时候，班里的男生大多住在史家村附近一个叫“桃园”的地方，几乎每个男生都去过史正家，他家就好像一个综合游艺中心。

好朋友许盖盖（化名）回忆起第一次去史正家的场景，只有两个印象，“房子超大、家里什么都有”。

小时候的史正是快乐的，不仅仅是因为家庭经济条件优越，更因为他享受和朋友们玩在一起。那些一同游戏、分享快乐的旧时光，是他童年里最珍贵的记忆。

尽情奔跑的青春期

如果有人要写一部关于90后的游戏史，那么史正无疑是最好的样本。

除了掌机，在收集各式卡片的热潮中，史正经常背着书包走进班里，随后跑到我身边掏出一堆卡片，“看，这个被我买到了”；在四驱车流行的时候，他买的零件都是最炫酷的；朋友们开始玩“游戏王”桌游了，他分几次把所有卡牌买齐；高达火爆的时候，大大小小的模型摆满了他的电脑桌；动漫光碟就更不用提，他拉高了整个班级男生的动漫普及率。

等到网络游戏兴起之后，他成了名副其实的“玩家”。“地下城与勇士”是他投入最大的一款游戏，我曾看到过一次他在这款游戏里的装备栏，保守估计一年要投入上万元。

近年来绝地求生开始流行，他又变得“硬核”起来，从电脑主机到曲面屏再到键盘耳机，没有一样不是顶配；手游兴起了，他的阴阳师 SSR 排满了仓库。

他家附近有一家叫亚洲模型的小店，里面都是卖动漫周边和游戏影像。小时候我记得老板是个中年人，最近发现他已退休，小店也已不在。我们开玩笑说，这么多年来，都是史正养活了他的店。

正如当年小学老师所说，因为玩物丧志，史正的成绩一直不算好，我甚至都因为去他家打游戏的次数过多，在班会上被老师点名批评。

史正说，直到小学五年级之前主要是爷爷奶奶照料他，父亲常年在外做生意，到了中学就更少在家，一年见不到几次。而他五年级的时候，家里开了浴室，母亲从厂里回家负责经营，他大多数时候都是一个人在四楼，陪伴他的是各种游戏和动漫，以及我们这群小伙伴。

“我爸基本上属于那种给我钱买东西，但不怎么见得到的家长。他总说要去忙自己的事。”史正说。

所以我去他家时，遇到他父母的机会很少。但他的母亲对他十分严厉，尽管学习上并没有施加太大压力，但在做人这方面，一旦史正在学校闯了什么祸，身型魁梧、眼神凌厉的母亲总是会对他一顿收拾。

2010 年我们参加高考，那时史正已经通过单招被一所体育院校提前录取，不用参加笔试。但他的母亲说，你必须去参加考试，否则你的人生就不完整。

史正照做了，尽管事后他查不到自己的成绩。

高考前一天，我的母亲经过他家看到史正在楼下踢球，回家颇为讶异地告诉我。而我母亲不知道的是，足球才是这个游戏“宅男”最爱的东西。

从二三年级开始，我和小伙伴们就在桃园的一块空地上踢球，后来空地上增添了健身器材，我们便把两根柱子当成球门，没日没夜地在上面奔跑、射门。

史正是来的最晚的孩子，五年级之后他才加入。那天他在一旁看着我们踢了没几分钟，便也忍不住进入“球场”。伴随着一连串笨拙、不知所措的动作，他渐渐爱上了这项运动。

那个时候没有人教，一群孩子就自己跟着电视里的职业球员做动作。无论酷暑还是严寒，一踢就是一整个下午，甚至有人会穿着雨披在大雨中练球。尽管史正不会痴迷到如此程度，但每次踢到身上伤痕累累、脏兮兮地回到家，他也会感觉十分满足。

在没有手机和微信的年代，我只要在他家的“豪宅”下吼一声，他就会抱着球冲下楼，伴随着他母亲的唤声，“又去踢球啦？

给我早点回来!”

这个时候的史正也是快乐的，他不光有玩不尽的游戏，还有一群小伙伴陪着他一同挥洒汗水，在青春年华里尽情奔跑。

彷徨着踏入社会

史正高中去了一所偏远的学校。随着学业的加重，我去他家的次数慢慢减少。等到我大学毕业后去了上海工作，再能见他的机会已寥寥无几。

他在大学里学的是体育专业，刚毕业那会儿他没什么想法，也不知道自己要做什么。由于他的爷爷奶奶都是知识分子，奶奶还是退休教师，他们都希望史正能够有一个稳定的工作，比如成为一名体育老师。

所以没多久史正就进入一所小学开始实习，从小时候研究如何把游戏打通关，到如今钻研如何写教案、备课，转变时他并没有遇到多少困难。只是他要收起嘻嘻哈哈的性格，开始学习如何以老师的形象面对学生。

他还自考了足球裁判证和 D 级教练证，期望着未来能够从事自己热爱的足球事业。

一年后，他参加转正考试。上课面试的成绩名列全区前茅，但他的理论考试却拖了后腿。正如从小到大所有老师评价他的那样，他是一个无比机灵的孩子，但就是考不出好成绩。

他在和我说起这件事时，我心中一是为他惋惜，二是我也好奇，一个严肃认真的“史老师”是什么样子。

转正失败后，不甘心做临时工的史正带着失落回到家中，重新开始考虑自己能做什么。

这时候的他每次打开游戏，虽然可以从中收获慰藉，短暂忘却现实生活里的那些烦恼和焦虑。但退出游戏后，更大的空虚向他袭来。

几天后，他的父亲给他介绍了一个工作，去自己朋友开的一家早教中心做老师。由于早教中心的孩子都是学龄前儿童，3~5岁，史正不愿意从事一份带孩子的工作。

在他眼里，工作不是为了赚钱，因为他根本不缺钱。他还是想和小时候那样，每天做着自己喜欢的事，晚上打打游戏，一天就这么开开心心地过去了。

但在家里待了半个月，他有些按捺不住了。虽然有钱，但他不是一个坐吃山空的人。这点从他的母亲就能看出来——明明可以靠收租过日子，当一个“包租婆”，非要出去找份工作，在超市当收银员。对他们来说，实现自己的社会价值更为重要。

“后来我就去了，一边先干着一边在想我以后要干吗。”史正说，早教的工作并不轻松，每周从早上8：00忙到傍晚18：30，每节课之间只有15分钟休息，还被要求提前进班和家长互动，导致他连上厕所都要跑着去，唯一的休息就是午饭时间。

有几次放假我回家，想约他出来踢球都成了一件难事。别人上班他要备课，别人休息他要上班。他也和我抱怨，教小孩子是一件多么困难的事。但他抱怨时从不愁眉苦脸，总是自己笑着说上一连串，普通话里夹杂着几句常州话，最后一笑了之。

这个时候的史正没那么开心了，他不能再整天抱着游戏，也没有小伙伴陪他踢球、玩耍，他开始考虑自己要做什么，要成为怎样的人，如何找回曾经那个快乐的自己。

人生转折

史正在早教中心待了大约一年，表面上风平浪静，他朝八晚六地去上班，回家后打打游戏，日子过得平淡无奇。但由于他是早教中心唯一的男老师，他不懂如何与女同事相处，向来有话直说、爱开玩笑的他无法融入职场环境，开始慢慢心生去意。

与此同时，他人生中的第一个冲击即将到来。

2016 年 12 月，史正的父亲骑车摔了一跤，回家后腹部持续疼痛，多次去医院检查后都没发现问题。直到做了一次切片检查后，他被确诊为淋巴癌第三期。

那天母亲陪着父亲从医院回到家后，两个人都没怎么说话，面色有些凝重。晚上一家人在三楼吃饭时，家人们知道了这个消息。史正当时就蒙了，“我不敢相信啊，他才五十几岁啊。”

他把这个消息告诉了我，语气和平时没什么不同，还是那么乐观开朗，但我能感觉出来，他在尽力安慰自己，“我爸这个病有靶向药，医生说用最好的药能够治好的。”

和我们一起长大的伙伴强小均（化名）说，史正带给我们的永远是快乐，他从不提及自己的痛苦或难处，一丝一毫的肉麻话都会让我们感到尴尬、不自在。

可那之后的史正似乎有了心事，虽然他游戏还在打，球还在踢，但他每次出门前都要犹豫一下，话也少了很多，我也不方便多去他家做客。

他父亲住院治疗时，他经常要在傍晚给父亲送饭，把母亲换回来休息。尤其是化疗期间，父亲痛苦难忍，没有食欲也没有力气，他就坐在病床旁，跟父亲有一句没一句地聊着。

最初他甚至对父亲有些陌生，不知道该如何跟他沟通，但父亲终究是父亲，他最关心的就是儿子有没有找女友，工作如何，家里有没有什么困难。史正又拿出了他乐天派的一面，“老子（常州话，父亲）你安心养病，家里不用操心”。

2017年春节，我去了一趟他家，在三楼遇到了回家过年的史正父亲。和小时候见到的那个神采奕奕的男人不同，此时的史正父亲骨瘦如柴，脸色蜡黄，但精神还算不错。

看到我来了，他亲切询问着关于我的近况，随后意味深长地自言自语，“嗯，你跟我们正正是从小穿一条裤子长大的，两个人以后要互相帮助啊，都是自家兄弟哦”。

没多久，史正辞去早教中心的工作，往返于家和医院之间。

有一次我回家休假，他晚上兴致勃勃地把我叫出来，去了一家烧烤店，难得地开了一瓶啤酒，跟我聊起了他未来的打算，“我还是想做足球”。

他说，父亲帮他打听过，准备在市里给他找一块闲置厂房廉价租下，把厂房改造成室内足球场，既可以用作社会收费球场，又可以提供场地让他做足球培训。

那是我第一次见到如此激情的史正。他看起来有些疲惫，但眼神中流露出的是对未来的希望。他问我几时能回家工作，他需要熟悉的伙伴陪他一起创业。我知道他想回到小时候，和小伙伴们朝夕相处，这样他就不会那么孤单，度过人生的第一道坎。

“以后你就是一家之主了”

2018 年 5 月的一天，田均十分少见地接到了史正的电话，“我爸走了，跟你说一声”。随后我也在微信上收到了这个消息，第二天一早我就赶回了常州。

还是熟悉的水泥楼梯，每走一步我都能感受到悲伤。在过去十多年里，每次去史正家都是带着欢喜，唯独这次不是。

灵堂设置在三楼，史正的母亲守在丈夫的遗体旁，看到我来了，转头对史正的父亲说道，“迪迪（我小名）从上海赶回来了，特意来看你的”，说完便泣不成声。

史正的父亲离开时瘦得不成人形，我听旁人说，在医院做完14个疗程的化疗后，他对家人说，我很满意了，带我回家吧，我不想死在医院。

离世前一晚，父亲单独把史正喊到房里，关照他爷爷奶奶年纪大了，要照顾好他们。妈妈以后就是一个人了，要多陪陪她。今后他不在了，“没法帮你出主意了，你要自己做决定了。以后这个家，你就是主人了。”

半年之后，史正说起这些话语气和神情都很平静，和父亲去世那天的他一样，已经做足了心理准备。

父亲的承诺终究还是没有兑现，由于种种原因，史正没能找到一块合适的场地进行创业。但田均在那年找到了一条出路——动用社会力量和小学合作，共同开展校园足球培训。

田均去史正家里，还是坐在那张四方红木桌边，对面是史正的爷爷，母亲站在一旁，认真地听着田均的设想——他们打算出资给一所小学建造人造草皮，并给学校打造一支足球校队。作为回报，他们可以将这块场地用于社会培训。

爷爷听完后说道，他尊重孙子的想法，想做就去做，但希望朋友之间不要发生利益纠纷。史正趴在桌上，低着头一言不发，从头到尾听着田均和家人的谈话。

爷爷还补充道，他希望社会经验丰富的田均能够多带带史正，他还是个稚嫩的孩子。

田均说，父亲的离去对史正影响很大。在办完丧事后，史正连续几天都不愿意待在家里，去他家玩游戏、撸猫，哪怕只是躺在床上睡觉他也愿意。

“我不想一个人待在家。”田均对史正的这句话记忆深刻。

此时的史正正经历着人生的一次重大转折。他没法像小时候那样花钱大手大脚，做事只考虑自己欢喜，他总是想起父亲的那句话，“你是一家之主了”。

长　大

史正爷爷奶奶的担心不是多余的，从小生长在温室的史正没遇到过什么困难，也没有社会经验。

2018 年，他和田均与常州市东方小学达成一致，由他俩出资建造球场。史正说，小时候他经常被喊到老师办公室训话，但去校长室“谈生意”倒是第一次。

等到建造球场的那天，他们和自己找来的施工队仅在口头上达成协议，约定铺设一块有减震垫的球场。

但在具体施工的时候，在场的史正发现对方没有铺设减震垫，直接在水泥地上铺设人工草。随后他打电话给田均，电话里他对田均说，要不算了吧，我们也没什么凭证。但田均一听对方偷工减料，立马冲到学校与对方理论。他还发现，原本约定的 30 毫米草变成了 20 毫米。

事后田均报警，经过协调对方愿意重新加上减震垫。田均说，从这件事上就能看出史正的确没什么社会经验，宁愿吃亏也不爱跟别人理论。如果事情都像他这么做，家底迟早要赔光。

2018 年那个暑假，史正无偿为东方小学组建了一支 20 人的球队，从零开始带着孩子们学习踢球。等到冬天，他已经可以带队和别的学校进行友谊赛了。

“我特别羡慕这些孩子，我们小时候哪里来这么好的草坪，还有人教?”史正指着比赛视频对我说，那天孩子们输了比赛，当场有几个孩子难过得想哭，但忍住了。等回到家，就有家长打来电话，告诉史老师自家孩子哭了。

第二天一早，史正把孩子们叫到一起看录像，告诉他们哪里出了问题。

听到这，我能深切地感受到面前这个从小嘻嘻哈哈、没个正经的富家子弟，已经成长为一名老师。田均说，不知道为什么，孩子们都很喜欢他。上课时的史正极为严肃，不是我们认识的那个宅男。

史正也不知道为什么自己那么受欢迎，“也许是孩子喜欢足球吧”。但我看了他的视频就知道了，他把自己曾经对足球的热爱传递给了孩子，我们当年如何从踢球上获得快乐，这些孩子同样如此。

如今，史正不光达成了最初的协议，他还正式成为东方小学的体育老师，准备把足球加入校本课程，让更多孩子接触到这项运动。在他的努力下，东方小学已经成为2019年常州市校园足球试点学校，这是一个皆大欢喜的结果。

换作从前，史正是不会接受全职工作的建议的，他只想教足球。但父亲的离去让他意识到，自己不能再像以前那样任性，“首先要有一个稳定的经济来源，然后再去做自己想做的事情”。

虽然家境殷实，但父亲从治病到后事前后花了100万元，加上他自己又全款买了房，多少还是有些冲击。史正在上班之余，还会开直播打游戏，一个月能有千余元的额外收入。

他并没有改变太多，依然有着游戏少年的那一面，但田均和许盖盖都觉得，史正不一样了，“沉稳了许多”。

他的母亲如今在医院做护工，并不是因为急着赚钱，一是当初照顾丈夫时和周围的人熟络了，二是和史正一样，找点事做做，不要待在家里沉浸于悲伤。

也许在常人看来，史正的故事平淡无奇。但对于大多数90后而言，都在经历着从掌上之宝到社会独立人的转变，慢慢学会什么是责任。

此时此刻的史正，经历了从男孩到男人的转变后，已经不能用简单的快乐与否来形容。对于他来说，还有更长远的路要走，所幸他已经找到了自己的方向。

徘徊在相亲路上

于亚妮

“今年多大了？”

“周岁28。”

1990年出生的我，还在做最后的挣扎。

“找没找对象？”

“还没。”

接下来的对话有两个版本。

“哎妈呀，好找了，别硬挑。”这是家里孩子找到对象的。

“哎呀妈，俺家孩也是，喃（你们）这茬人，结婚都晚，愁不愁死人劲儿。”这是和我妈同病相怜的。

“做什么工作呀？”

“记者。”

“你说多好，可哪儿都能走到。”画外音：那可不好找对象，东跑西颠。

我有两个堂哥，分别生于1988年、1989年，我们仨从小在奶奶家睡一铺炕长大。奶奶今年89岁，眼瞅着三个手拉手出门的小不点，浩浩荡荡长到30岁。

2018年春节，家人团聚，我和奶奶、两个堂哥四个人睡在炕上，满满当当。奶奶一边训诫我们三个跑腿子（没结婚），一边欣慰：正因为这样，三个人还能赖在她身边。

比起孙辈们事业有成，老太太更希望有生之年，能看到我们结婚生子。亲戚们也总劝，考个公务员吧，换个安稳的工作，很快就能找到对象了。过了30，就不好找了。

每当这时，我常举例反驳：我有一个同学，在本地银行上班，家庭条件很好，人也很好，和我同岁，也一直单着！爱情还得靠缘分。

2019年春节前，我和这位同学联系，她告诉我爱情就像龙卷风。在稳稳单身28年、相亲二十多次后，她被风吹走，四个月内和相亲对象互见父母、双方父母相见、奔结婚去了。留下一句："亲还是要相的。"

她愿意分享自己的故事，考虑到不免提及众多相亲对象，给她化个名，叫刘可。

为什么刘可会一直单身？

时间回拨到2018年9月5日。从外地回老家的我去刘可家蹭住。工作第六年，父母帮她买了套房，100多万，她自己还贷款。

家里收拾得很温馨，白色调。清晨，她坐在梳妆台前化卷翘的睫毛。夜晚，窗边可以俯瞰城市夜景。榻榻米的卧室里，被子柔软。

那晚她接到一个电话，聊了二三十分钟，对方似乎在倾诉工作中的烦恼。挂了电话，刘可告诉我这是她近期的一个相亲对象，性格有点犹豫。言辞中，我觉得对方不大有戏。

刘可相亲二十多次。有见一面的，有见三面的。她跟我说，现阶段要把所有的事都往后放，先把婚姻大事解决了。

她身边的人疑惑，为什么刘可会一直单身？她爸妈工作很好，刘可性格温和低调，好看又爱笑，身材匀称，衣品大方，学习工作也很上进。

刘可反思：自己太乖了，不会撩人。再想想这就是自己的性格。她自我诊断为“单身体质”：一个人也会过得很好，很少觉得孤独。不会因为没谈过恋爱，就找个不喜欢的人凑合。

虽然单身，但喜欢她的人和她喜欢的人并非没有。小学，有男生跟她表白、拉手。初中，暗恋过一个男生。高中，整天被学习折磨，考入省内重点财经类大学。大学，喜欢一个男生，觉得两个人走不到一起，理智战胜喜欢，很多年藏在心里。

毕业后，她去了银行工作。有同事常献殷勤，打趣她如果找不到合适的人就一起过吧；还有个同事整天喊她“媳妇儿”；去外地出差，分行的司机大哥看上她，介绍自己有多少套房；有个客户见了一面，就发微信说“我要追你”。刘可回复：“你可别追我，追了也白追。”

身边男同事大多有主，来找她办业务的很多客户也已成家。选择范围有限，刘可走上了相亲路。

27 岁的紧迫感

相亲历程大体分两个阶段。

27 岁前，她不把相亲当回事。

刘可和同事参加过金融行业的相亲会。几十个人，入场时每人拿一张号码券，抽号，被抽到的人站成一排走 T 台秀，走完做自我介绍。

刘可觉得有点扯，被抽中后上台做了简单的自我介绍。那天她没去认识任何陌生人，从此也没再参加过相亲会。

朋友们张罗给她介绍对象。有一个 1987 年生的男孩学历不错，在电信公司上班。吃过两次饭，看了一次电影，不来电。刘可主动放弃，不喜欢，不着急，何必勉强？

27 岁以后，刘可开始有了紧迫感。身边同学逐渐结婚生子，家里也时常催促，同事一起聚餐喝酒时，别人都有对象来接……

她开始对相亲重视起来，也有明确的标准：要在当地买得起房。哪怕是靠家里帮忙交首付，自己要有能力还贷款。

刘可想找一个比自己年龄大、但不超过五岁的人。身在二线城市，工作几年后能否买房，在刘可看来是检验一个男人是否有工作能力、对生活是否有规划的标准。她希望对方成熟稳重，有上进心，身高一米七以上，长相不过分要求，学历尽可能高一点。

各类相亲对象依次登场。

有当地一个研究所的人，在黄金地段有 200 多平方米的房子。戴着一条白金大项链，打扮得很社会，说话很成熟，生活经历丰富。刘可知道他们是两路人，不可能一起过日子。

有交警，说话感觉不是很实在。刘可当时在准备考试，对方约她周末去图书馆，她不想去又不好拒绝。第二天早上 7 点，对方来信息说临时有事，她秒回："没有关系啊。"后来对方又约她看刚上映的电影，刘可谎称提前在网上看过枪版了，对方执意请她当晚去影院看，刘可觉得时间太晚，推到周末。男方说周末父母要来，不了了之。

有在海外留学、工作回来的。见面后，对方非常热情，每天微信上嘘寒问暖。刘可更喜欢稳重一点的，就主动回请他吃饭，分别时告知自己的心意——觉得不合适。

还有人介绍二婚的，年纪倒只比刘可大一岁，闪婚闪离。对方家里人是公司的高管，对自己颜值大概也自信，给刘可发写真照。刘可不多言语，每次只回一个大拇指表情点赞。

相亲多是熟人介绍，即便没相中，也要顾及介绍人的面子。

也遇到过有好感的相亲对象。对方是一个现役军人，平时没法离开部队。见面前，两人大半年靠线上联系，微信语音、视频。

对方为人正直、有责任感、做事专注，这都是刘可喜欢的，但又觉得他很不主动，生活中永远是工作，对自己关心不够。如果两个人结婚，自己要承担的东西太重，怕担不起来。

她删了人家微信，主动断了联系，对方又加了回来。最后还是理智占了上风，刘可认定两个人走不到一起。

一次次相亲没有结果，刘可内心很失落，身边人也着急。有个热情的同事决心出手帮她，制定“找对象攻略”，告诉刘可——“我要改造你”。

相亲大改造

改造第一步，重塑朋友圈形象。

在同事看来，刘可的朋友圈太无趣，分享的多是关于金融的文章，吸引不了异性。

她让刘可在家里弄一盆鲜花拍照，体现热爱生活；周末去上课时拍拍校园，表示生活充实；隔三岔五发点跟闺密去喝下午茶的照片，暗示自己单身。只能暗示，不能在朋友圈直接写，会失去艺术感。找去喝茶的闺密也不能比自己好看。

同事嫌刘可没有好的相亲照，专门领她去咖啡厅拍摄，还为她准备了几副耳环、一件上衣，以及能把人拍美的专业相机。

拍完照片，刘可发了朋友圈。照片里，她颔首微笑，在粉红衬衫的映衬下，皮肤更加白皙。

90 个赞，52 条评论。之前二婚的相亲对象也来点赞，找她聊天。刘可并没那么开心，吸引到的人，都不是她喜欢的人。

她平时也去咖啡厅，但不会拍照，她不喜欢自拍。刘可没有继续接受改造，不再刻意装扮朋友圈。发给后续相亲对象的照片，是爬山时拍的：笑得很自然，看起来优雅大方。

靠这张照片，她认识了现在的男朋友。研究生毕业，做空调设计工作，贷款买了房。

加上微信，双方交换电话号码。对方手机号的后四位正好是刘可身份证号的后四位。刘可告诉相亲对象后，对方回复买电话号时专门找算命的算了一下，说这个号很好。

刘可一下觉得对方有点滑，之前也有相亲对象会撩的，但撩不到她的心。这次挺受用。

2018 年 8 月末第一次见面，对方穿了件蓝色衬衫，给刘可留下的第一印象是黑、土、老。他刚从美国出差回来，给刘可带了小礼物，有化妆品和巧克力。

刘可第一次从相亲对象那里收到礼物，很惊喜。她男朋友事后回忆，刘可当天咧嘴大笑，让他寻思这姑娘是不是有点“彪”

（傻）。

两个人聊成长经历，刘可觉得对方很聪明、挺靠谱。家在农村，经济条件一般，从小读书很努力，不用家里操心，大学保送了研究生。

见面打消了刘可的疑虑，对方不滑头，朴实、偏内向、成熟稳重。平时喜欢运动，挺阳光健康的。

后来和刘可聊天，我才知道，这个男生就是2018年9月5日我在刘可家那晚，和刘可通话的男生。那时刘可刚和他接触不久，还觉得他性格有点犹豫，接触下来才知道是误解。

当时我以为这个男生没戏，没承想9月10日，他们第三次见面，就确定了关系。相亲二十多次，第一次有男生牵到了刘可的手。

初恋就结婚

那是在一个烤肉店，两个人点完菜，男生执意要了一瓶啤酒。男生喝了些酒，两人吃饭聊天，相安无事。

吃完饭去广场散步，过马路时，男生牵起了刘可的手。他手心都是汗。刘可被带着，感觉手里也出了汗。过了马路也不松开，一直牵着手，送刘可回了家。

分开时，刘可问他怎么出了那么多汗，对方说紧张呗。

没有正式的告白，在刘可看来，牵手就算确定关系。她开心地跟家人汇报。

那晚以后，他们天天见面，感情迅速升温。他们见了彼此的父母，开始同居，双方父母也见了面。

双方父母见面前，有天晚上吃饭，男朋友问刘可，想没想过万一爸妈见面时问他们打算什么时候结婚，怎么回答。

男朋友希望2019年10月份就结婚，他想尽快让他们之间的感情升华为亲情，省得夜长梦多。

刘可虽然知道两个人还有很多需要磨合，但她也想先成家，安定下来再好好工作。

心里那么想着，嘴上却说："你这么容易就把我娶回家了吗？都没有求婚什么的吗？"男朋友说要是在家里摆蜡烛，怕把地板烧了。

12月，双方父母在男方家里见面。家在农村，杀了过年猪。论经济条件，刘可家比男朋友家经济条件要好。可既然女儿看上了，男方对女儿也好，人也靠谱，父母还是遵从孩子的想法。

如果是二十二三岁，刘可觉得即便遇到了现在的男朋友，也未必会和他恋爱。年纪小的时候，看重经济条件、长相。如今，她更看重这个人是否有责任感，对自己好不好。

她第一次去见男朋友父母时，感觉对方父母人都很实在，做了很多菜。他们家有两个孩子，都考上了大学，农村家庭供两个大学生不容易。

回想一路走来的相亲，刘可认为自己挺幸运，"初恋就结婚，虽然来得晚一些”。

“我认为所有以貌取人的人都是肤浅的”

相亲二十多次，刘可撩人技能并没有提升。但她学会了如何去相亲，该了解些什么。

比如见面时化淡妆，穿合适的衣服，打扮得漂漂亮亮，不迟到。第一次见面聊聊工作、成长经历、业余生活，了解下对方的性格。感情经历也可以问，但不一定第一次就问。

见面后，对有好感的人就主动些，找他微信聊天，约出来吃饭、看电影。如果没兴趣，对方主动找来聊天，也不拒绝，加深下了解。

刘可身边有朋友对相亲有阴影，谁来买单也变成烦恼。刘可的经验，多数时候男士会主动买单，如果聊得开心，她会说：下次让我回请你。如果觉得不合适，就说句：谢谢你的晚餐。

她不觉得相亲聊天、看电影会尴尬，就当认识了个新朋友，聊得来就多聊一会儿，聊不来就少聊会儿。

比起一辈子只能遇到一个对的人，刘可更相信世界上有很多适合自己的人，只是谁先来而已，或者说是不是在对的时间遇到了对的人。

刘可劝还在相亲路上徘徊的人——比如我——不用着急，老天自有安排。

突然想起前段时间有一天，还没睡醒，爸爸就让我看照片。一睁眼，看到手机屏幕上有张证件照。霸屏的严肃脸让我吓了一跳。爸爸问我觉得人怎么样，我实话实说：“吓死人了。”我爸扭头就走，撂下一句：“我认为所有以貌取人的人都是肤浅的。”

现在回味，我爸说的是对的。

今天是大年三十，是对着宗谱叩头拜年的日子。想来过去好多年，每逢生日、新年，许愿都是希望找到男朋友。到 2019 年元旦，已经开始赌气，决心再也不浪费心愿。

想想刘可，今晚叩头时还是要诚心诚意对着宗谱拜年：各位祖爷爷祖奶奶们，猪年快乐！快保佑我和那两个不争气的堂哥，都早点结婚吧！

全职爸爸的微观世界

口　　述｜阿　成
采访并文｜胡　卉

卧　室

这三年来，我卧室的大门可以向任何人敞开，因为里面没有任何秘密。

我跟老婆恋爱五年，结婚三年，儿子快两岁。这是我无性婚姻的第三年，完全可以预见，还会有第 13 年，第 30 年。我看过一个荷兰人写的《中国古代房内考》，大开本、砖头厚，从西周研究到明朝，讲千年来中国人在卧室门背后的隐秘快乐。他的呈现图文并茂，但是越精细、越丰富，越让我觉得片面、狭隘、失真。我认为任何朝代，普通老百姓的家庭生活都不可能像帝王贵族那样肆意快活，充满享乐色彩。直接说，我们没有那么多交配的时间和精力，因而没那么多的交配机会。即便我是走在无性的极端上，但是如果大家站出来说，我相信接近这种状态的夫妻也不会少。我今年28岁，老婆31岁。

变化是孩子带来的。没有孩子时，我完全想象不到有孩子的生活是怎样的，现在我知道了，就是你的人生一下子翻篇儿了，你从此活在另一个与之前截然不同的平行空间里。那些新闻里出现的情绪崩溃而携娃跳窗的妈妈，只想求片刻安宁而捂死娃娃的爸爸，给娃喂安眠药打镇静剂的保姆，是精神错乱的疯子吗？不是。在这个空间里生存，我的秘诀就是一颗强韧的忍耐心，并学着苦中作乐。

我跟老婆每晚都在忙什么呢？哄睡。昨晚，儿子两点醒来，无论怎样，都不肯再睡了。我抱着他在房间里小碎步快走，试图制造出摇篮或晕车的效果，他26斤重，抱着可一点儿不轻松。可只要我把他放在床上，他就像被扔进了火坑，大哭起来。我心一紧张，讨好地哼唱着他喜欢的儿歌："我头上有犄角，身后有尾巴，谁也不知道，我有多少秘密……"就这么一句，翻来覆去地唱，坚持不懈地唱。老婆在半睡半醒中鼓励我，坚持，再哄一会儿肯定睡着了。半小时过去了，一小时过去了，儿子始终大睁着眼睛，百无聊赖地看看我，又看看天花板，对我的意图毫无共鸣。

不知过了多久，儿子闭上眼睛，嘴巴里跟着我一起哼唧起来。我鼓励自己，看，他也想把自己唱睡，加油加油，胜利就在前方。可是莫名其妙地，他突然挣扎着从我怀里坐起来，啼哭几声，那意思好像是在说："我先去上个厕所哦。"婴儿的世界没有理性，没有同情心，也没有商量的余地。

一切努力白费。换我老婆上，一切从头再来。

我老婆的一切努力也白费。

归有光写《项脊轩志》，母亲听到孩子啼哭，问："儿寒乎？欲食乎？"我们也反反复复地这么揣测和互问。我儿子语言方面发展比较缓慢，快两岁了还不太能用简单的句子跟人沟通，这给我们了解他的需求带来了更多的障碍。我们观察着，试探着，生怕他是不是渴，喂了水；是不是饿，喂了牛奶；是不是消化不好，给揉了揉肚子；又怕他是不是热，把衣服脱了散散热；又想着万一感冒了更麻烦，于是又在他拳打脚踢的哭号中赶紧穿上。我们最怕他生病，哪怕是感冒发烧这种小病，我们也得跟着过许多天的糟心日子。

我累极，不知什么时候沉沉睡去，晃一眼醒来，我老婆还在房间里走来走去，哼哼唱唱。

"还没睡呀？"我问，心下一片纠结。老婆白天还要上班，我劝过她分房睡，但她不肯。

"是啊。好像睡着了，明明呼吸很深沉了，可一放下就醒了。"

"哎呀，几点啦？"

"四点啦。"

"哎呀，来，换把手吧，你抓紧时间睡两个钟。"

儿子在我怀里，看着我露齿一笑。幽微的黑暗中，我忽然觉得那笑容有种不易察觉的邪恶和嘲讽，他好像什么都懂，故意跟你对着干似的。程序员们吐槽自己过着加班到晚上九点的辛苦日常，别急，等当了父母，你就是 24 小时全天无休了。

因为哄睡，我的夜生活变得丰富多了。我见过凌晨两点、三点、四点的深圳，听过夫妻叫骂、甩巴掌和摔酒瓶的声音，听过独居年轻人泄愤般地狂打架子鼓的声音，还有一个老太太呼天抢地格外瘆人的哭号，那是她的老伴儿深夜走了……有些最激烈的情绪选择在一天之中最寂静和最黑暗的时刻爆发。

浴　室

有孩子前，我跟老婆一起洗鸳鸯浴，尤其是外出旅游，我们从不放过任何鸳鸯浴的机会。但是，有孩子后，我鸳鸯浴的对象就变成儿子了。

我给儿子洗完头发和小身子，让他坐在盛满艾叶水的澡盆里浸泡消毒，把小黄鸭、小青蛙和两支塑料水枪扔进澡盆，他自己就玩上了。我呢，就在浴缸里泡着，有时，也把儿子抱进来。洗澡是我们父子一天中的快乐时光，为此我还买了个音质很好的蓝牙音响，挂在浴室墙上，有时放我喜欢的 Beyond 和五月天，有时放儿子喜欢的《两只老虎》《小青龙》，时间久了，我喜欢的儿子也喜欢，儿子喜欢的我也喜欢了。有一次我们光着身子朝对方打水仗，我把水喷得他满脸都是，他不但不哭，反而大笑着，端起水枪回击我。我觉得开心又欣慰。我希望我的儿子是个快乐勇敢的男孩，体格强壮，头脑敏捷。

一岁前，儿子跟我的互动微弱得多，要比较细心才能体会得到。那时，我也不敢撒手让他坐在澡盆里，万一溺水怎么办？我们老家有个小孩就是这样夭折了，奶奶起身去了趟洗手间的工夫。

我每天花了太多时间处理屎尿，这没有一点审美价值，但就是我的生活，为人父母的生活。有些东西正因为过去了，我才可以笑着坦白。儿子八九个月时已经会爬了，活动量比较大，新陈代谢也快起来，一天排泄三四次。我正给他擦洗脖子，忽然，他来回划水的小手呆滞了，胳膊抻住澡盆边缘，脸上的表情很僵硬。然后，我就看见一堆黄绿色的东西从他身下涌出，浮现水面，铺满了整个澡盆，顿时，整个浴室变得恶臭难忍。你知道涨潮时的海面有多脏多臭吗？你知道大海是如何对垃圾包罗万象的吗？我老家在广东湛江，小时候于海边长大，儿子的澡盆让我想起涨潮时肮脏腥臭的大海，往后，大海也会让我想起儿子的澡盆。

儿子大事完成，像如来佛一般盘坐在水中央，神色变得轻松愉快。他惊异地观察着那些突然出现的秽物，忽然兴奋地手舞足蹈，拍打水花四溅。场面太难堪了，我一下子找不到收拾的思路。我凝视着儿子胸脯上还没消化完全的菠菜、毛豆和胡萝卜，心情复杂。娃娃可爱的笑脸是个幌子，这张脸的背后，藏匿着一个浩瀚无边的非理性的、无秩序的、荒唐可笑的世界。

浴室是个神奇的小世界。虽然我家的浴室不到10平方米大小，进门即盥洗台，盥洗台上摆着牙膏、牙刷、香皂、洁面乳和剃须刀，台下是儿子的澡盆，澡盆那头是一个小小的弧形淋浴间，但是，最快乐、最恶心和最惊悚的事都发生在浴室里。

有天我给儿子洗完澡，但是他玩水的兴致很高，我试图抱起他时，他就边犟边号，拼死拼活地反抗，我就只好把他放下："好吧，再洗两分钟哦。"两分钟过去了，契约失效。电饭煲"滴滴"地提示米饭熟了，我想老婆也快到家了，该去炒菜了，那条准备红烧的武昌鱼腌盐的时间也刚好，不然肉质会太紧。我见儿子专心玩水，盆里的水也不深，没什么危险，就去厨房做菜了。没多久，我就听到一声惨叫，然后是失控的狂叫、号哭。我飞快地跑进浴室，就看见儿子光着身子站在澡盆里，脸上、脖子上、肚皮上、大腿上，都是血。血是从下巴流出来的，和着口水和泪水往下滴。我在洗澡盆里看见了我的剃须刀。一定是他在模仿我平时刮胡子，伤了自己，两岁小孩的脑子发育得像大猩猩一样，他们都酷爱模仿成人的行为。

我抱起儿子去小区的药店止血，出电梯时撞见了下班的老婆，老婆骇然，拖着哭腔跟在我身后跑，不停地问怎么了怎么了，我都腾不出一口气去回她。儿子号哭累了，血糊糊的小脸埋在我怀里，一耸一耸地抽泣，让我非常心疼又非常自责。包扎时，我才发现他的下巴被削掉了一块指甲壳大小的皮肉……医生说，孩子成长的过程很漫长，这些事不可避免，她接待过一个剪指甲剪掉婴儿指尖的妈妈，孩子哭，妈妈也哭……

客　厅

我们家客厅和卧室的分界，是我妈在深圳时建立起来的，那还是孩子七个月之前的事。我妈走后，只剩我们仨，客厅和卧室之间的门再也不用关，也就没什么分界了。我们买的是市中心一处闹中取静的军产房，没有产权但比商品房便宜很多，90平方米两室一厅，两百万全款付清，没有房贷。我老婆是搞电磁的，厦大的电磁博士，在一家科技公司做变压器设计，一出校门工资就是我的两倍。我老婆智商很高，看《十万个为什么》《海底两万里》长大，小时候一心想当科学家。我们读中学时，有一句全国流行的口号，“学好数理化，走遍天下都不怕”。我老婆一路都是聪明人的典范。

我的专业就很尴尬了，人类学，读完硕士去了一家做电子显示屏的外资企业做采购员，他们看中了我的英语。

起初，我们不仅很相爱，而且很快乐。后来，我们的客厅加入了我儿子，还有我妈。我本来很感激我妈。我妈是我们老家一所中学的退休教师，属于知识阶层，在当地很受人尊敬。她精力充沛，心态自信，也疼爱子女。正因为如此，她才有勇气离开我爸，跟我们来深圳适应新的环境。我老婆为人直爽大方，从不碎嘴或者摆脸色。可是因为代际差异和观念不同，她俩在一起生活，生活质量就变得很差。

生活质量很差，是从搅动生活琐事开始的，因为不计其数的鸡毛零碎充斥着我们的生活。我老婆确实很喜欢做科研，有时周末在家也一清早起床，开着电脑绘图、计算和调参数。我不懂，也帮不上她什么。有次儿子大便了，老婆两眼惊恐地扫视了我一眼，然后以闪电般的速度跑进卧室，“嘭”地把门关上了。在这一点上，我很不理解老婆，我见过很多女人机械甚至愉快地处理孩子的排泄物，但是我老婆每次摊上这些事都如临大敌，神色痛苦。我妈私下说，我老婆表面上是缺乏耐心，内心深处其实是看不起这些屎尿屁的琐事，她没办法从生儿育女中找到认同感和意义。

话扯开了。那个周六早上，我妈正在拖地，我儿子大便了，我给儿子擦完屁股，还要去浴室倒热水清洗。我妈地拖到一半，就朝卧室门大喊我老婆过来帮忙：“你儿子拉了！要洗！”喊了一遍没人应，起调子又喊了一遍。

“一泡屎难道要三个人处理吗？”我老婆在门内大声反问道。我妈杵着拖把迟疑了一会儿，端起盆自己倒水去了，等我老婆出来签收快递，我妈跟她搭话都有点不情不愿。

我老婆在我妈面前签收快递，有点像老鼠碰见猫，因为我妈总得问她买了什么，花了多少钱，然后点评点评、教导教导，再跟谁家节俭持家的媳妇比对一番。我老婆起先还怼回去几句，后来便很少回话，点点头，“嗯”一声，再后来，“嗯”也没有了，人越来越沉默。更糟糕的是，气氛所致，我们俩在家也找不着多少话题。她不对着电脑时，就站在窗户前看着外面的路发呆，一站就站很久。有一次，我把熟睡的儿子抱过去给她看，她微笑着摸摸他的头发，忽然眼睛红了，说：“我得到的痛苦比幸福要多。”听得我很心酸。

我跟我妈敞开谈了一次，让她回了老家。我的选择里不存在让儿子当留守儿童一项。我妈走了，我挺得住；我老婆走了，这个家就散了。我自告奋勇，做起全职爸爸，虽然生活更加辛苦，但我老婆的笑容明显变多了，她成为家庭里唯一的女主人，工作之余积极参与家庭生活，跟儿子的关系也亲近了很多。看到老婆和儿子在客厅地板上挠对方的胳肢窝，哈哈大笑，我觉得自己的选择很对。

至于我，我认为自己比老婆更适合待在家里照顾家庭。不仅因为我挣得比老婆少，还因为我对绝大多数男性信仰的“必须在社会上某一行业有所建树”不抱压力和期望，我不把自己的社会功能看得那么重要。我喜欢过一种以家庭为主的小生活，我也能从培育一个孩子这里找到认同感和意义。

游乐场

我们小区有一个小型游乐场，有蓝色的直线滑梯和黄色的旋转滑梯，还有一个具有冒险色彩的网兜独木桥。每天上午，游乐场都像动物园里的假山，爬满了兴高采烈的猴子。我儿子很爱去游乐场玩，他喜欢追在那些大孩子屁股后面跑，而更小的孩子来追他时，他总是一脸嫌弃地走开，没有搭话的兴趣。同理，那些大孩子也是这么对他的。人天性就倾向于去讨好比自己年长的人，希望得到他们的赏识和认可，比如老师，父母，长辈，而不是学生，儿女，晚辈。这种规律，大概从婴儿期就形成了。

游乐场是儿童初次接触社会的地方。有一次，我儿子在玩旋转滑梯时，有个比他大一岁的小女孩跟着滑下来。小女孩被奶奶带着，衣着很干净，梳着两条小辫，脸白白净净的，样态憨萌，很讨人喜欢。在拐弯处，我儿子的动作慢下来，谁知他身后的小女孩突然拿脚猛踹他的头。她穿着的是那种有点笨重的红皮鞋，加上情绪愤怒，她踹他时，嘴里还叫喊："快点快点！看我不踹死你！"我跑过去把眼泪巴巴的儿子抱开时，发现他头皮红肿，头发里面满是沙土。我很生气，质问这小姑娘："你家大人没教你怎么做人吗？"没想到小姑娘满不在乎地乜斜我一眼，嘟嘟囔囔地说："没想到这爸爸还挺凶。"记住她之后，我很快就找到了她做人的答案。她奶奶追着她喂水，喂苹果，扎辫子，换尿湿的裤子，一开口都是："站住！看我不揍死你！"每个小孩都是他身边大人的缩影，少有例外。

当全职爸爸后，较长一段时间，游乐场也是我接触社会的唯一场所。但我跟儿子不一样，我讨厌去游乐场。那些保姆看我的眼神既鄙夷又困惑，眼神在我身上扫来扫去，最终要开口探问：“你不上班吗?”知道我是全职爸爸后，总要以好奇的口气，对我老婆打听一番，还要对我父母和我老婆的父母打听一番，点评点评。一个打扮艳俗、热情过度的中年保姆说，她确实很同情我和我老婆。

我很想追问她为什么这么说，但是我丧失了开口的勇气。

保姆说，她服务的主人家，一对老夫妇，直接接管了孙子孙女，包括吃穿用度和请保姆的一切开支，一心只要年轻人发展自己的事业。

听上去确实让人嫉妒。

然而保姆说，那对年轻的父母好像干脆把自己的孩子忘了。他俩住得离这里只隔两条街，但是一个星期也懒得来看一次，电话也打得很少。“我每周过去给他俩打扫一次卫生，那女人把脏内裤扔得到处都是，我还得去沙发缝里给她找，据说还是博士，留学回来的呢。你家的博士不带这样的吧?”

我摇摇头，很尴尬地走开了。

交换主人的隐私是保姆们生活的乐趣来源。一般有我这个异性在场时，她们点评主人家的事情，交头接耳、压低声音，仿佛有所顾忌。我看过一个片子，讲一个美国的保姆摄影师，为了拍照片，她把孩子带到像废弃工厂、废弃铁路这样冷僻荒凉的地方，但我们小区的保姆，都喜欢人扎堆的地方，喜欢热闹。她们彼此很熟，奶奶、外婆和全职妈妈也能一起聊开去，但全职爸爸？我没办法也没兴趣融入。很多时候，我都是默默站在那里，看着爬上爬下的小孩，漫无边际地想一些事情。

前年，小区游乐场发生过一件大事。保姆们凑成一团聊天时，其中一个保姆看管的小孩，也是一个两岁的小男孩，跟着他小伙伴的爷爷走了。那小男孩胆子很大，喜欢随便跟着陌生人走。可能那位爷爷叫他回去，他迷路绕出了小区，一个人朝与小区相反的方向走了很远。派出所的监控记录显示，他走上一段恰好摄像头坏了的路，然后就再也不见他的身影。据说，那家的男主人情绪失控。后来，他们把她告上法庭，判了两年，赔了些钱。

早教中心

儿子一岁半后，我开始带他去体验早教中心。早教一般是招收上幼儿园前、三岁以下的孩子。深圳早教行业很火、很贵，每节课 200~400 元不等，每单都是上万元起。家长们的目的各个不同，开发大脑，树立规矩，培养运动、语言和社交能力，打好双语基础，等等。而我，一是想把我和儿子的活动范围开拓到小区外，二是想看看教育专家们研究出了怎样现代化、科学化的育儿方法，我想学习和借鉴。所以我采取了撒网的办法，饶有兴味地去周边的每家早教中心试听。试听免费，不用禀告老婆。

早教中心让我长了很多见识，我积极参与，也冷眼旁观，看了很多不可思议的可笑世相，但它是否于我儿子有益，于孩子们有益，我却不能轻易下这个结论。

有一次，我印象很深。我带儿子去一家美式早教中心上感统训练课，说白了就是运动课。这家早教中心设址在深圳一个名字非常洋气的别墅小区内，正门半掩在一条榕树大道的浓荫下，正对着有一个美丽的人工湖，绿水悠悠，白鹭低飞，环境清幽。透过玻璃门往里看，装潢考究，暖黄的墙壁和壁灯都很时新，和那些穿明黄色工装的老师们显得很搭，她们都是二十岁出头、神采奕奕的小姑娘，面容可亲。有几个孩子趴在垫子上玩六面盒、魔力珠和拼装玩具。宣传单上写的是，一堂课 400 元，四十分钟。

可是，我一进门就闻到一股刺鼻的气味，连打两个喷嚏，很快就感到呼吸不顺，因为我有鼻窦炎，对空气质量特别敏感。

我跟对接的销售，一个 23 岁的小姑娘，自称“李老师”，小心提到了“甲醛”这个词。但是李老师大度地笑笑，说让我放心，如果真有问题，这也只是间接送孩子的招待室，教室都在二楼。我想，有句话叫“你来都来了”，而且儿子怀里还抱着人家的一个皮球。他喜欢玩一切球状的东西，我拿他这一点很无奈。

一位姓张的年轻女老师在教室门口等着孩子们入场。我儿子热情地仰头打招呼：“阿姨——”他的“姨”发“蚁”音，但是别人能听明白。他能识别男女老少，知道如何去对应称呼。

“不是阿姨，叫老师。”张老师纠正道。我觉得她的妆化得太浓了，剑眉红唇显得有点凶相。

儿子看看我，又有点沮丧地垂下了头，我只好说："他还不会叫老师。"

"老——师——"张老师说，"没关系，进去吧。"

孩子们被要求坐成一排，听老师讲本堂课的安排。他们都是一岁半至两岁的孩子，话听得明白，行为却不好规范，家长们就被要求看好自己的孩子。于是，出现了一些孩子在大臂钳紧或腿脚锁牢的困局中激烈反抗的画面，但是孩子们好像习惯了这样上课，反抗大多是无声地较劲；有一个家长很有教养，生怕自己孩子搅扰课堂，几次捂住他嗷嗷怪叫的嘴巴。至于我，我难以预料的难处在于，这间教室里到处是球，大小、颜色、材质、用途各不相同的球，我儿子激动地尖叫一声，开始满教室跑，摸摸弹力球，拍拍皮球，扯扯气球，把五六个泡泡球费尽心思地一齐抱在胸前。他好像迎来了人生的巅峰，过于兴奋，一边环教室奔跑，一边大笑大叫，根本停不下来。我很清楚此时制止他的难度。我有点犹豫去制止他，也因为藏了想让他多快乐一会儿的私心。没什么比儿子的笑脸让我更欢喜。

张老师给我使眼色，我也对其他人感到很抱歉，扛起儿子，打算离开课堂。张老师一面说着"球留下哦，要懂规矩"，一面去拨我儿子怀里的塑料球，这一行为彻底激怒了他。他握拳一挥，佯装要打人。最终，我们在那令人心碎的歇斯底里的哭号中悻悻离开，人生中的第一堂课，十分钟内结束。

销售老师说，这可以看出我儿子“专注力”不行，是因为“感统失调”，所以这“感统训练课”是必须要上的。她还恐吓我说，如果错过了三岁前的纠正期，后果将不堪设想。她就差没说我儿子有病了。我懂，不制造焦虑和恐慌，怎么让你乖乖掏钱呢？可是，为什么连早教、托班这种本应属于基础配置的社会资源，都弄虚作假，成了商家趋之若鹜的暴利行业呢？

我是个文明人、有耐心的全职爸爸，但是我忍不住跟销售说，你放屁，你们没有孩子，你们根本就不懂孩子。

你看过《忧郁的热带》吗？是一个叫施特劳斯的法国人类学家写的，里面有张插图我印象深刻，是一个土著印第安妇女和她的婴儿赤身裸体躺在地上午睡，她俩的身下是粗糙干燥的沙石，旁边是一个盛水的细口大肚的瓦罐，你可以看到人类对物质的需求其实是很低的，对后代的养育也不必那么文明和精细，您认同吗？也许在您看来，我是一个落后、狭隘、柔弱的男性，因为连施特劳斯也说，全职妈妈和保姆们是一群“被虫蛀的鬼魂”。可我怀着某种庆幸说，正是生产和养育后代让我们这种平凡、平庸的人从生之虚妄中解脱出来，找到了信仰。

她把父亲的头盖骨文在手臂上

阿芙拉

想到小小的人儿独自走黄泉路，她的心都要碎了

2015 年，22 岁的悠悠决定用大学最后一个暑假留在福建 Z 城考驾照，她一直没学会骑自行车，对考驾照也没有底气，母亲直接把补考费也交了。南方闷热的盛夏，她需要每天 6 点出门，5 点起床后先在宿舍哭一顿，然后擦干眼泪去练车。中午也哭，哭完再去练，晚上回来又哭。一天哭三顿，哭了两个月。

在 2019 年 9 月 18 日之前，这是悠悠的人生中最难的两个月。

2017 年，悠悠与相恋五年的学长结婚，次年怀孕。此前她刚辞去工作，正好利用孕期跟朋友合伙开了一家民宿，她的计划是生完孩子后全身心投入其中。在事业和家庭都如愿走向新篇章的时候，她度过了充实而满载期待的一段时间。

孕中期，悠悠通过四维彩超看到胎儿有挺挺的鼻子，开心到爆。2019 年 4 月，她把这个鼻子挺挺的小孩生了下来，丈夫问她：“给你 100 万买他，你卖不卖?”悠悠说：“不卖，千金难买

我乐意。”

孩子的名字索性就叫作乐意，5 个月 12 天后，这个名字后面被盖上了“注销”的字样，悠悠每次看见户口本都会落泪。想到小小的乐意独自走黄泉路，也不知道他害不害怕、冷不冷，她的心都要碎了。

乐意不是一出生就不太正常的，新生儿体检显示各项指标都合格，发育状况也很好。悠悠雇了一名月薪一万的住家月嫂，婆婆也从广东过来帮忙。第一次当母亲，她在孕期做足功课，与婆婆难免产生分歧时，总会坚持自己的育儿方法，还得到了月嫂的支持。在生命的前三个月里，乐意每个月都胖两斤，肉乎乎的很可爱，7 月份时体重已有 15 斤，有两条他爸爸最爱的莲藕手臂。

但不幸也是从 7 月份开始的。

起初是发热、咳嗽，吃了一周治疗支气管炎的药就好了，7 月底开始一天拉稀四五次，当作母乳性腹泻，吃了点益生菌也好了。8 月底，乐意又开始拉稀，未见便血，但有少量牙龈出血和皮肤淤青，医生提出了罹患白血病的可能。9 月 17 日，悠悠把乐意带到福建最好的医院就医，正式确诊为婴儿白血病，医生委婉地说明已经没有治疗的必要。

9 月 18 日，悠悠和丈夫带乐意回广东老家，希望他“落叶归根”，长辈们不甘心，人刚到家，又让他们马上前往中山求医。乐意在路上度过了生命的最后两个小时，到后来他已经虚弱得没有力气喝奶了，含着悠悠的乳头，睁大眼看着她，拼尽全身力气咬了一口。悠悠惊喜地发现乐意已经冒出了第一颗乳牙，她短暂地产生了一切都会好起来的错觉。

按当地习俗，在外去世的小孩不能再进家门，向来疼爱乐意的公婆拍板将乐意接回家守了一夜，悠悠陪在旁边，给他唱《迪迦奥特曼》主题曲、《小二郎》和《小老鼠上灯台》。也是当地习俗要求，悠悠不能亲自送孩子最后一程，他们托人把乐意的骨灰撒进了海里。海葬是悠悠的要求，Z 城也靠海，想乐意的时候她就去海边，风会把乐意带来。

一开始悠悠并没有时间伤心，送走乐意以后，婆婆在浴室滑倒，悠悠和丈夫带她检查、住院，轮流陪护；一周后，他们回到 Z 城的住处收拾东西，从到处都是乐意影子的出租房搬进新房又花了一周。失去乐意的悲痛这时才突然侵袭过来，悠悠哭得眼睛都快坏了，丈夫比她冷静，但有时她摸到丈夫的枕头，不知道什么时候湿了一大片。

睡不着的时候，悠悠一遍遍地复盘整个过程，试图找出任何可能出错的细节——夫妻两人正值壮年，不抽烟不喝酒，孕期营养均衡摄入，坚持做瑜伽，两边长辈甚至没有人得癌症，新房早就装好了，一直空置散甲醛，房东大妈的这套房子住了三年，空气质量按理说也不会有问题。

但万一那些家具质量不太好呢？悠悠不敢再想下去。在举目无亲的Z城，大妈对她亲如家人，常给她炖鸡汤补身体，在最绝望的时候，大妈与他们的感情就像一张网，把她打捞起来，让她不至于掉进深渊。如果真的找人来测量室内空气质量，无论结果如何，他们和大妈之间的这份情义就彻底断了。

家人也试图去寻找悲剧发生的原因，他们怪悠悠“养得太精细，让孩子抵抗力不好”，她不信，即使重新来过，她还是会用这套育儿理论，但是她又无法停止自责，“我没能保护好他，你明白吗”“做母亲这件事，我没办法提前练习”。

她问了好几个医生，十万分之三四的发病率，为什么是乐意？一个医生说可能是基因突变，另一个医生说，“我要是知道什么原因，我都可以拿诺贝尔医学奖了”。

有时候她希望一切只是一场噩梦，但腹部的赘肉和产后脱发证明这并不是梦。一位朋友说艺术有疗愈的作用，她便去上美术班，心里想着乐意，做了一个小鸭子停在鸭妈妈背上的泥塑，取名为“母子”。

她在社交网络上记录对乐意的思念，结尾总是说“爸爸妈妈等你回来”。春节前，婆婆讲“你不给我把孙子生回来，我没脸回家过年”，她当然知道再生一个肯定不可能还是乐意，但如果这么说能让所有人心里都好受一点，就这么说好了。

期盼加快了悠悠走出伤痛的速度，但她心里还有别的烦恼。乐意走后，丈夫担心她身心状况不好，民宿扩张的计划就此搁置下来，她又不想在确定尽快要孩子的前提下去公司上班。因为疫情，她和丈夫决定将备孕推迟。她害怕自己慢慢丧失社会性和学习能力，等下次生完孩子，哪个公司会用一个简历上有这么长一段空白的人呢？

曾因为考驾照哭了两个月的悠悠，最后一次性考过了所有科目。乐意出生前，她经常独自开车回娘家看妈妈。她喜欢这段三小时的车程，自由，像还没有出嫁一样。每当这个时候，她就会庆幸自己当初坚持下来，“人只有经过一些事情才会变得丰满”。

我最爱的朋友，出事前三分钟还在跟我讨论发型

在悠悠为了乐意奔走求医的 9 月初，关于男篮世界杯周琦失误、马云卸任阿里巴巴董事局主席的报道铺天盖地。在各种各样的讯息中，一则车祸新闻悄悄出现在社交网络时间线上，很快就被网友用拇指滑了过去。

对于李瑾靓来说，这不是迅速从互联网上沉没的旧闻，而是两位好友戛然而止的鲜活生命。

2019 年 9 月 7 日下午 5 点 38 分，Rong 和男友山江一起看完展览，从厦门某博物馆走出来，被一辆失控后冲向人行道的共享汽车撞倒。山江当场死亡，Rong 盆骨碎裂、腰椎骨折、颈椎骨折、颅内出血、全身多处骨折、内脏严重受损、全身软组织受伤，第二天上午 10 点左右因抢救无效死亡。

那是一个周日上午，还在上海家中赖床的李瑾靓突然接到一位不太熟悉的朋友打来的微信电话，朋友在那头哽咽着告诉她Rong刚刚因为抢救无效去世了。这个消息听起来像一个并不好笑的玩笑，李瑾靓不相信，她四处求证，最终从Rong的姑妈口中听到肯定的答案。

李瑾靓与两人是大学校友，她先是通过学生会认识山江，后来又经共同好友介绍认识了Rong，两个少数民族姑娘一见如故。Rong跟李瑾靓说过，以前有很多人叫她当伴娘她都没去，但如果李瑾靓结婚请她当伴娘，无论在哪里她都一定会去。在“下辈子就靠彼此了”这件事上，Rong没有信守承诺，李瑾靓去她生前发布的最后一条微博下留言，“我要跟你生气了”。

9月11日，厦门公安出具的《道路交通事故认定书》判定肇事者胡某承担全部责任，Rong和山江无过错。

但网友并不认为李瑾靓的两位好友是这场事故里完美的受害者。

肇事司机为新手，但其所驾驶的共享汽车并未张贴实习标志；涉事车辆为非营运性质；涉事共享汽车运营公司此前已多次因“未经许可擅自从事汽车租赁经营”受到行政处罚。Rong和山江的亲友们提出包括该共享汽车公司的运营是否合法合规、其服务条款中责任划分是否合理、投保额度是否过低、共享汽车用户准入门槛是否过低等质疑。

事件经朋友们梳理后被发布到网络，获得了部分关注，但包括李瑾靓在内每个替他们在网上发声的朋友，都遇到了攻击，“不就是想讹钱吗”“凶手用刀杀人，不能怪卖刀的没挑好客户对吧”。其中一位朋友在微博上写道：“请关注共享汽车安全问题，否则下一个受害的可能就是你”，评论里整整齐齐地回复，“是你不是我”。

李瑾靓飞抵厦门看望两位好友的父母。她没有勇气去看一眼躺在殡仪馆里的好朋友，出事前三分钟，她们还在微信上讨论发型，但紧接着 Rong 的一头长发就在抢救时被剃光了，爱美的 Rong 在这场车祸中面目全非。车祸现场视频她也没有点开看，她想：“我没看见的事，就没有发生。”

9 月 28 日，李瑾靓再次回到厦门，参加 Rong 和山江的遗体告别仪式。这是她第一次参加追悼会，站在吊唁厅里，她恍然发现，原来我们这代人竟然已经在离开这个世界了。

仪式的最后，与 Rong 关系最亲近的人得以进入火化间，李瑾靓见到了棺木，但她觉得里面是空的。火化时亲友一起喊，“火来了，快跑”，李瑾靓也机械地加入其中，同时又觉得眼前的场景荒诞极了，她甚至在心里疑惑“这些人为什么这么悲伤”。

她在事故之后仍然保持着每天给 Rong 发微信或者写微博留言的习惯，有时分享美食，有时汇报健身成果。鼠年除夕，李瑾靓照例登上微博给 Rong 留言，跟她说肺炎太可怕了。

本该是 Rong 29 岁的生日，零点整，李瑾靓在微博上准时发出祝福。上一个生日，Rong 的愿望是“Live Free”，她是把日常生活过得充实而富足的人，一直想去南非旅行。李瑾靓想，一定要去趟南非，替 Rong 看看。

她把父亲的颅骨文在了自己的手臂上

被称为“网络入殓师”的博主“逝者如斯夫 dead”三年来每天至少会通过微博私信收到两篇悼文，其中约有 70% 来自 90 后。

2019 年 12 月 14 日，他收到的是韩艺菲在失去父亲的第一个晚上写下的长文：“还有不到一个月，我就 25 岁，还有半年时间，我研究生就会毕业。我会结婚，还会有个小孩喊他姥爷……”

2018 年 5 月之前，韩艺菲眼中的自己满身稚气、好运、骄傲、理直气壮地接受生活的馈赠。5 月，她在泪水、脆弱和崩溃中挣扎，第一次真真切切地感受到前 22 年他人为她承担的一切，都转移到自己肩上。

当时韩艺菲念研一，刚来到一直向往的北京，在西二旗一家互联网公司实习。一天晚上，远在新疆的父亲像往常一样在饭局上喝了几杯，第二天，宿醉引起的头痛格外剧烈，父亲以为是年纪大了的缘故，没有特别在意。大约一周后，疼痛还不见减退，父亲想去医院开点药，才知道脑部的肿瘤已经很大了。胶质母细胞瘤，是最常见的脑部肿瘤，生长迅速，病程极快，确诊时为Ⅳ级，高度恶性。

母亲给韩艺菲发微信说“你快回来吧”，韩艺菲一个人爬到公司大楼的天台上，蹲着哭了很久。

父亲很快入院并接受了开颅手术，医生从他的头部移走一块大约7cm×7cm的颅骨，尽可能多地切除肿瘤，然后缝合头皮，最后的日子里，颅骨上的这块空洞替父亲释放了一部分肿瘤生长的痛。

术后情况乐观，父亲积极配合放化疗。相对平静的半年过后，韩艺菲迎来了23岁生日，父亲说，“快乐是最美好的事”。父亲不善言辞，也就是生病之后才会用开玩笑的语气对韩艺菲的母亲说“我爱你”，才会躺在病床上光明正大地让韩艺菲亲亲他。

2019年4月，父亲接受了第二次肿瘤切除手术。6月份他的精神状态还不错，一家人去云南旅游，父亲玩得很开心，到最后一直要赖不肯回家。后来韩艺菲想，父亲应该是感觉到自己的身体每况愈下，才想在外面多逗留几天。

旅行结束后，父亲再度入院，医生建议尽快做第三次手术。这次，从来都是“沆瀣一气”的韩艺菲和父亲一致决定不做手术了。那时，韩艺菲第一次和父亲谈论了死。她问父亲害不害怕，父亲说，不怕，他会把死当成一趟愉快的旅程。

随后父亲住进了疗养院，每次母亲觉得父亲快不行了，都会把韩艺菲从北京叫回去。正值从研二跨入研三的阶段，她一边实习一边准备毕业论文，还要参加秋招，她甚至得抱着电脑在父亲的病床前参加招聘单位的在线笔试。

2019 年 12 月 14 日是韩艺菲父母结婚 26 周年的纪念日。上午，她在网上给父母订了个小蛋糕，让母亲带到疗养院去；下午，韩艺菲的手机铃声响起，她和母亲一直用微信沟通，看到来电显示是母亲的瞬间，她就猜到了结果。

这场离别预演过很多次，真到发生的这一天，悲痛依然超出了韩艺菲的预期。

第二天，她飞抵乌鲁木齐，直奔殡仪馆，静静躺着的父亲看起来好像还有呼吸一样。她掀开白布，伸手去捡掉落在父亲瘦得皮包骨的脸上的布屑，碰到了这辈子碰过的最凉的东西。

父亲本来和韩艺菲说好不办葬礼的，母亲不同意，韩艺菲没有再像以前一样任性，她写了一番悼词，在葬礼上代表家人感谢父亲单位的领导和同事 19 个月以来的关照，没有流一滴眼泪。

她努力表现出得体和克制，就像父亲去世当天晚上，独自在北京等待返乡的她飞速写下来的那样：她一定吓坏了，还都得靠我不是吗，你娶了个脆弱的老婆啊。不过好在你女儿够牛，一天到晚都厉害得不行，关键时候多让人放心。

事实上，她还是变得敏感而脆弱。有一次逛街看中了一件衣服，打电话给因为工作原因只能一个月见一面的男友，说着说着就生起气来，她不是要让男友给她买衣服，而是在气他为什么不能陪在身边。她以前不是那种哭哭啼啼的人，但是可以让她安稳地停靠的人不见了，她得开始学习如何成为一个真正的大人。

她有两个专门纪念父亲的文身，一个是父亲的忌日，和母亲的生日并排文在一起；另一个是父亲在第一次手术中取下来的头盖骨，韩艺菲偷偷把它的轮廓描了下来，文身师把图案按比例缩小后文在自己的手臂上。那是一个奇怪的形状，如果不解释，没有人会知道这是一块头盖骨。

有时，她会梦见父亲坐在家门口穿鞋，准备离她而去；有时，她会梦见父亲说想喝茶，就带茶叶去敬给他。乌鲁木齐的冬天很冷，父亲的骨灰还放在殡仪馆，等开春了，韩艺菲要和母亲一起去给他寻一块好墓地。

“不要给我穿寿衣，我想要一件 2000 块的衣服。”

当疾病遇到贫困，比韩艺菲早出生两年的小渔经历的是生活的另一个截面。

小渔家住西南山区的一个村庄，距离附近最大的都市 200 公里。高速修通前，搭车进城约要四个小时。他们的生活条件甚至比不上所属贫困县里的许多其他家庭，父母因再生了一个女儿和一个儿子，背上两笔计生罚款。2010 年，小渔考上北京的大学后才第一次来到市里，从那里乘坐三十几个小时的慢车前往北京，硬座票凭学生证明可打五折，折后价格一百多，她一次卧铺都没买过。

小时候的生活尽管赤贫，但是无忧无虑。2007 年暑假，小渔家意外失火，原本寥寥可数的衣物、被褥，还有竹子支撑的屋顶都被烧毁，队里每家捐了一棵树给他们重新修建房子，母亲为此从上海赶了回来。

小渔一直觉得母亲不是典型的农村妇女，她婚前在广州打工，后来又一个人去上海做事，如果能留在上海闯荡，肯定不会一直做清洁工。但是种种设想在这场大火和随之而来的疾病中被一再打破。那年 9 月，母亲确诊为乳腺癌，接受了单侧乳房切除手术，当时母亲不到 40 岁，身体底子好，预后很乐观。

盖房子和做手术让他们负债十几万，父亲去周边打工，母亲虽说在家养病，其实还承包了几亩玉米地，整天埋头在地里干活。父亲打工的地方好吃秧鸡，市面上收购价是十块一只，父母为此一夜一夜地扎进田里抓秧鸡，一晚上抓 100 只，能卖 1000 块，就这样抓了好几年。

当小渔考上了北京一所重点大学，父母从没想过让她辍学打工，也没要求她选择离家近的免费师范院校，她借了两万块助学贷款，这笔钱过了五年才还清。同学们每月花销多在 1500~2000 左右，她每月生活费是 800，一部分来自父母，一部分来自贫困生补助、勤工俭学和实习。

由于离家在外，小渔不太清楚母亲什么时候把术后调节激素的药停了，也没有按时去复查。她抓了几年秧鸡，直至最后腿疼得人站不起来。2012 年暑假，小渔带她去检查，得知癌细胞已扩散到全身，医生了解到他们的家庭条件后，建议不必再做治疗。母亲的求生欲极强，听说有个民间偏方或许有效，生生嚼了几个月苦蒿子，嚼到牙齿都绿了。

那个暑假，小渔的母亲病情恶化，奶奶去世。奶奶或许是 2013 年暑假去世的，小渔完全记不清了，她疲于应付农活、学业和生活，暴瘦十几斤。身体上吃苦对她来说不算什么，让她无法再保持乐观的是，母亲能活着的日子已经不多了。

在家的日子，小渔开始重新靠近生病后对姐弟几个严厉得甚至有些苛刻的母亲，她用手机录下母亲唱《美酒加咖啡》的音频，母亲唱歌不好听，但是喜欢唱，以前母女俩会唱着歌去竹林里砍柴。那台手机里还有母亲腿脚尚能走动时两人在镇上拍的一张合影，后来手机坏了，照片和音频都没能留到现在。

2014 年，小渔大学毕业，此前还能支撑着身体去打猪食的母亲卧床不起，小渔没有参加北京的校园招聘，在家乡某单位招考中落榜后，一直留在家照看母亲，朋友介绍她到镇上做一份临时工，她买了辆小电驴，每天往返村子和单位。

有一次，她骑着这辆小电驴去男朋友家吃饭，临走时忽然下雨，男友的母亲追出来帮她披上雨衣，这个自然而然的动作让小渔觉得不解，这种事也用得着别人帮你做吗？很快她想明白了，原来人是可以不用那么坚强的。

那年12月的一天，癌痛中的母亲瞳孔逐渐放大，在小渔的怀抱中离开了人世。母亲弥留的日子毫无生活质量可言，起初还可以躺在床上为亲戚们每人纳一副鞋垫，渐渐地她失去了自主排便的能力，到最后连意识也不再清醒。

她终于解脱了，小渔心想。

小渔的妹妹弟弟当时还处在叛逆的青春期，失去亲人的冲击对他们来说远没有对小渔来得强烈。小渔变成了这个家里又当大姐又兼具母亲功能的角色，她刚刚失去了母亲，但是她又必须站起来为父亲分担一些责任。

农历新年过后，小渔问朋友借了一笔生活费，脱产去复习公招考试，录取结果并没有减轻她的难过。八年来这个家庭贫病交加，她一直想尽早自食其力，但还是晚了一步，母亲临终前说死后不想穿寿衣，要穿一件2000块的衣服，小渔怎么也买不起。

2016年，小渔成为一名母亲后，才知道自己的母亲放弃吃药供三个孩子上学需要多大的决心。她终于理解了母亲，如果不把日子好好过下去，对母亲来说才是一种辜负。

他们对抗死亡，用“看不见”的力量

郭　航　阿芙拉　刘三分　陆　愉

一款排查同班行程确诊患者的小程序

童永鳌是一家互联网公司的技术总监，主要工作是编程序、写代码。1 月 27 日，他躺在床上刷疫情相关新闻，看到官方媒体公布了确诊患者搭乘过的交通班次信息，请同行的旅客注意。转发有好几万，但他却觉得看着很吃力：新闻配的是长图，想找到自己乘过的车次，需要先找时间、再看车号，太不方便了。

于是童永鳌萌生了想法：可以制作一个查询小程序，方便人们核对自己的行程。从技术上讲，这实现起来不难。他有个 7 人的微信群，群里都是老朋友，大家都做 IT 相关行业，当初在编程论坛里结识，算起来是十多年交情的网友了。童永鳌把想法一说，大家都很支持。可能也是几天没出门了，除了玩手机外没有什么事情可做，他们都愿意参与。

说干就干，童永鳌找了一位朋友做前端，自己编写程序。中午开始做，到下午 5 点，第一个小范围试用版本就做好了。写程序简单，但把网上的数据整理、录入比较麻烦。在他们的 7 人小群里，大家按照日期领任务，去有蓝 V 认证的大媒体里找消息，把新闻长图里的内容整理成统一格式。

这样的工作挺耗人。童永鳌精神高度紧张，车次和时间输得头晕眼花，一不小心就容易弄错。有的媒体发布的信息是把其他媒体的信息和新信息整合一遍再发，重复难以避免，只能人工再筛选一遍。

六个小时过去，经过初步审核和 debug，查询工具 V1.0 上线。27 日 22：27，童永鳌将网址发到朋友圈。

27 日，网站同时在线人数不到 100 人，28 日开始，访问人数激增。28 日晚上 8 点，页面一小时访问量达到 16 万；晚上十一点，达到 170 万。一个 40 万粉丝的大 V 在自己微博推荐了链接，获得 8 万多转发；微信群、朋友圈里也不停有人扩散。

之前，网站用的是童永鳌朋友的个人服务器，1M 带宽，只能支持 100 人同时在线。而现在，同一时间几万人都想访问。网站崩溃了无数次，最夸张的时候，连童永鳌他们都连不上自己的网站后台。他好久没有见过这么大的访问量了，如果是商业网站，一天七八十万的访问量已经很成功，而这个页面上线三天，总 pv 就达到 3000 万。

服务器频繁崩溃，童永鳌的老板二话没说提供了资金支持，还把公司同事叫过来帮忙。前几天，老板想给武汉捐一批口罩，联系了一两天都找不到能符合医用标准的厂商，当时大家还觉得挺沮丧，说互联网公司在这种时候做不了什么。现在有这个机会，虽然不知道能有多大帮助，但大家都愿意多做一些。网站到目前为止没有挂任何企业相关的内容，老板自己也在群里说了，不太愿意借这个机会宣传。

许多网友把新的车次信息用邮件发来，也有网友说，“希望能帮上点忙”。朋友、公司同事，加上主动帮忙的网友，大约 20 多人。大家拉群，每天跟进、更新。人民日报的微信公众号联系他们，希望这个工具被更多人看到。在更权威的平台发布，内容就需要进一步校对、审核。在电脑前，童永鳌从早上 9 点一直坐到晚上两点。

传播范围大了，童永鳌的心理压力也挺大。如果信息不完备，就不能做到让人心安，录入错误有可能还会造成恐慌。社交媒体上的信息混杂，要去逐条地核对：蓝 V 大媒体的内容可以取信，而有些小型地方性新闻网站，无法确定权威性，就只好先存疑、放在一边；还有些争议信息，也先不录入。

1 月 29 日开始，童永鳌的邮箱爆炸了，里面都是网友来信。报错、提供新信息、表达感谢……有时候来不及点开看，从弹出的提示消息里看到一句“谢谢你们”，他就觉得自己做的事情，还是挺有意义的。

这个程序如果是自己用，就可以偷懒不更新，但现在这样不行。今天早上，西藏有个患者确诊了，正在急寻同车乘客，第一时间就有好多朋友转给童永鳌，让他更新数据。还没睡醒就收到这种信息，童永鳌无法再次入睡，立刻起来录入数据。

过年这几天，童永鳌都在弄数据，没怎么陪家人。夜里 2 点多，疲累的他刚刚躺下，临睡前刷朋友圈，看到大家发的医生连轴转、躺在走廊里休息，童永鳌觉得，自己的劳累根本不算什么。

一群对抗疫施以援手的艾滋病患者

克力芝，通用名洛匹那韦利托那韦片，是一种艾滋病用药，艾滋病感染者可从当地疾控部门或定点治疗医院免费领取。疫情暴发后，多名专家在采访中表示新型冠状病毒与艾滋病毒同属 RNA 病毒，治疗上存在一些共性，克力芝对部分新型肺炎患者有治疗效果，但有效性和安全性等仍在探究中。

媒体报道后，有好几位相熟的 HIV 感染者朋友找到松鼠哥，问他是否愿意一起做点事情。松鼠哥的本职工作是服务于一个为 HIV 感染者提供免费药互借的公益平台。由于工作，他认识很多 HIV 感染者。他们决定利用手里资源，为确诊新型冠状病毒肺炎的患者免费提供克力芝。

发出募集令后，他们陆续收到了全国各地 HIV 感染者们寄来的克力芝。截至 1 月 28 日，共计 40 余盒（120 粒版），由几位 HIV 感染者集资采购的印度仿制版克力芝 220 盒（60 粒版）也在运输途中，按照当时的数量，刚好可以救助 300 人。

松鼠哥把这个消息发到了微博上——在全国任何一个城市，只要你是新型冠状病毒感染者，你所在的医院没有这个药的情况下，来找他，把确诊报告和药物处方通过微博私信发给他，就可以免费领取克力芝半瓶（共计 60 粒，完整疗程需 56 粒）。他们还提出，医务工作者、身处武汉地区的感染者以及 HIV 感染者合并新型冠状病毒感染者（尚未发现）可以获得优先帮助。

为保证药物能到达真正需要的人手中，且不违背法律和伦理，松鼠哥在寄药前会逐一核实求助者提供的工作证明或处方。

一位好友给松鼠哥推荐了身在武汉的“蜘蛛哥”，可他们其实没有太多时间沟通交流，但非常时刻，他们都选择信任彼此。松鼠哥会把每天需要发往武汉的克力芝统一寄给他，由他开车派送。避免了有些快递到不了或者很久才能收到的问题，他的出现特别及时。

1 月 30 日晚上，松鼠哥统计，他们一共发出了 47 份克力芝，有些是一人份（半瓶），有些是二人份（一瓶），少数是三人以上分量（一般都给了医生）。

这件事是 HIV 感染者群体内部自发的，他们十分关心一线医生的状况，当有新闻说 HIV 感染者不是易感人群的时候，就有很多 HIV 感染者表示想冲上武汉前线去当志愿者给医生帮忙，还有的 HIV 感染者甚至表示“我宁可一辈子被拒诊，也不愿任何一个医生出事”。他们做这件事完全是发自内心，没有任何诉求，只希望医生和患者们能够平安归来。

有很多网友找到松鼠哥，纷纷表示想资助他去采购更多印度药，新追加的 100 盒里就有他们的一小部分（大约 3000 元），其余的绝大部分来自 HIV 感染者群体内部的资助。外界的资助，他们商议之下觉得不收最好，害怕最后被质疑诈捐或者浪费善款。未来也不准备开放任何捐助，只是想把这件事做好。

并非没有质疑声，药物来源是否正规、会不会有假药，当然有人提出。松鼠哥的回答是，这些药全部都是正规、安全的真药，理由之一是，这些药原本是国家提供给 HIV 感染者的免费药，相信没有任何商人会去造假免费的商品，并且这个药工艺难度高，高成本、零收益、风险巨大的事情谁会去做呢？理由之二是，药物捐助者都是松鼠哥的多年老友，他们的治疗情况都一清二楚，之前吃什么药、后来换了什么药、身体情况如何，甚至家里几口人，他都知道。

虽然两个群体感染的并非同一种病毒，但 HIV 感染者对他们的处境更能感同身受，所以始终是最乐于伸出援手的群体之一。松鼠哥希望能借此举抵消一部分人对 HIV 感染者们的敌意和偏见，同时也希望大家能够明白，任何一种疾病都无关品格，任何疾病的患者当中都有好人和坏人，请不要歧视和排斥他们。

一群守护医务人员心理防线的心理咨询师

余冰珺她们的组织成立于大年三十晚上。没有任何前身，也没有任何基础。发起人是北京教育学院的心理学博士曹慧老师，那天白天，她通过微信向身在武汉的华中科技大学同济医学院附属同济医院的朱波医生进行问候。原本只是一次普通的关心，却没有想到引发了后续的发展。同济医院是第一批对口收治医院，医生们在疫情暴发、全城封闭、物资急缺的情况下连续工作多日。朱波医生感到医院需要心理学的帮助，医护人员需要心理支持。

朱医生问曹老师，你有心理学方面的资源，能不能组织一些人，帮我们医务群体做一些心理咨询。朱医生说，一线的医生们都很忙，很难有时间做一次完整的咨询，而且医生往往内心也很强大，但仍然希望如果万一有需要的时候，能够随时找到在岗的咨询师。她们最初的想法非常简单，就是找到十来位有资质的心理咨询师，在武汉同济医院的医生有需要的时候能够进行心理支持。

考虑到一线抗疫的医生们通常是深夜换班，那时候才有时间休息，处理自己的情绪。所以，她们也希望借用海外华人咨询师的力量，夜间仍然能够工作。当招募信息发布到国际华人心理援助专业协会（ACHPPI）群后，ACHPPI 主席张怀宇博士非常重视，立马帮忙置顶信息并扩散。

所有的行动都是通过微信完成的，在朋友圈分发，有意者扫码入群。余冰珺也是除夕晚上，在朋友圈看到招募令后加入的。几乎不到一个小时，群里就已经集结了 100 多位咨询师，甚至包括北京师范大学的王建平教授和侯志瑾教授，以及受训于哈佛大学、牛津大学、斯坦福医学院、加州大学等大学且已工作多年，具有危机干预经验的多位优秀督导师。一夜之后，群里已经有 300 多人了。

心理咨询是一件很专业的事情。她们制订了严格的筛选标准，可以直接上岗为一线医务群体做咨询的是：美国执业执照、国内注册系统认证等职业资格；符合要求的咨询时长、督导时长和危机干预时长；参加过且提供关于伦理培训的学习经历证明。不符合标准的，需要经过由注册系统派驻的督导师和海外危机干预顾问团队联合设计的培训课程，考核合格后才能上岗。

人员到位，看上去大厦拔地而起。接下来一个重要的问题是需要一个电话呼叫系统，搭建心理热线平台。通过朋友，余冰珺找到一位创业者，他是武汉大学的毕业生。他的企业正好开发了这样一套系统。其实开发这套系统花了很大成本，一般情况下使用是需要付费的，尤其是部分咨询师身处海外，连接海外电话的成本更高。可得知余冰珺她们是为武汉疫情贡献力量，他二话不说，让她们直接用。

有了他提供的技术，平台还不能直接使用。余冰珺又发动身为程序员的丈夫在此基础上做了改造、测试，几乎两天没有睡觉。终于在大年初三，热线平台建成，第一批咨询师也初步培训完成。平台正式上线。只要咨询者拨打对外公布的热线，系统会自动随机转接给值班咨询师。

疫情短期内暴发，发展迅速，具体的传播路径并不完全清晰，形成一种未知的恐慌。对于一线医务人员来说，他们比一般民众具有更高的自我保护意识，医院通常也会有心理疏导。所以，一旦他们决定前来咨询，可能就是困扰已久的大问题，这也是为什么要求咨询师需要具有危机干预的经验。

疫情暴发初期，每天面对大量的病情恶化和死亡，对医务人员的心理冲击非常大；还有物资的缺乏、初期对疾病缺乏认识等，实际的工作困难给他们造成困扰；还有长时间工作造成的过度疲劳、各种心理压力源带来的情绪问题；以及全国各地的援助医生到位后，搭班人员变化造成的磨合问题。另外，护士群体在病房待的时间更长，更直接地面对病患和家属，他们的心理压力可能比医生更多。

可余冰珺所看到的医务群体最大的压力，是怕给别人带来压力。这是他们最无私的一点。比起自己被感染，他们更担心家人被自己感染，以及假如自己倒下后，又少了一个能施救的人，但同时，他们又不想被人夸赞太多。一位医护社群陪伴志愿者曾对一名90后护士说——你真的很厉害啊。那位护士说：你不要这么说，我们都是在工作。他们不想把自己捧得太高。如果把他当成一个普通人，做的是一份普通工作，他们心里反倒会舒服一些。设身处地地想一下，在这样的极端环境下，任谁都可能倒下。

咨询过程中，团队也发现，其实医务人员很大一部分压力源于患者。患者对病情、对医务人员以及对于如何在染病后自处的不理解，这些因素都让医务群体的心理压力大大增加。因此，服务对象也及时进行调整，一开始是只服务医务人员，现在变成医务人员、医务人员家属、患者三方。

团队的工作并非想自我感动，或者说带着某种预设，只有按照她们的方式才能开展帮助。医务人员希望用什么样的方式，团队就用什么样的方式去帮助他们。发现医务人员长期戴口罩、吃住在医院，不方便电话沟通的工作特征后，又增加了文字方式，在微信公众号和小程序内开设了树洞功能。目的是创造一个让他们方便和放心交流的语境，让他们觉得哪怕反复地沮丧恐慌都是正常的，终将会自愈。

余冰珺说，我们做的事情，就是守护这些一线医务群体。你可以把我们理解成一个“快闪”的公益组织，能做一点是一点，谈不上什么宏伟的计划和愿望。等到疫情结束的那一天，我们可能就原地解散了。

疫情暴发后，身边很多人转发各种消息，非常混乱。Nico 觉得做信息收集和辟谣有利于避免假消息传播制造的恐慌。脑子发热，就加入了一个疫情信息整理群。

最初，他完全没有想到会是现在的工作量和工作状态，前三天每晚熬到两三点才睡，不管什么类型的需求，看到了基本都会回。开始只是想去“搬砖”帮个忙，把收集或核查的信息复制粘贴一下，也不想背太多 KPI。但发现没有人主持大局，群内一条条信息发出来，大家都不知道能干吗，Nico 就想自发来做统筹。

他们有核心群和地方群，都是在发挥各自功能，做辟谣、科普、翻译，调度各地区资源，等等，起初难免还会做一些重复性工作。大年初二早上，各功能群群主开了个小会讨论各群分工，小组从信息收集、筛选、辟谣，到审核、发布，整个流程都打通了。

整个的信息核查流程有三步。第一，对于已经查实、不超出判断的，不做重复工作；第二，主要针对科普类信息，比如关于口罩、酒精、84 消毒液的使用，会直接询问相关专业的志愿者；第三，不可信的谣言，谣言分为新闻类的谣言、物资类的谣言和科普类信息的谣言，他们都会收集，发布在石墨文档、微博和微信公众号上。Nico 回到家，发现父辈和他们获取信息的方式是不一样的。绝大多数家庭是父母不太关心新型冠状病毒传染的严重性，但他爸妈不一样，他们得到的相关信息都是从抖音上面得来的。他们会传播在抖音上看的内容，说这件事儿如何严重，大家怎么注意。所以小组成员也都自我勉励，他们做的东西不一定所有人都能够看到，但是有星星之火，就好了。

棘手的问题也很多。比如某一个群的群主因管理不当，很多小伙伴要退出加入其他组织。如果能够帮到人，去哪个组织都没有问题，但实际问题是组织里原来积累的很多信息和方法也被带走了，需要重新搭建。

民间志愿者团队最大的问题是没有任何合同约束，随时来随时走。只是想提供一些帮助的简单想法，真正去做时才会发现，人的问题比事的问题更难。

Nico 参加过很多民间志愿团体，深知自己效率不高。他曾下决心再也不参加相关活动了，但在大年三十看到那条招募链接时，还是选择了扫码进群。创始人提到的一句话就是，“此后如竟没有炬火，我便是唯一的光。”

鲁迅的原文 Nico 很早就看过，他念着觉得有点矫情，但是热血澎湃。

《{饭圈}∩{女数学家}=平行宇宙另一个我》	编辑　王　迪
《怪兽才是生活的本质》	编辑　刘成硕
《BEJ48 的粉牛江湖》	编辑　刘成硕
《三次艺考，我仍拥有自己的金蔷薇》	编辑　薛雍乐
《“名嘴”追梦千百计》	编辑　薛雍乐
《在童书的世界长大》	编辑　刘成硕
《他今年 24 岁，在肯尼亚生活了 11 年》	编辑　薛雍乐
《看月亮的人》	编辑　刘成硕
《从荒原走向巴黎》	编辑　刘成硕
《和尚枯荣》	编辑　刘成硕
《留学生的面包与梦想》	编辑　薛雍乐
《“我爱北京，但北京真的太大了”》	编辑　刘成硕
《穿过大半个城市去“搬砖”》	编辑　王　迪
《吃饭按摩瑜伽密室，了解一下?》	编辑　王　迪
《霓虹下的清冷》	编辑　王　迪
《北漂编剧的拼杀与代价》	编辑　薛雍乐
《切掉那颗“棒棒糖”》	编辑　彭　玮
《成为一家之主的那一刻》	编辑　彭　玮
《徘徊在相亲路上》	编辑　黄　芳
《全职爸爸的微观世界》	编辑　刘成硕
《她把父亲的头盖骨文在手臂上》	编辑　刘成硕
《他们对抗死亡，用“看不见”的力量》	编辑　刘成硕